MO MALO

Tod in Saint-Malo

MO MALO

TOD
IN SAINT-MALO

DIE BREIZH BRIGADE

EIN BRETAGNE-KRIMI

Aus dem Französischen von
Ulrike Werner

Lübbe

NACHHALTIG PRODUZIERT

Die Bastei Lübbe AG verfolgt eine nachhaltige Buchproduktion. Wir verwenden Papiere aus nachhaltiger Forstwirtschaft und verzichten darauf, Bücher einzeln in Folie zu verpacken. Wir stellen unsere Bücher in Deutschland und Europa (EU) her und arbeiten mit den Druckereien kontinuierlich an einer positiven Ökobilanz.

FSC www.fsc.org MIX Papier | Fördert gute Waldnutzung FSC® C014496

Titel der französischen Originalausgabe:
»Bienvenue chez les Corrigan«

Textredaktion: Marion Labonte, Wachtberg
Kartengestaltung: © Markus Weber | Guter Punkt, München
Umschlaggestaltung: Christin Wilhelm, www.grafic4u.de
Umschlagmotiv: Illustration: © Christin Wilhelm
Satz: hanseatenSatz-bremen, Bremen
Gesetzt aus der Chaparral Pro
Druck und Verarbeitung: GGP Media GmbH, Pößneck

Printed in Germany
ISBN 978-3-7577-0025-6

2 4 5 3 1

Sie finden uns im Internet unter luebbe.de
Bitte beachten Sie auch: lesejury.de

Hauptpersonen

Maggie Corrigan: geborene Maggie O'Connell, 69 Jahre, feiert in diesem Band ihren siebzigsten Geburtstag, Betreiberin des Gästehauses Manoir des Corrigan, Witwe von Constant Corrigan

Louise Corrigan: 44 Jahre, geschieden, einzige Tochter von Maggie und Constant, Lehrerin an der Grundschule Saint-Joseph und ehrenamtliche Helferin im Manoir des Corrigan

Énora Corrigan: 22 Jahre, ledig, Studentin der Veterinärmedizin, einzige Tochter von Louise und Enkelin von Maggie, ebenfalls ehrenamtliche Helferin im Manoir des Corrigan

Christophe Guilloux: 42 Jahre, ledig, Leiter der Polizeiwache von Saint-Malo, stammt ursprünglich aus Vannes, erst seit Kurzem im Amt

Emma Lobo: 37 Jahre, geschieden, Mutter von zwei Kindern, Hauptkommissarin bei der Kriminalpolizei, Stellvertreterin von Christophe Guilloux

Fanny Horvais: 23 Jahre, Angestellte von Guy Le Divellec, Jugendfreundin (und heimliche Lebensgefährtin) von Énora Corrigan, Geschäftsführerin des Gästehauses Beauregard, einer Dependance der Pension Le Repaire des corsaires

Alain Le Divellec: 46 Jahre, geschieden, Ex-Mann von Louise Corrigan, Fotograf bei der Tageszeitung Le Pays malouin und Inhaber des Fotostudios Le Divellec

Guy Le Divellec: 56 Jahre, Bruder von Alain, Betreiber der Pension Le Repaire des corsaires, verheiratet mit Aline, kinderlos

Sophie Kervazo: 23 Jahre, Kindheitsfreundin von Énora, Zimmermädchen im Manoir des Corrigan

Jacques Gaillard: 70 Jahre, Rentner, verheiratet, Liebhaber von Maggie Corrigan

Fabienne Leroy: 34 Jahre, ledig, Leiterin des Fremdenverkehrsamts in Saint-Malo

Dodik Cadiou: 67 Jahre, Witwe, Nachbarin des Manoir des Corrigan und berüchtigte Klatschbase der Rue du Puits-Sauvage

Malo: 22 Jahre, Jugendfreund von Énora und insgeheim in sie verliebt, Zeitungsausträger der Tageszeitung Le Pays malouin

Weitere Personen

Paul Le Tohic: 63 Jahre, Rentner, früher bei der Busgesellschaft BreizhGo beschäftigt, Ex-Geliebter von Maggie Corrigan, erster Dudelsackspieler des bretonischen Musikensembles Briac Breizh Bagad

Solène Le Tohic: 48 Jahre, verheiratet mit Paul Le Tohic, Kassenwartin des Briac Breizh Bagad

Julie Le Tohic: 15 Jahre, Tochter von Solène und Adoptivtochter von Paul Le Tohic

Yann Guesnet: Leiter des Briac Breizh Bagad

Arwen Caroff: Trommlerin beim Briac Breizh Bagad und Geliebte von Paul Le Tohic

Maël: Zweiter Dudelsackspieler des Briac Breizh Bagad

Loïc: Trommler beim Briac Breizh Bagad und Freund von Julie Le Tohic

Gezeitentabelle
für Saint-Malo

7. Juli	
Flut	00:45 Uhr
Ebbe	07:38 Uhr
Flut	13:19 Uhr
Ebbe	20:03 Uhr

PROLOG

7. Juli, Saint-Malo, Dependance Beauregard der Pension Le Repaire des corsaires, 10:25 Uhr

Vor drei Stunden war an der Côte d'Émeraude die Sommersonne aufgegangen. Trotz Ebbe umspülten die berühmten grünen Wellen den Festungswall der Zitadellenstadt Saint-Malo. Sie leckten über den ausgedehnten Strand Le Sillon und entlang der gesamten Smaragdküste bis hin zur Bucht von Mont-Saint-Michel. Das Panorama war bezaubernd.

Ein neugieriger Beobachter würde vermutlich den Blick von der Küste auch noch ins Landesinnere wenden, um dort ein anderes, ebenso geheimnisvolles Grün zu erkunden: die Landschaft um Saint-Malo mit ihren zahllosen *Manoirs*, den Herrenhäusern.

Es war nur ein kleiner Schritt von der Ruhe des Morgens, die von Kaffee und frischem Brot erfüllt war, zu dem Drama, das nach mehrmaligem Klopfen hinter der Tür auf Fanny wartete. Bereits seit über einer Minute bemühte sie sich um eine Reaktion ihres offenbar noch schlafenden Pensionsgastes, der bisher nicht auf ihre Rufe geantwortet hatte.

»Monsieur Le Tohic? Ich möchte Sie auf keinen Fall stören, aber in weniger als fünf Minuten endet der Frühstücksservice.«

Auch an einem Urlaubsort waren gewisse Zeiten einzuhalten. Fanny Horvais führte das Gästehaus Beauregard, eine Dependance der Pension Le Repaire des corsaires, seit einem Jahr allein und gestattete seither keinem ihrer Gäste eine Ausnahme. Guy Le Divellec hatte seiner erst dreiundzwanzigjährigen Angestellten diese Eigenständigkeit und Verantwortung überhaupt nur unter einer Bedingung übertragen: einer gewissen Strenge. Seitdem arbeitete Fanny jeden Tag daran, das ihr entgegengebrachte Vertrauen zu erfüllen, und scheute weder Zeit noch Mühe, das kleine ländliche Herrenhaus mit seinen drei Gästezimmern zu hegen und zu pflegen. Eines der Zimmer ihrer »Korsarenhöhle« lag im Erdgeschoss neben ihren eigenen Räumlichkeiten, zwei weitere gab es im Obergeschoss. »Großer Garten, beheizter Außenpool, Küche zur freien Verfügung, die Stadtmauern der berühmten Altstadt Intra-Muros in fußläufiger Entfernung. Genießen Sie den ländlichen Charme der Manoirs von Saint-Malo«, verhieß der Text auf der Werbe-Webseite, den Fanny eigenhändig verfasst hatte.

»Monsieur Le Tohic, ist alles in Ordnung?«

Fanny hatte schon viele Langschläfer beherbergt. Die Stille auf dem Land und die frische Seeluft hatten eine beruhigende Wirkung auf die Pensionsgäste. Es war nicht ungewöhnlich, dass manche erst lange nach Mittag auftauchten und nicht nur eine, sondern gleich zwei Mahlzeiten ausließen. »Hier zeigt sich die Magie von Clos-Poulet, zwischen Saint-Malo und Cancale gelegen, wo sich alle Vorzüge von Land und Meer vereinen«, pries sie ihren Gästen die Reize der Region an. Der erste Dudelsackspieler des Musikensembles Briac Breizh Bagad hatte ihr allerdings ausgesprochen deutlich gesagt: »Falls ich nicht rechtzeitig zum Frühstück erscheine, kommen Sie ruhig rein und rütteln mich wach. Wir müssen vor dem Mittag mit unserer Generalprobe anfangen.«

»Entschuldigen Sie bitte, aber ich komme jetzt rein!«, warnte Fanny mit der Hand auf der Türklinke. »Ich hoffe, Sie haben sich etwas übergezogen?«

Die vorsichtige Frage erschien ihr durchaus angebracht, da sich der Sechzigjährige bisweilen etwas anzüglich gebärdete – am Abend zuvor hatte er ihr auf eine alles andere als #MeToo-konforme Art Komplimente über ihre Schönheit gemacht, sie als »Schwarze Göttin« bezeichnet und ihr zudem erklärt, dass er während seines gesamten Aufenthalts auf seine Frau und Kinder verzichten müsse.

Eine moderne, surreale Skulptur, entsprungen aus einem kranken Geist.

Das war Fannys erster Eindruck, nachdem sie die Tür aufgestoßen hatte. Es verschlug ihr zunächst die Sprache; ihr fehlender Aufschrei überraschte sie selbst. Fast schon fasziniert studierte sie mit seitlich geneigtem Kopf die Haltung des Körpers und dessen verblüffende Attribute, wie eine Kunstliebhaberin die neuesten Kunstwerke eines Jeff Koons oder Damien Hirst bemessen würde. Sie war von der technischen Umsetzung des Dargestellten eher beeindruckt als wirklich berührt.

Was Fanny vor Augen hatte, war einer ganz besonderen Kategorie von »Kunstwerken« zuzuordnen, fand sie. Paul Le Tohic war von Kopf bis Fuß nackt, er saß auf einem Stuhl, die Hände auf dem Rücken gefesselt, seine Haut war bläulich verfärbt. Der Blick aus seinen hervorquellenden Augen schien sein Heil in den Deckenbalken zu suchen. Und seine völlige Reglosigkeit ließ keinen Zweifel an seinem Zustand.

Doch das Erstaunlichste – das, was den Blick auf sich zog und dieses alles in allem recht klassische Bild in eine wirklich originelle, wenn auch makabre Komposition verwandelte – ragte aus dem Mund des Toten heraus: ein Dudelsack, dessen Luftsack mit den vier Pfeifen auf der grau behaarten Brust ruhte. Die verblüffende Verschmelzung eines Musikers mit seinem Instrument. Die Spielpfeife, diese lange schwarze Flöte am Ende des Ledersacks, steckte mindestens bis zur halben Länge in Paul Le Tohics Kehle. Er sah aus wie einst ein Schwertschlucker im Zirkus, zwar ohne die altmodischen Klamotten, dafür aber mit einem Hauch von Sadomaso. Die um das dunkle Holzrohr gewölbten Lippen ließen abgeschlagene Zähne erkennen, vermutlich durch die ziemlich brutale Einführung der Pfeife. Falls diese Darstellung das Publikum nachhaltig beeindrucken sollte, dann war das ziemlich gut gelungen … Aber um welchen Preis?

Der sonnendurchflutete Raum strahlte Ruhe und Gelassenheit aus. Es gab keinerlei Kampfspuren. Auf dem glänzend gewachsten Parkettboden lagen keine Scherben, nichts war verschüttet. Der kleine Rollkoffer in einer Ecke des Zimmers war geschlossen, was darauf hindeutete, dass der Musiker ihn seit seiner Ankunft nicht angerührt hatte. Tatsächlich lag rein gar nichts herum, nur auf dem Nachttisch stand eine kleine Flasche Mineralwasser, wie das Haus sie den Gästen üblicherweise zur Verfügung stellte, sie war noch versiegelt.

Seltsamerweise befand sich die Kleidung des Opfers ordentlich gefaltet auf dem kleinen Schreibtisch unmittelbar vor dem einzigen Fenster. Wieder überkam Fanny das Gefühl, dass alles in diesem Zimmer sorgfältig inszeniert worden war. Nichts deutete auf Hektik, Eile oder Improvisation hin. Der Kontrast zwischen Ordnung und Chaos irritierte sie fast noch mehr als der morbide Aspekt der Anordnung.

Ihre aufgewühlten Gedanken wurden von einem *Scheiße, was wird Guy dazu sagen?* durchzuckt, dann riss sie sich zusammen und griff nach ihrem Handy. Sie hielt die Szenerie auf drei Fotos fest und verließ dann endlich das, was beim Namen zu nennen ihr noch schwerfiel: den Tatort.

Wann hatte es in Saint-Malo zum letzten Mal einen derart verrückten Mord gegeben? Vor oder nach Fannys Adoption durch die Familie Horvais? Bestimmt nicht seit Énora, da war sie sich sicher. Nein, nicht seit ihrem Einzug in das Nebengebäude und bevor das mit Énora »richtig anfing«.

1

7. Juli, Saint-Malo, Gästehaus Manoir des Corrigan, Maggies Zimmer, drei Stunden zuvor

»*Well done*, Ron!«, rief Maggie Corrigan, neunundsechzig Jahre und 364 Tage alt.

Mit diesen Worten befreite sie sich aus den weißen Laken und enthüllte ihre hübsche Brust, die den Jahren und der Schwerkraft getrotzt hatte. Ihr silbernes Haar schwebte geradezu in den Morgenstrahlen und leuchtete über einem befriedigten Lächeln. Der Mann, dessen Kopf soeben noch zwischen ihren Schenkeln verborgen gewesen war, richtete sich auf und betrachtete sie, eher überrascht als lustvoll. Dabei gab es für ihn nichts Begehrenswerteres. Seine eigene Frau war zwar zehn Jahre jünger als Maggie, aber auch zehn Tonnen schwerer. Der Siebzigjährige wusste, wie glücklich er sich schätzen durfte, ab und an das Bett mit einer so wunderbaren Frau zu teilen.

»Nur zur Sicherheit ... Du weißt doch hoffentlich noch, dass ich nicht Ron heiße?«

»Ach, lass gut sein, hör auf damit«, antwortete sie mit ihrem englischen Akzent. »Ganz so *well done* war es nun auch nicht!«

»Wie charmant. Das klang eben noch ganz anders ...«

»Los jetzt, Jacques, raus mit dir! Verschwinde, bevor die anderen aufstehen.«

Da stand sie, eine schamlose Silhouette vor dem Fenster, ganz und gar Frau, kein bisschen alte Dame.

Ihr Besucher kam ihrer Aufforderung nach, der Form halber ein wenig grummelnd, ohne den Blick vom Hinterteil seiner Freundin zu nehmen. Schließlich erfüllte er die Rolle des heimlichen Liebhabers schon seit Monaten sehr bereitwillig, da kam es auf einen weiteren Aufbruch im Morgengrauen auch nicht mehr an.

Er schlüpfte in seine Kleidung vom Vortag wie in die Hülle einer vorherigen Häutung. Sie war unbequem und alt. Der Ehering, den er sich zum Schluss an den Ringfinger steckte, fühlte sich an wie eine Kette.

»Du weißt, dass du allein dafür sorgen kannst, dass ich ihn nie wieder anstecken muss?«, sagte er und wedelte demonstrativ mit der Hand.

»Wofür hältst du mich? Für ein Pfundhaus?«

»Pfand! Es heißt Pfandhaus, nicht Pfundhaus.«

»*Fuck*!«, empörte sie sich. »Willst du mir jetzt auch noch Sprachunterricht erteilen?«

Resigniert gab er auf und beließ es lieber bei dem guten Eindruck ihrer jüngst genossenen Leidenschaft. Fast spielerisch warf er ein:

»Vergiss bitte nicht, dass ich dich morgen früh um acht Uhr unten im Hof brauche.«

Er deutete auf die gepflasterte Einfriedung zwischen dem prächtigen, zum Gästehaus umgewandelten Herrenhaus aus dem 16. Jahrhundert und den Nebengebäuden, in denen die Familie Corrigan seit jeher wohnte.

»Ich vergesse es nicht, ganz bestimmt nicht«, seufzte sie und kleidete sich ebenfalls an.

Blau-weißer Matrosenpulli samt passender Bundfaltenhose, schick und schlicht zugleich. Genau wie das Zimmer mit seiner spartanischen Einrichtung. »Der beste Stil ist die Qualität«, pflegte sie zu sagen, um ihren gelinde gesagt sachlichen Geschmack zu rechtfertigen.

»Gehst du direkt zur Arbeit?«, erkundigte sie sich und richtete mit abwesendem Blick ihre Frisur.

»Heute ist Samstag, Maggie. Und darf ich dich daran erinnern, dass ich seit fast acht Jahren im Ruhestand bin?«

Jacques Gaillard hatte nahezu fünfundzwanzig Jahre als Qualitätsmanager beim Wasserwerk Régie Malouine de l'Eau gearbeitet und für die Trinkbarkeit des Wassers gesorgt.

»Ach, stimmt ja!«, sagte sie mit einem so ungezwungenen Lächeln, dass es ihn vollständig entwaffnete. Die Chefin des Manoir des Corrigan war bei klarem Verstand. Aber sie legte Wert darauf, ihrem Bettgenossen mit diesen kleinen Versehen zu signalisieren, dass sie nicht all ihre Gedanken beanspruchten. Es war ihre Art, Grenzen (Stacheldraht?) um ihr Herz zu ziehen.

Während sie sich vor dem Standspiegel schminkte, der vom Dachboden des Hauses gegenüber stammte, entdeckte Jacques auf einer Kommode den Prospekt für das Festival Folklores du Monde, das an diesem Wochenende in Saint-Malo stattfand. Höhepunkt der Veranstaltung würde der Auftritt des Briac Breizh Bagad sein, kurz: BBB. Das bretonische Musikensemble aus Saint-Briac sollte morgen um 15 Uhr im Schlosshof aufspielen.

Unter dem Foto eines Dudelsackspielers mit blondem, halblangem Haar stand: »Paul Le Tohic, erster Binioù-Spieler des BBB und einer der besten der Welt«.

»Hast du etwa Angst, dass der da uns zusammen erwischt, oder warum schmeißt du mich raus, als wäre ich der letzte Dreck?«

Maggie warf einen kurzen Blick auf die spiegelnde Oberfläche und wusste sofort, von wem er sprach.

»Was für ein Unsinn. Ich habe Paul seit mindestens fünfzehn Jahren nicht gesehen. Außerdem wohnt er gar nicht hier.«

»Ach ja, und wo dann?«

»Bei diesen Pennern vom Repaire des corsaires, in der Dependance.«

»Hm«, brummte Jacques wenig überzeugt. »Also gerade mal zweihundert Meter weit weg. Und ich muss feststellen, dass du für jemanden, der seinen Ex-Liebhaber so lange nicht gesehen hat, ziemlich gut informiert bist ...«

Maggie ging wortlos die wenigen Schritte auf Jacques zu, drückte ihre Lippen auf seinen Mund und flüsterte:

»*Darling dear*, deine Eifersucht ist wirklich süß, aber im Moment gehst du mir auf die Nerven. Die Hälfte von Pauls Ensemble logiert hier im Herrenhaus, und das Frühstück beginnt in weniger als zwanzig Minuten. Wenn du dir also woanders ein Ei kochen lassen würdest, wäre mir das sehr recht.«

Ihr rollendes »R« stach deutlich hervor, und ihre tiefe Stimme hatte den typisch irischen Klang, aus dem nur geübte Ohren den gälischen Fels unter den singenden Wellen des Englischen heraushören konnten. Jacques hatte sich längst daran gewöhnt und flehte sie an:

»Darf ich nicht wenigstens meinen Kaffee mit deinen Gästen trinken?«

»Raus mit dir!«, schimpfte sie, streichelte ihm aber flüchtig den Nacken.

Als er mit gesenktem Kopf den Raum verlassen hatte, griff sie nach dem handgeschriebenen Zettel, den sie am Vorabend erhalten hatte, und strich ihn glatt. Zum Glück hatte Jacques ihn nicht bemerkt. In einer fast unleserlichen Schrift hatte Paul sie eingeladen, ihn um Punkt 21 Uhr in seinem Zimmer im Beauregard zu treffen, das tatsächlich nur wenige Schritte die Rue du Puits-Sauvage hinunter lag.

Hätte man Maggie ein paar Tage zuvor gesagt, dass Paul Le Tohic wieder in Saint-Malo und in ihrem Leben auftauchen würde ... Eine Welle durchflutete ihren Bauch, irgendetwas zwischen Übelkeit und Lust. Ihre Erfahrung hatte sie eines gelehrt: Wenn der Geist etwas vergessen wollte, erinnerte sich der Körper an seiner Stelle. Aus diesem Grund hatte sie nachgegeben. Zitternd wie ein junges Mädchen war sie zum vorgeschlagenen Treffpunkt gegangen, der Außenstelle der Le Divellecs, ihrer missliebigen Konkurrenten.

Auf der anderen Seite der Rue du Puits-Sauvage klebte Dodik Cadiou mit der Nase an ihrem Fenster und ließ sich selbst die kleinste Einzelheit der Szene nicht entgehen: Jacques Gaillard verließ das Herrenhaus der Corrigans in den frühen Morgenstunden. Ihr Tag war gerettet.

Von der Küche ihres grauen Häuschens aus, das so modern war wie das benachbarte Gutshaus alt, hatte sie einen ungestörten Blick auf die Hintertür in der betagten Steinmauer. Kein Kommen und Gehen ihrer nervtötenden Nachbarinnen entging ihr.

Sie hatte gesehen, wie die unausstehliche Maggie am Vorabend um kurz vor 21 Uhr heimlich das Haus verlassen hatte und zwanzig Minuten später zurückkam, und sie war zudem

Zeugin geworden, wie die jüngste Tochter des Clans, die rothaarige Énora, später in der Nacht aus dem Haus schlich.

Wieder einmal hatte sie sich an der Ecke der langen, von Weizen- und Maisfeldern gesäumten Straße mit ihrer Freundin getroffen und war dann Arm in Arm mit ihr verschwunden. Die beiden steckten immer zusammen. Was sie wohl im Schilde führten? Gott allein wusste, welchen Versuchungen sich die beiden jungen Hühner in Saint-Malo Intra-Muros aussetzten, dem Granitbabylon der Altstadt.

Auf jeden Fall hüteten die Corrigan-Frauen eine Menge Geheimnisse. Und sie, Dodik Cadiou, die müßige Witwe, hatte ganz sicher das Recht, alles in ihr großes Notizbuch einzutragen. Namen, Uhrzeiten, verdächtiges oder auch nur zweideutiges Verhalten. Wer weiß, vielleicht würde dies alles eines Tages einmal nützlich sein. Und bis dahin entging ihr nichts. Außer vielleicht ein Sinn für ihre eigene Existenz ...

2

7. Juli, Saint-Malo, Manoir des Corrigan,
Gemeinschaftsraum, 8:00 Uhr

Der Stock mit dem silbernen Knauf schwirrte durch die Luft wie der Taktstock eines von Wagner berauschten Dirigenten. Autoritär und energisch. Seit Maggies verstorbener Mann Constant ihr den Stock vor zwanzig Jahren kurz vor seinem Tod geschenkt hatte, legte sie ihn nicht mehr aus der Hand – ein Barometer ihrer Launen und Waffe bei ihren homerischen Zornausbrüchen.

Im Augenblick koordinierte sie damit die Arbeit der beiden Frauen, die im großen Gemeinschaftsraum des Herrenhauses mit dem Aufstellen der Frühstückstische beschäftigt waren.

»Wie viele sind es heute Morgen, Loulou? Haben alle Musiker des Bagad ihr Quartier bezogen?«

Loulou war ihre Tochter Louise, eine hübsche Frau in den Vierzigern, mit langen braunen Haaren, die sie zu einem Zopf geflochten hatte. Sie war damit beschäftigt, die Gedecke so sorgfältig aufzulegen, als käme der König von England höchstpersönlich zu Besuch.

»Alle sieben Zimmer sind belegt«, antwortete Loulou mit einem Augenaufschlag. »Insgesamt zehn Personen, davon drei Paare. Zumindest nehme ich an, dass es sich um Paare handelt …«

Sie biss sich prüde auf die Lippen. Aus ihrem leicht rundlichen Bauch war ein lautes Gurgeln zu hören.

»Mama! Du hast doch sicher dein Frühstück wieder ausfallen lassen. Wie oft soll ich es dir noch sagen: Immer erst essen, dann die Gäste bedienen.«

Es war ihre Tochter Énora, die Loulou so zurechtwies. Mit einem riesigen Tablett betrat sie den mit Mahagoni getäfelten Raum. Sie hatte eine kupferrote Mähne, unzählige Sommersprossen, tief blaugrüne Augen und mehrere Tätowierungen am Hals und an den Armen und sah aus wie eine Art rebellische Elfe.

Die jüngste der Corrigan-Frauen schimpfte weiter mit ihrer Mutter, während sie die letzten Reste des Trinkgelages vom Vortag abräumte. An den Rändern der großen Biergläser klebte der getrocknete Schaum wie der des Meeres an den Felsen.

»Sag mal, findet das Konzert des BBB eigentlich heute statt?«, erkundigte sie sich bei ihrer Großmutter.

»Nein, erst morgen. Sonntagnachmittag. Warum?«

»Ich kann nur hoffen, dass sie sich nicht jeden Tag so gehen lassen wie gestern Abend im Pub.« Die rothaarige junge Frau deutete auf die Reihen leerer Biergläser. »Wenn sie genauso viele falsche Töne spielen, wie sie Pints kippen, steht uns einiges bevor!«

Der Pub, von dem sie sprach, war nichts anderes als der Gemeinschaftsraum, der sich jeden Tag ab dem frühen Abend heimlich in eine Kneipe verwandelte. Als reines Gästehaus hatte das Manoir des Corrigan nie die entsprechende Lizenz für den Ausschank alkoholischer Getränke erhalten. Doch Constant hatte von Anfang an »mit diesem Feuer gespielt«, wie er es nannte, um den Durst seiner Gäste und einer Handvoll Stammkunden aus der Umgebung zu stillen, die froh waren, nicht bis in die Altstadt mit ihren »Durstlöscherstraßen« laufen zu müssen. Und so flossen hier an manchen Tagen bis spät in die Nacht Bier und Schnaps, und das fröhlich und vollkommen illegal.

Inzwischen wachte Constant von seinem Grab aus über die Aufrechterhaltung dieser rebellischen Tradition.

»Granny? Können wir das Ding da nicht in den Keller bringen?« Énora deutete mit dem Kinn auf eine Wachsfigur, die auf einem Fass an der Theke lehnte. Ein aufmerksamer Beobachter hätte vermutlich die Ähnlichkeit des Gesichts mit dem eines in der Nähe hängenden Schwarz-Weiß-Porträts bemerkt, unter dem handschriftlich »Constant Corrigan am Strand von Bon-Secours, Sommer 1986« notiert war.

Der für dieses »Wachswerk« verantwortliche Künstler hieß Roland, war früher in einem Wachsfigurenkabinett in der Umgebung beschäftigt gewesen und zählte zu Maggies ehemaligen Liebhabern.

»*Holy shit*!«, schimpfte Maggie. »Im Ernst? Willst du meinen Mann zu den alten Flaschen und Spinnen entsorgen? Ist das deine Vorstellung von Treue und Familiensinn?«

Die Puppe mit Constants Gesicht zu verbannen käme nicht nur einer Beleidigung des Andenkens an den Patriarchen Corrigan gleich – in Maggies Augen hätte es nicht mehr und nicht weniger bedeutet, als ihren verstorbenen Ehemann erneut vom Angesicht der Erde zu tilgen. Die Umstände seines Todes vor zwei Jahrzehnten waren nach wie vor völlig unklar. Und sie wollte keinesfalls weitere Schatten auf diese Nacht werfen.

»Ich dachte nur, wir sollten versuchen, Gäste nicht zu verschrecken …«, entgegnete Énora. »Wir haben nicht jeden Tag ein Festival und sind ausgebucht.«

»Wenn dir wirklich daran liegt, Gäste nicht zu verschrecken, mein Schatz, dann fang doch bitte erst einmal damit an, diesen Geruch nach Stall loszuwerden. Der ist wirklich furchtbar!«

Ihre Enkelin steckte die Nase in die Ellenbeuge ihres dicken Pullovers und verzog zweifelnd den Mund. Sie war nicht in der Lage, ihren eigenen Duft zu beurteilen, denn sie liebte die Ausdünstungen von Schafen über alles. Nach ihrem Examen zur Tierärztin hatte sie beschlossen, sich zwei Monate Urlaub zu gönnen, ehe sie ein Praktikum in einer Praxis in der Nähe antrat. Neben ihrer freiwilligen Hilfe im Gästehaus blieb ihr genügend Zeit, befreundete Züchter in der Umgebung zu besuchen und den Duft ihrer Kleidung beständig aufrechtzuerhalten.

»Dürfen wir reinkommen? Servieren Sie schon?«

Ein Mann und eine Frau steckten ihre Köpfe durch die angelehnte Doppeltür. Etwas zerzaust – ja, die frische Landluft der Umgebung von Saint-Malo! – warteten sie offenbar darauf, dass man sie aufforderte, Platz zu nehmen. Bestimmt hatten sie großen Hunger. Ihr Auftauchen beendete das freundschaftliche Familiengeplänkel auf einen Schlag.

»Aber natürlich, treten Sie doch bitte ein!«, sagte Maggie und unterstrich ihr Angebot durch einen Wirbel mit ihrem Spazierstock.

Sie wies ihnen einen Platz in der Nähe der großen Sprossenfenster mit Blick auf den Park und den nächstgelegenen Springbrunnen zu. Nachdem das Paar sich gesetzt hatte und auf den bestellten Tee und das Gebäck wartete, bewunderte es die eher dunkle und etwas überladene Inneneinrichtung und deren Kontrast zu dem hellen bretonischen Julimorgen draußen. Constant hatte von Anfang an Wert darauf gelegt, dass das 1720 errichtete Herrenhaus seinen Charakter aus der Blütezeit der Reedereien von Saint-Malo beibehielt: zum Beispiel durch über die Ostindische Kompanie importierte Teppiche, Vorhänge und Geschirr, die sorgfältig restaurierte Holztäfelung nebst Türrahmen sowie Originalporträts der Familie Nouel de la Baronnie und ihrer Nachkommen. Im Lauf der Zeit hatte Maggie dem eine irische Note hinzugefügt. Neben einem Aquarell mit dem Titel *General view of Baltimore Harbour, Cork County* gab es mehrere kleine Bücherregale, in denen die unvergänglichen Meisterwerke der irischen Literatur aufbewahrt wurden: Swifts *Gulliver*, Oscar Wildes *Dorian Gray*, Joyce' *Ulysses* und Becketts *Godot*. Ein mit dem Gemeinschaftsraum und mit Maggie Corrigan, geborene O'Connell, vertrauterer Beobachter hätte vielleicht bemerkt, dass die Regale geradezu überfüllt waren mit Büchern einer gewissen L. T. Meade, die auf dem Kontinent weitgehend unbekannt war, in Irland jedoch lange vor Agatha Christie als erste echte »Queen of Crime« gefeiert wurde. In den Regalen standen mehrere Erstausgaben ihrer Werke, darunter eine von der Autorin signierte Ausgabe von *Eyes of Terror*, eine echte Rarität.

Auch der Garten hatte einiges zu bieten: französische Blumenrabatten, Linden- und Kirschbaumalleen, einen Rosengarten, eine Kapelle, ein gläsernes Gewächshaus aus dem 19. Jahrhundert und sogar ein beeindruckendes Pferdeschwimmbad, einzigartig unter den mehr als hundert Herrenhäusern der Region um Saint-Malo. Das Herrenhaus Puits-Sauvage, das von Constant in »Manoir des Corrigan« umbenannt worden war, galt als unvergleichliches Schmuckstück der Erinnerung an gesegnete alte Zeiten.

»Hier kommt ein ordentliches Frühstück zur Stärkung!«, verkündete Énora, stellte das Tablett auf den Tisch und zwinkerte dem Paar zu.

Zusätzlich zu ihrer Bestellung servierte sie jedem einen Teller mit *Potato Farl*, einem Kartoffelbrot, das Maggies Lieblingsgericht und die Spezialität des Hauses Corrigan war. »Das geht aufs Haus«, sagte sie. Ja, Kartoffeln und Iren, diese jahrhundertealte Geschichte von Liebe und Hass ...

»Und hier kommt ein druckfrisches Exemplar des heutigen Pays malouin!«, warf der dunkelhaarige junge Mann ein, der hinter Énoras Rücken auftauchte.

»Grüß dich, Malo!«

»Hallo, Schönheit!«

Malo war seit seiner Kindheit mit Énora befreundet und schon ewig heimlich in sie verliebt. Seit dem Gymnasium übernahm er tausend kleine Jobs, um über die Runden zu kommen. Die dauerhafteste seiner Beschäftigungen war das Austragen der örtlichen Zeitung.

»Was steht heute Schönes auf der Titelseite?«

»Och, außer dem Festival Folklores du Monde nichts Besonderes ... Nur langweilige Sachen, wie Todesfälle.«

»Und sonst ...«

»Zu viele Wohnungen in der Altstadt werden über Airbnb vermietet ... Das Rathaus streicht das geplante Marinemuseum ... Das Wasserwerk erhöht den Chlorgehalt im Wasser der Stadt, um der nächsten Pandemie zuvorzukommen ... Die ganz großen Knaller, wie du siehst!«

»Darf ich mal sehen?«, fragte Louise, die gerade vorbeikam. Sie wartete die Antwort nicht ab, sondern nahm ihm das Blatt aus den Händen, blätterte es mit seitlich geneigtem Kopf in Windeseile durch, auf der Suche nach den Bildnachweisen.

Fast jeden Tag folgte Louise demselben Ritual: der Suche nach Fotos von Alain, ihrem Ex-Ehemann und dem Vater von Énora, der manchmal als Reporter für Le Pays malouin arbeitete. Obwohl das Paar seit achtzehn Jahren geschieden war, betrachteten sie sich gegenseitig immer noch als beste Freunde. Louise war nach wie vor stolz, wenn sie ein Foto mit der Unterschrift »Alain Le Divellec« entdeckte.

Nacheinander erschienen sieben der acht anderen eingetragenen Gäste, ebenso hungrig und zudem begeistert vom Ambiente wie die ersten beiden. Ausnahmsweise hatte Solène, die Schatzmeisterin des Bagad, sie mit der Wahl der Unterkunft dieses Mal nicht enttäuscht. Gemütlich, stilvoll und geschichtsträchtig, das war einmal etwas anderes als die unpersönlichen Hotels an Schnellstraßen und die Croissants in Plastikpackungen.

So verging der Vormittag mit heißen Getränken, vertraulichen Gesprächen und lautem Lachen. Trotz des Gelages am Vortag schienen die Musiker in ordentlicher Verfassung und wach zu sein. Man plapperte und tratschte, reichte selbst gemachte Himbeer-, Johannisbeer-, Quitten- und Rosenmarmeladen herum. Die drei Damen Corrigan nahmen kaum teil an dem fröhlichen Stimmengewirr, sie hatten alle Hände voll zu tun.

Die Lautstärke sank schlagartig, als gegen halb elf, also pünktlich zum Ende der Frühstückszeit, ein kleiner, kahlköpfiger Mann mit buschigen Augenbrauen und verschlagenem Blick den Raum betrat.

»Du liebe Zeit, Yann hat offenbar sehr tief ins Glas geschaut ...«, murmelte eine der Frauen, die in der Nähe des Eingangs saßen.

Diese Bemerkung weckte die Neugier von Énora, die am Abend zuvor nicht im Pub gewesen war. Louise war samstagvormittags vom Unterrichten in der Grundschule befreit und hatte Maggie und ihre Aushilfe Sophie beim abendlichen Service unterstützt.

»Wer ist das?«

»Yann Guesnet, unser sogenannter Penn-Soner.«

»Also Ihr erster Dudelsackspieler, richtig?«, wollte Énora wissen.

»Nein, der Penn-Soner ist eher der Dirigent des Bagad. Normalerweise spielt er kein Instrument, sondern stimmt sie nur aufeinander ab. Unser erster Dudelsackpfeifer ist Paul, Paul Le Tohic.«

»Instrument hin oder her, er blickt auf jeden Fall ziemlich unfreundlich drein.«

Der mürrische Gnom hatte seinen Platz eingenommen, ohne ein Wort mit den anderen Mitgliedern seines Ensembles zu wechseln. Auch die Uhrzeit kümmerte ihn nicht. Mit einer gebieterischen Geste verlangte er nach seiner Dosis Koffein, wie man sie am Tag nach einer Sauftour braucht.

»Vielleicht liegt es an der Flasche, die es nicht so gut mit ihm gemeint hat.«

»Das kann ich bestätigen«, mischte sich Maggie ein. »Ich habe selten einen derartigen Absturz erlebt. Trotzdem …«

Mit Rücksicht auf ihre Gäste verkniff sie sich ein »Und ich habe schon viele Alkoholiker getroffen«.

Um ehrlich zu sein, konnte sie sich nicht mehr genau erinnern, wie der feuchtfröhliche Abend geendet hatte. Einige der Musiker hatten kleine Melodien auf ihren Instrumenten vorgetragen, darunter Binioù und Bombarde. Sie selbst war in einen ihrer leichten Narkolepsieanfälle geglitten, die sie mehrmals am Tag aus der realen Welt entführten. Das Einzige, was sie noch genau vor Augen hatte, war, wie Jacques sie schüttelte und zu ihrem Zimmer im ersten Stock über den Gemeinschaftsräumen schleppte.

»Nono!«

Eine junge Frau stürmte in den Saal. Sie war bleich, und ihr

Atem ging flach. In ihren Augen lag der düstere Schleier einer schrecklichen Nachricht. Von der Tür aus versuchte Fanny Horvais Énoras Aufmerksamkeit zu erlangen. Nach einigen Sekunden bemerkte Énora sie, lief zu ihrer Freundin und ergriff ihre zitternden Arme:

»Was ist denn los?«

Der erschrockene Blick der Besucherin schweifte für eine Sekunde in die Ferne des Parks, ehe er wieder in die Gegenwart zu dem vertrauten Gesicht zurückkehrte:

»Er ist tot«, flüsterte sie. »Er ist tot, verdammt noch mal. Und ich habe ihn gefunden!«

3

7. Juli, Saint-Malo, Manoir des Corrigan,
Spielzimmer, 10:40 Uhr

»Komm mit«, sagte Énora und zog ihre Freundin in das angrenzende Spielzimmer. Fanny gehorchte ohne ein weiteres Wort, sie war fügsam wie eine Puppe. Kaum jedoch war die Tür hinter ihnen ins Schloss gefallen, wurde sie von schweren Schluchzern geschüttelt. Sturm im Taschentuch.

Vor fremden Blicken geschützt, umarmten sich die beiden jungen Frauen so lange, bis die erste Tränenflut versiegte. Vielleicht half dabei auch der Raum selbst. Im Herrenhaus, das fast ausschließlich den Gästen zur Verfügung stand, war das Spielzimmer im Erdgeschoss der letzte Zufluchtsort der Corrigans. Hier hatte Constant früher seine engsten Freunde zu einer Partie Karten oder Billard versammelt. Der große grüne Filztisch stand noch immer in der Mitte des Raumes. Hier bewahrte Maggie ihre wertvollsten Bücher in hohen Wandregalen auf. Und hier trafen sich die drei Frauen auf einen Tee oder einen irischen Whiskey – nicht zu verwechseln mit den berüchtigten schottischen Rachenputzern –, um große Freuden und kleine Kümmernisse auszutauschen. Oder umgekehrt.

Die Holztäfelung verströmte den Duft nach Alkohol und Zigarren sowie den hartnäckigen Geruch von Erinnerungen, die man am Kaminfeuer heraufbeschwor. Der warme und tröstliche Raum lud dazu ein, sich auszuruhen, manchmal auch vertraulich miteinander zu reden, auf jeden Fall aber Frieden zu finden.

Mit einem Wort: ein Zufluchtsort.

»Du hast was von einem Toten gesagt ... Wer ist denn gestorben?«, fragte Énora schließlich mit sanfter Stimme.

Fanny setzte zu einer Antwort an, als die beiden anderen Frauen der Familie ins Zimmer stürmten. Eine blickte wütend, die andere bedauernd drein.

»Was soll der Aufstand?«, fragte Maggie in ihrem üblichen rauen Ton. »Willst du etwa unsere letzten Gäste vergraulen? Hat dein Chef dich geschickt?«

Es wäre nicht das erste Mal, dass Guy Le Divellec versuchte, die Konkurrenz mithilfe fragwürdiger Methoden zu schwächen. Wie damals, als er Constant das Nebengebäude Beauregard vor der Nase wegschnappte und dann auch noch den kleinen Wald kaufte, der sein neues Anwesen vom Manoir des Corrigan trennte. Ein echter Gauner und skrupelloser Unternehmer – noch dazu Fannys Arbeitgeber, der Bruder von Alain und damit Louises Schwager.

»Verdammt, Granny! Lass sie in Ruhe, ja? Sie hat offenbar in einem ihrer Gästezimmer einen leblosen Körper gefunden ...«

»*Fecking Hell*!«, rief Maggie.

Wenn sie sich aufregte, kamen ihr irischer Akzent und mit ihm die blumigen Flüche ihres verstorbenen Vaters zum Vorschein.

»Du sagst es ... Wenn wir uns also für zwei Sekunden mit haltlosen Angriffen zurückhalten könnten, wäre das nicht schlecht.«

»Hast du die Polizei informiert?«, fragte Louise in ihrem Lehrerinnentonfall, wie jemand, der es gewohnt ist, selbst bei größtem Kummer zu trösten. Énora verdrehte hilflos die Augen. Aber nach zwei lauten Schluchzern fand Fanny endlich ihre Sprache wieder:

»Ja, ich habe dort angerufen ... und mit dem neuen Kommissar gesprochen.«

»Wie heißt der noch mal?«, fragte Maggie. »Christophe ... Giroux? Garou?«

»Guilloux. Christophe Guilloux.«

»Er hat die Stelle seit drei Monaten«, ergänzte Louise, die immer sehr gut über das lokale Geschehen informiert war. »Er kommt aus Vannes, ist ledig, hat keine Kinder und arbeitet angeblich sehr professionell und gründlich.«

Angesichts der dringlichen Angelegenheit erschien es allerdings recht unangebracht, den Lebenslauf des Polizisten durchzugehen. Louise bemerkte es selbst und senkte den Kopf auf ihr geblümtes Kleid.

»Was hat er gesagt? Ist er auf dem Weg hierher?«, hakte Énora nach.

»Ich denke schon ... Er hat mich gebeten, nichts anzufassen.«

»Und das hast du gemacht, nicht wahr?«

»Ich habe das Zimmer nicht einmal betreten. Allerdings ...«

Sie befreite sich aus den Armen ihrer Freundin und zog ihr Smartphone aus der Gesäßtasche ihrer Jeans.

»Ich habe Fotos gemacht.«

»Warum? Das ist ein Tatort!«

»Keine Ahnung. Ein Reflex ...«

»Und zeigst du sie uns, oder willst du den ganzen Morgen hier rumheulen?«, drängte Maggie.

Fanny wischte mit dem Daumen über den Bildschirm, und sogleich tauchte das erste Bild auf, das ziemlich genau das abbildete, was sie vor wenigen Minuten gesehen hatte. Sie hielt es in Richtung der drei Corrigans.

Trotz des leichten Gegenlichts war die nackte, gefesselte Gestalt auf dem Stuhl gut zu erkennen, in ihrem Hals steckte bis zum Anschlag die Spielpfeife eines Dudelsacks. Die zweite Ansicht war recht ähnlich, wenn auch mit einem etwas kleineren Bildausschnitt. Das dritte Foto, eine Zoomaufnahme der Leiche, zeigte deren Haltung und einige Details, wie die durch die gewaltsame Einführung der Flöte zerbrochenen Zähne und das gewöhnliche Nylonseil, mit dem die Handgelenke gefesselt waren.

Ohne ihren Gehstock, an dem sie sich wie an einem Poller festhielt, wäre Maggie mit Sicherheit ins Wanken geraten und gestürzt. Ihre Gehässigkeit war verschwunden, ein unheilvoller Schatten legte sich über ihre azurblauen Augen und ihren grauen Bob. Obwohl sie unbeeindruckt, ja fast gleichgültig wirkte, kroch ein Schauder über ihr Gesicht, zog sich über ihren Nacken und ihr Rückgrat bis zum Boden, der langsam unter ihr zu kippen schien.

»Heilige Scheiße! Wer ist dieser Typ?«, rief Énora.

»Paul Le Tohic ...«

»... der erste Dudelsackspieler des BBB«, ergänzte Louise die Informationen, die sie von den Musikern erhalten hatte.

»Ein verdammt guter Dudelsackspieler«, fügte Maggie in einem für sie untypischen, bewundernden Ton hinzu.

»Und außerdem ... ein ziemlicher Frauenheld. Ein wahrer Don Juan.«

Wieder war es Louise, die das Bild des Opfers ergänzte.

Sie war damals zwar noch jung gewesen, aber sie konnte nicht vergessen, wie ihre Mutter fünfzehn Jahre zuvor den gut aussehenden Dudelsackspieler aus Saint-Briac-sur-Mer, einem kleinen Badeort an der Smaragdküste, beinahe geheiratet hätte. Er war mit seinem Bagad nach Saint-Malo gekommen, hatte dort die sechs Jahre ältere Maggie kennengelernt und ihr nach allen Regeln der Kunst den Hof gemacht. Die Witwe Corrigan hatte ihn zunächst abgewiesen, ihm dann einige heiße Nächte lang nachgegeben, Pauls Heiratsantrag aber schließlich abgelehnt. Louise war, wie die meisten anderen, der Meinung, dass Maggie sich richtig verhalten hatte. Das Leben hatte sie in weiser Voraussicht nicht eines wankelmütigen Ehemanns beraubt, damit sie dann aus einer Laune heraus in zweiter Ehe einen Mann mit dem gleichen Charakter heiratete – in dieser Hinsicht waren Paul und Constant einander viel zu ähnlich, als dass Maggie ihm ihr verletztes Herz hätte anvertrauen können. Sie hatte viel zu sehr unter der chronischen Untreue ihres verstorbenen Ehemannes gelitten, um sich noch einmal in eine solche Situation zu begeben. Im Übrigen hatte sie ihre Entscheidung nie bereut und war zu ihren (friedvolleren) Kurzzeit-Eroberungen zurückgekehrt. Sie selbst pflegte zu sagen, dass ein paar kurze, schnelle Hiebe besser waren als tiefe Messerstiche in einen wertlosen Vertrag.

»Jedenfalls«, warf sie ein, um das Unbehagen zu überspielen, »ist er nicht jünger geworden, der Paulo! Kaum zu glauben, dass er sich über den Altersunterschied zwischen uns lustig gemacht und mich ›seine alte Schachtel‹ genannt hat ...«

Die Ironie entging niemandem, am wenigsten ihr selbst. Es war offensichtlich, dass der Vorfall sie zutiefst verstörte.

Einen Mann freiwillig aufzugeben war eine Sache – sie selbst hatte das durch aufeinanderfolgende Liebhaber oft genug praktiziert. Aber von der Vorsehung daran gehindert zu werden, war weitaus schmerzhafter. Doch auch diesen Leidensweg hatte sie schon einmal beschritten.

»Zeigst du mir das letzte Foto noch einmal?«, bat sie tonlos. Fanny folgte der Aufforderung ohne zu zögern, und Maggie versank noch einmal in die Betrachtung des Mannes, den sie einen Sommer lang geliebt hatte. Des Mannes, den sie am Abend zuvor flüchtig wiedergesehen hatte.

Und dieses Mal traf ein Aspekt der makabren Komposition sie wie ein Schlag. Paul war zwar ein ausgewiesener Schürzenjäger gewesen, seine wichtigste Geliebte aber, diejenige, die alle anderen immer in den Schatten gestellt hatte, war zweifellos sein Dudelsack. Mit ihr war er auf der ganzen Welt aufgetreten, hatte die größten Erfolge gefeiert und die intensivsten Gefühle erlebt. Sie hatte er nie betrogen oder wegen einer anderen verlassen. Sie war immer DIE große Liebe seines Lebens gewesen. Paul Le Tohic war nicht einfach nur ein Musiker. Er war ein Besessener, der tagelang spielen konnte, bis seine Lippen wund waren und seine Mitmenschen dem Wahnsinn nah.

In gewisser Weise war er an dem gestorben, mit dem er im Übermaß gesündigt hatte. An seiner längsten und heftigsten Leidenschaft, einer Leidenschaft, die ihn für immer mit seinem Instrument verband.

4

7. Juli, Saint-Malo, Manoir des Corrigan,
Énoras Zimmer, einige Minuten später

Überall Schafe.

Auf Postern, Postkarten und Tassen, als Plüschtiere und Figuren. An die Wand geheftet oder aufgereiht. Berberschafe aus dem Maghreb, Schwarzkopfschafe aus Südafrika, Linca-Schafe aus Argentinien und Red-Madras-Schafe vom indischen Subkontinent. Énoras Zimmer im ersten Stock über den Gemeinschaftsräumen des Herrenhauses war eine einzige Ode an die Schafe. Im Mittelpunkt dieses Kults standen zwangsläufig die Salzwiesenlämmer vor der Kulisse des Mont-Saint-Michel, sie nahmen die gesamte Wand hinter ihrem Bett ein und hatten einen besonderen Platz in Ènoras Tierärztinnenherz. Eines Tages, so hoffte sie, würde sie solche Tiere behandeln. Gemäß ihres jugendlichen Alters, in dem ein Ehrgeiz über den anderen hinauswächst, dachte Énora allerdings schon weiter: Sobald sie bei den Viehzüchtern der Region genügend Wissen und zudem Erfahrung gesammelt hatte, würde sie sich vielleicht ins Allerheiligste wagen, nach Irland, wo ihre Wurzeln und die Galway-Schafe zu Hause waren.

Ein grüner Traum, den sie streng geheim hielt. Es war nicht nötig, ihre Mutter und ihre Großmutter damit zu beunruhigen, solange sie ihn nicht in die Tat umsetzte.

»Geht es dir jetzt besser?«, fragte sie Fanny und küsste sie auf die Stirn.

Die beiden jungen Frauen lagen eng umschlungen auf dem kleinen Einzelbett und hatten bisher mehr Küsse als Worte getauscht. Es war das erste Mal, dass sie hier im Haus das Risiko derartiger Zärtlichkeiten eingingen. Normalerweise waren sie diskret und trafen sich in einem kleinen Wäldchen oder an einem einsamen Strandabschnitt, so weit entfernt von neugierigen Blicken wie eben möglich. Aber an diesem Morgen waren die anderen Frauen vermutlich so mit der Explosion beschäftigt, die durch Fannys Entdeckung ausgelöst worden war, dass sie ungestraft einige Momente genießen konnten.

»Geht so ... was für ein Glück, dass du da bist«, antwortete Fanny und kuschelte sich in Énoras tätowierte Arme.

»Ich bin immer für dich da, das weißt du doch.«

Wird es für immer so sein?, überlegte Énora. Sie hatte vorsichtshalber die Zukunftsform vermieden. Sie betrog ihre Geliebte nicht, wenn sie sich nur für die Gegenwart verpflichtete.

Als würde Fanny die Gefahr ahnen, umarmte sie die Freundin noch fester, vergrub die Nase in ihrem feuerfarbenen Haarschopf und flüsterte:

»Vorhin ... Es gibt da etwas, das ich vor Maggie und Louise nicht erwähnt habe.«

»Etwas im Zusammenhang mit deiner ... Entdeckung?«

»Ja. Ich habe es auch dir gestern Abend nicht erzählt, als wir im Java waren.«

Das Java war das Java Café, eine der wenigen LGBTQ-Bars

in der Altstadt und seit über einem Jahr ihr Hauptquartier, in dem sie sich regelmäßig trafen. Hier, inmitten von alten Puppen, dem Markenzeichen des Lokals, konnten sie sich ohne Angst vor schiefen Blicken oder Klatsch so verhalten, wie ihnen zumute war. Die Gefahr, von »konventionellen« Verwandten Hand in Hand erwischt zu werden, war gleich null. Zumindest redeten sie sich das ein, und das reichte ihnen zu ihrem Glück.

»Red weiter«, ermutigte Énora ihre Freundin und strich ihr über das schwarze, krause Haar.

»Wann haben wir beide uns gestern getroffen? Ungefähr um zwanzig nach neun, oder?«

»Ja, so um den Dreh. Warum?«

»Bevor ich um etwa zehn nach neun gegangen bin, war ich noch kurz im Bad im Obergeschoss.«

»Also nicht in der Dusche im Erdgeschoss?«, wunderte sich Énora. Sie selbst hatte sich nur selten in das Gästehaus der Konkurrenz gewagt, kannte aber den Grundriss des Hauses.

»Nein, oben ist mehr Platz für mein Make-up.«

»Aha. Schön zu wissen, dass du dich aufbrezelst, wenn du dich mit mir triffst, aber was …?«

»Ich habe jemanden aus Pauls Zimmer kommen sehen«, unterbrach ihre Liebste.

»Jemanden? Was soll das heißen: ›jemanden‹?«

»Deine Großmutter. Ich bin mir sicher, dass es deine Großmutter war.«

Énora schluckte und zog sich einige Zentimeter zurück, um Fannys Gesichtsausdruck besser betrachten zu können. Er war ernst.

»Bist du sicher?«

»Ja. Ich habe sie zwar nur von hinten gesehen, aber ihr Haar erkannt. Und auch ihren Gehstock.«

Manche Menschen, und zu diesen gehörte Maggie, lassen sich tatsächlich auf einige wenige Merkmale reduzieren, die auf den ersten Blick erkennbar sind. Selbst aus der Ferne oder im Halbdunkel. Charlie Chaplin mit seinem Schnurrbart und seinem Hut. Arsène Lupin mit seinem Zylinder und seinem Monokel.

Maggie Corrigan mit ihrem silbernen Bob und ihrem Gehstock.

»Aber warum hast du das für dich behalten?«, brachte Énora mit gedämpfter Stimme hervor.

»Weil es mir in diesem Moment nicht wichtig erschien. Ich konnte doch nicht ahnen, dass ich Paul ein paar Stunden später im Stil von Picasso auffinden würde!«

Die Bemerkung zauberte ein flüchtiges Lächeln auf Énoras Lippen.

»Stimmt ... Und heute Morgen? Warum hast du es da immer noch nicht erzählt? Du hast doch gesehen, wie die Nachricht von Pauls Tod Maggie erschüttert hat ...«

»Das ist es ja gerade. Deine Großmutter ist mir unheimlich. Und sie hasst mich.«

»Sie hasst dich nicht. Sie kann deinen Chef nicht ausstehen, aber das ist was anderes.«

»Wenn du meinst ... Jedenfalls konnte ich mir nicht vorstellen, sie zur Rede zu stellen.«

Da war sie nicht die Einzige. Außer ihrer geliebten Enkelin Énora waren nur wenige Menschen außerhalb ihres Clans so verrückt, sich Maggie Corrigan und ihrem magischen Gehstock entgegenzustellen. Es gab Leute, die behaupteten, sie könne ihren Stock wie ein Schwert oder einen Vorschlaghammer einsetzen, und sie hatten recht. Maggie übte den Umgang mit dem Stock beinahe jeden Tag, bei Regen im Spielzimmer, ansonsten im Park.

Jedem, der es hören wollte, erzählte die fast Siebzigjährige, dass ein gut platzierter Schlag mit dem Silberknauf ein Pferd oder gar einen Ochsen sauber töten könne. Und denjenigen, die wissen wollten, wozu ihr diese Kunst nütze, erklärte sie, dass eine Frau, die wie sie viele Männer liebe, kaum jemals ausreichend bewaffnet sein könne, um sich vor diesen Tieren zu schützen.

»Aber hast du sie nicht kommen hören?«, fragte Énora nach kurzem Schweigen.

»Ich habe nicht darauf geachtet. Ich war mit meinen Vorbereitungen beschäftigt.«

»Und nach deiner Rückkehr gab es keine verdächtigen Geräusche über dir?«

Énora wusste, dass Fannys Zimmer genau unter dem von Paul Le Tohic gemieteten Raum lag.

»Nein. Da war absolut nichts. Alle haben offenbar wie Babys geschlafen.«

»Okay. Ich habe mit Mama und meiner Großmutter von acht bis kurz nach halb neun zu Abend gegessen. Selbst wenn Maggie gleich danach zu Paul gegangen ist, kann sie nicht lange dort geblieben sein. Vermutlich weniger als eine halbe Stunde.«

»Genug Zeit, um ihm eine Dudelsackpfeife in den Hals zu stopfen«, glaubte sie in den dunklen Augen ihrer Freundin zu lesen.

»Hast du das alles Guilloux erzählt?«, fragte sie.

»Nein, nein … wir haben höchstens drei Worte gewechselt. Ich fühlte mich nicht in der Lage, ihm gleich sämtliche Details um die Ohren zu hauen. Ich habe lediglich von der Leiche geredet.«

»Perfekt. Du darfst es ihm auf keinen Fall verraten«, befahl Énora und stützte sich auf ihre Ellbogen. »Du hast niemanden aus Pauls Zimmer kommen sehen. Ist das klar?«

Fanny zögerte. »Okay, okay …«, stammelt sie schließlich.

»Aber? Irre ich mich, oder höre ich da ein ›aber‹ heraus?«

»Sagen wir mal so: Leute wie ich vermeiden es ganz gern, die Polizei zu verwirren, vor allem, wenn man sich nichts vorzuwerfen hat.«

»Leute wie du … Meinst du kleine adoptierte Waisenkinder oder echt heiße Mädchen?«

Fanny schenkte Énora ein glückliches Lächeln. Dann verfinsterte sich ihre Miene wieder.

»Ich meine es ernst. Ich garantiere dir, dass ich mit meinem Gesicht bei uniformierten Bullen gleich zehn Punkte weniger bekäme als du. Keine Ahnung, was passiert, wenn sie herausfinden, dass ich ihnen so etwas vorenthalten habe.«

»Da trifft es sich gut, dass Kommissare keine Uniform tragen.«

Fanny wollte gerade erneut protestieren, als ihr Telefon klingelte. Sie hatte die Nummer von Christophe Guilloux nach dem ersten Gespräch unter dem Namen »Polizei« gespeichert, der nun auf dem Display mit dem Nachdruck eines Blaulichts aufblitzte.

Sie musste das Gespräch annehmen.

Sie würde lügen müssen. Ihr blieb keine Wahl. Énora flehte sie an mit diesen blaugrünen Augen, die Fanny seit ihrer Kindheit in ihrem Bann hielten. Seit den ersten Sandeimern und Muscheln, mit denen sie am Strand von Rochebonne gemeinsam gespielt hatten.

Was tat man nicht alles für seine beste (und einzig wahre) Freundin.

5

7. Juli, Saint-Malo, Dependance Beauregard der Pension Le Repaire des corsaires, 11:30 Uhr

»Tut mir leid, meine Damen, aber im Moment ist es niemandem erlaubt, das Haus zu betreten.«

Die beiden in weiße Plastikanzüge gehüllten Kriminaltechniker der Spurensicherung standen vor dem Eingang von Beauregard, dem kleinen, geschmackvoll restaurierten Herrenhaus aus Granit und Schiefer. Ein zartes Geflecht von Stockrosen vor der Fassade rundete das idyllische Bild ab. »Das ist keine Pension, sondern eine Bonbonniere für alte Engländerinnen«, hatte Maggie bei der Eröffnung der Konkurrenz zu ihrem Herrenhaus gespottet.

»Das ist mein Haus«, schimpfte Fanny. »Ich wohne hier.«

»Anweisung von Monsieur le Commissaire. Sie gilt für alle.«

Gleich bei ihrer Ankunft hatten Fanny und Énora den nachtblauen Lieferwagen mit Blaulicht im Hof bemerkt. Der Beweis dafür, dass die Polizei nach Fannys Anruf keine Zeit verloren hatte.

Ein untersetzter Mann in einem bonbonrosa Polohemd

und mit ähnlicher Gesichtsfarbe trat aus dem Nebengebäude und stürmte auf die beiden jungen Frauen zu. Er wirkte ziemlich aufgebracht.

»Was hast du gemacht?«, warf er Fanny grußlos zu. »Wo zum Teufel bist du gewesen?«

»Guten Morgen ...«

»Im Haus liegt ein Toter, und du machst einen Spaziergang?« schimpfte er. »Das darf doch nicht wahr sein!«

Énora streckte Guy Le Divellec eine Hand entgegen, aber der ignorierte sie und starrte nur seine Angestellte an.

Tatsächlich hatte die jüngste der Corrigan-Damen den Grund für den Konflikt zwischen ihrer Familie und der Familie Le Divellec nie verstanden. Dann und wann hatte es zwar kleine Streitereien gegeben, zum Beispiel um den Erwerb von Beauregard und des dazugehörigen Wäldchens, oder auch wegen der Scheidung ihrer Eltern Alain und Louise, aber es gab nichts, was einen so lange andauernden Hass grundsätzlich gerechtfertigt hätte.

Sollte Guy jedoch erfahren, dass Maggie sich am gestrigen Abend kurz vor Paul Le Tohics Tod auf seinem Grundstück aufgehalten hatte, würde er diese Information sicher ausschlachten. Énora hatte Fanny begleitet, um sicherzustellen, dass ihre Freundin den Mund hielt.

Fanny nahm die Schimpftirade gelassen hin. Offenbar war sie diese Art von Behandlung gewohnt; ihr Chef war selbst bei seinen engsten Vertrauten als mürrischer Choleriker verschrien. Dass er seine Mitarbeiterin unter diesen schrecklichen Umständen anschnauzte, war zwar erbärmlich, aber wenig überraschend.

Plötzlich bemerkte Guy zwei Männer in Zivil, die am anderen Ende des Hofes miteinander plauderten. Sofort zügelte er seinen Zorn und ging lächelnd auf sie zu.

»Wetten, dass er ihnen ›wegen der Unannehmlichkeiten‹ eine kostenlose Übernachtung anbietet?«, hauchte Fanny ihrer Freundin zu. »Dem ist wirklich nichts peinlich.«

»*Business is business, darling*. Wer sind die beiden? Die zwei anderen Gäste deiner Pension?«

»Ja. Der Kleine mit dem Schnurrbart ist Maël, der zweite Dudelsackspieler des Bagad. Genau genommen Pauls Zweitbesetzung. Der Große heißt Loïc. Wenn ich mich richtig erinnere, spielt er die Trommel.«

Die beiden sahen aus wie Laurel und Hardy oder die Hälfte der Dalton-Gauner, mit Tendenz zu Joe und Averell. Sie waren sichtlich betroffen, ihre Mienen waren ernst, und sie blickten ungläubig drein, als ihr Gastgeber ihnen sein gelinde gesagt unpassendes Angebot unterbreitete.

»Fanny …?«

Hinter den beiden jungen Frauen erklang eine Stentorstimme, und sie zuckten zusammen. Ein hochgewachsener Mann in den Vierzigern lächelte ihnen respektvoll zu. Sein kastanienbraunes Haar war akkurat geschnitten und adrett gekämmt, seine cremefarbene Leinenjacke verlieh ihm ein sportliches Aussehen.

»Oh, guten Tag Monsieur le Commissaire«, stammelte Fanny.

»Guten Tag. Könnte ich dich allein sprechen?«

»Ja, natürlich.«

Was soll das denn? Er duzt dich? Kennt ihr euch?, schienen Énoras vor Eifersucht blitzende Augen zu rufen. Ich erkläre es dir später, antwortete Fanny ebenso tonlos.

»Ich möchte dich bitten, mir haargenau und in allen Einzelheiten zu berichten, was du seit gestern Abend bis jetzt gesehen und gehört hast. Fühlst du dich dazu in der Lage? Du darfst auch ablehnen, und wir machen es dann später im Kommissariat.«

»Geht schon. Hoffe ich zumindest.«

Der Kommissar legte eine Hand auf die Schulter seiner Zeugin und führte sie in den Garten in Richtung Pool. Auf dem Weg gab er den Männern von der Spurensicherung kurz ein Zeichen. Offenbar eine Handlungsanweisung, denn die Techniker stürmten sofort mit ihren riesigen Materialkoffern in das Gebäude.

Gleich im Eingang des Hauptgebäudes stießen die beiden Experten auf lehmartige, inzwischen eingetrocknete Fußspuren. Sie führten die Treppe hinauf ins Obergeschoss und den ganzen Flur entlang bis zu dem Zimmer, das ihnen als eigentlicher Tatort genannt worden war.

»Hast du das gesehen?«, sagte der erfahrenere der beiden, der eine Brille trug. »Wir haben hier zwei unterschiedliche Spuren. Mit anderen Worten: Es gab zwei Besucher. Fällt dir sonst noch etwas auf?«

»Nein ...«

»Da. Und dort auch.« Er deutete auf die Terracotta-Fliesen. »Die Abdrücke überlappen sich ein wenig. Was schließt du daraus?«

Lehrer und Schüler, die Rollen waren eindeutig verteilt.

»Ich weiß es!«, rief der andere in einem leicht dümmlich anmutenden Ausdruck des Triumphs. »Dass die fraglichen Personen nicht zur gleichen Zeit hier waren.«

»Richtig. Aber wenn du dir die Laufrichtung genauer anschaust, sieht es so aus, als wären sie auf dem Rückweg zusammen gegangen. In einem Abstand von etwa fünfzig Zentimetern.«

Bestärkt durch ihre erste Entdeckung betraten sie das Zimmer Cézembre – es trug wie jedes Gästezimmer der Pension einen Namen, der mit Saint-Malo in Verbindung stand.

Obwohl ihnen schreckliche Anblicke nicht fremd waren, erschraken die beiden Männer angesichts der monströsen Kombination aus nacktem Leichnam und Dudelsack, die an eine entsetzliche Allegorie aus Dantes *Inferno* erinnerte. Oder an einen außer Kontrolle geratenen Aufnahmeritus einer Studentenverbindung. Allerdings war das Opfer längst aus dem Alter für solche Dummheiten gewachsen.

»Dann erzähl mal«, sagte Christophe Guilloux zu Fanny, nachdem sie sich auf eine der Sonnenliegen am Beckenrand gesetzt hatten. Er hatte ein kleines Notizbuch und einen schönen schwarz lackierten Füllfederhalter aus der Innentasche seiner Jacke gezogen.

»Wo soll ich anfangen?«, fragte Fanny leicht verwirrt.

»Nun, am Anfang. Beim Einchecken deiner Gäste gestern Nachmittag.«

Mit leicht abgewinkeltem rechtem Handgelenk setzte er die Feder auf eine leere Seite. Und ohne zu wissen warum, rührte diese fast kindliche Haltung eines umgeschulten Linkshänders die junge Frau so, dass sie sich daraufhin ohne Zurückhaltung öffnete.

»Sie hatten ihre Ankunft für etwa 17:30 Uhr angekündigt und kamen auch recht pünktlich.«

»Hast du sie selbst in Empfang genommen?«

»Hier arbeitet niemand außer mir. Seit Guy mir die Leitung von Beauregard anvertraut hat, kümmere ich mich um alles. Er und seine Frau Aline konzentrieren sich auf das Haupthaus, Le Repaire des corsaires.«

»Wo liegt das?«

»In der Rue Godard, die ist im Stadtteil Saint-Servan, also mitten im Zentrum.«

»Okay. Die Gäste kamen also zur vereinbarten Zeit an und du hast sie begrüßt. Wie ging es dann weiter?«

»Ich habe ihnen ihre Zimmer zugewiesen: Paul und Loïc sollten in die erste Etage, einer ins Cézembre, der andere ins Solidor. Und Maël im Erdgeschoss ins Chateaubriand.«

Die Feder flog nun über das Papier. Durch den besonderen Winkel wischte der kleine Finger über die frische Tinte und sorgte für einen schwarzen Fleck auf der Handkante. Wie ein kleiner Junge, dachte Fanny.

»Gut.« Der Kommissar nickte. »Ist dir beim ersten Kontakt irgendetwas Seltsames oder Ungewöhnliches aufgefallen? Die meisten Leute glauben zwar, sie hätten Kontrolle über ihr Verhalten, wenn sie sich jemandem zum ersten Mal vorstellen, verraten aber oft unfreiwillig aufschlussreiche Aspekte ihrer Persönlichkeit.«

»Paul ... Er hat mich ganz offen angebaggert. Er war sogar ziemlich plump.«

»Was meinst du genau?«

»Er hat deutlich betont, dass er allein nach Saint-Malo gekommen ist, ohne Frau und Kind, und dass er hofft, die Gelegenheit nutzen zu können.«

»Was hast du ihm geantwortet?«

»Nichts. Ich habe so getan, als hätte ich die Botschaft nicht verstanden. In aller Regel ist das immer noch die beste Methode, um solche Typen abzuwimmeln.«

Der folgende Augenaufschlag sollte offenbar zeigen, dass sie Guilloux nicht zu diesem ominösen Grüppchen zählte.

»Hast du die Gäste danach noch einmal getroffen?«

»Nein. Paul hat bis etwa neunzehn Uhr in seinem Zimmer Dudelsack gespielt. Wirklich schön. Ich kenne mich mit bretonischer Musik nicht allzu gut aus, aber ich denke, er ist ... er war ein echter Virtuose auf seinem Instrument. Später habe ich gesehen, wie alle drei zum Abendessen in die Stadt gingen. Wir servieren in der Pension nur Frühstück.«

»Weißt du, wohin sie gegangen sind?«

»Klar, ich habe die Reservierung für die ganze Gruppe gemacht. Ein Tisch für 22 Personen um 19:15 Uhr. Es war nicht ganz leicht, ein Restaurant zu finden, das eine so große Gruppe annimmt.«

»Und in welchem Restaurant waren sie?«, erkundigte sich der Polizist mit seiner tiefen, eindringlichen Stimme.

»In der Brasserie du Sillon, gleich vorne an der Strandpromenade.«

Der Polizist lächelte versonnen, wie jemand, der in seinen visuellen Erinnerungen kramt.

»Dort sitzt man quasi mit den Füßen im Wasser«, erklärte Fanny. »Der Blick auf das Meer ist außergewöhnlich schön.«

Guilloux musste noch viel über die Region und deren Besonderheiten lernen. Allerdings spürte man sofort, dass der Neuling aus Vannes wirklich bemüht war, sich in seiner Wahlheimat zu integrieren. Zum Beispiel, indem er die Ermittlungen selbst übernahm, statt sie an einen seiner Kriminalbeamten zu delegieren. Er würde es zwar nie zugeben, aber manchmal studierte er nach Feierabend in seinem Büro den Stadtplan von Saint-Malo, um sich die berühmtesten Sehenswürdigkeiten und Bauwerke einzuprägen: die Cathédrale Saint-Vincent, den Place Chateaubriand mit dem Schloss gleich nebenan, die Esplanade de la Hollande oder auch die Strände Môle und Bon-Secours.

»Weißt du, warum unser Chef heute Morgen unbedingt selbst ermitteln wollte?«, fragte der Kriminaltechniker seinen jungen Kollegen, während sie ihre Ausrüstung unter Einhaltung der üblichen Sicherheitsvorkehrungen auspackten.

»Keine Ahnung ... Weil er gern draußen arbeitet? Oder weil ihm skurrile Tatorte gefallen? Weil er vielleicht pervers ist?«

»Sicher nicht! Weder das eine noch das andere. Tatsächlich ist es so, dass er noch nie einen größeren Kriminalfall gelöst hat. Ein paar kleine Abrechnungen unter Kriminellen, ein paar einfache Verbrechen aus Leidenschaft ... Aber nicht einen einzigen Fall, der es auf die Titelseiten der nationalen Zeitungen geschafft hätte.«

»Na ja, Vannes ist nicht gerade Marseille oder Chicago ...«

»Was du nicht sagst. Auf jeden Fall erklärt es, warum er sich wie ein Ausgehungerter auf die erstbeste Leiche stürzt.«

»Hm, lecker!« Der andere lachte und deutete mit heraushängender Zunge auf die sterblichen Überreste.

Ehe sie sich an die Untersuchung der Leiche machten, durchsuchten sie zunächst mit behandschuhten Händen die persönlichen Habseligkeiten des Opfers, um den Mann zu identifizieren. Die Kleidung von Paul Le Tohic lag ordentlich gefaltet auf dem einzigen Tisch im Raum. In der linken Tasche seiner Jeans fanden die Beamten ein abgegriffenes Lederetui mit einem gültigen Personalausweis. Das Foto war gut zu erkennen und offenbar sogar recht aktuell. Ein Detail zeugte besonders von der Übereinstimmung zwischen dem Foto und dem Modell: zwei Schneidezähne, die so weit vorstanden, dass der Mann ein wenig an einen menschgewordenen Biber erinnerte.

»Paul Le Tohic«, las der Techniker mit der Brille laut vor. »Geboren in Dinan. Dreiundsechzig Jahre alt. Die Größe passt auch. Ein Meter zweiundsiebzig. Nicht gerade ein Riese.«

»Wo wohnt er?«

»Wenn die Adresse noch stimmt, in Saint-Briac.«

»Ist sonst noch was in der Brieftasche?«

»Warte ... Ja.« Er zog mehrere Plastikkärtchen hervor, eines nach dem anderen. »Eine Krankenkassenkarte. Offenbar ist er noch nicht besonders lange im Ruhestand. Hier ist auch noch sein Dienstausweis. Busfahrer bei der BreizhGo.«

Das Unternehmen für überregionale Verbindungen an der Smaragdküste.

»Sollen wir zuerst die Fotos oder erst die Abstriche machen?«

»Wann kam die Gruppe vom Essen zurück?«, fragte der Kommissar weiter.

Inzwischen war seine Hand mit schwarzen Sprenkeln und Schlieren befleckt.

»Ich würde sagen, gegen 20:45 Uhr, vielleicht 20:50 Uhr.«

»Das war aber ein schnelles Abendessen. Hast du noch mal mit ihnen gesprochen?«

»Nein. Ich habe sie nur von der Küche aus gesehen. Es klingt vielleicht dumm, aber ich habe mich gefreut, dass die drei offenbar meine Bitte befolgt hatten.«

»Welche Bitte?«

»Ihre Schuhe im Flur auszuziehen und nicht erst in ihren Zimmern. Die Fliesen sind noch die originalen und recht empfindlich. Daher bitten wir unsere Gäste, ihre Schuhe auszuziehen, wenn sie im Haus herumlaufen. Die meisten zeigen Verständnis dafür und fühlen sich dann ein bisschen wie zu Hause.«

Guilloux, der schon einige Male mit Guy Le Divellec zu tun gehabt hatte, erkannte die spießigen Anwandlungen des Hoteliers sofort wieder. Der Mann war nicht nur ein regelrechter Haustyrann, sondern obendrein auch noch unfreundlich.

»Verstehe. Sonst noch irgendwas Erwähnenswertes?«

»Nein ... Oder doch!«, korrigierte Fanny sich knapp. »Als ich durch den Eingangsbereich ging, um mich im oberen Bad zu schminken, war ich ziemlich überrascht über die Größe eines der beiden Schuhpaare.«

»Du meinst ... sie waren riesengroß?«

»Nein, im Gegenteil, sie waren winzig! Auf den ersten Blick höchstens Größe 37 oder 38.«

»Wenn ich richtig verstanden habe, also eher Damen- als Herrengröße?«

»Könnte man so sagen, ja«, stimmte sie zu, presste aber die Lippen zusammen, leicht verletzt durch diese alltags-sexistische Bemerkung.

»Wem gehörten diese Schuhe?«

»Keine Ahnung.«

»Wie ging es dann weiter? Ist bis heute Morgen noch etwas passiert?«

»Ja ... Ein paar Minuten später, während ich mich fertig machte, hörte ich Männerstimmen aus der Küche. Nicht laut, es war eher ein ruhiges Gespräch.«

»Wie viele Stimmen waren es?«

»Ich glaube zwei ... Ich habe nicht weiter darauf geachtet. Die Gäste wussten, dass sie sich am Kühlschrank bedienen dürfen, wenn sie wollen. Ebenso an den kleinen Wasserflaschen von Plancoët, die stellen wir unseren Gästen immer zur Verfügung. Und als ich noch einmal in mein Zimmer ging, hörte ich Schritte und ein weiteres Gespräch im Cézembre über mir.«

»Im Zimmer von Paul Le Tohic?«

»Genau.«

»Hast du zufällig die andere Stimme erkannt?«

»Nein, tut mir leid. Die Unterhaltung war nicht laut, und ich war mit meinen Gedanken woanders. Ich war bereits etwas spät dran.«

»Ich möchte nicht indiskret sein, aber darf ich fragen, wo du den Rest des Abends verbracht hast?«

»Im Java Café«, antwortete Fanny nach kurzem Zögern. »Das liegt in Intra-Muros, an der Ecke Rue Sainte-Barbe und

Rue Sainte-Marguerite. Nur ein paar Schritte vom Fischmarkt entfernt, wenn Ihnen das etwas sagt.«

Bislang hatte sie sich noch nicht dazu durchringen können, eine so hochrangige Persönlichkeit zu duzen.

Sie hoffte inständig, dass der Kommissar, der erst kürzlich nach Saint-Malo gezogen war, nichts über den Regenbogencharakter der Bar wusste, die Énora und sie gerne besuchten.

»Ich glaube, ich weiß, wo das ist. Warst du alleine unterwegs?«

»Nein, mit meiner besten Freundin.«

Sie hatte mit einer für ihr Alter fast übertriebenen Betonung gesprochen, so wie ein Kind es formuliert hätte.

»Die junge Frau, die vorhin mit dir im Hof war?«

»Genau. Énora Corrigan vom Manoir des Corrigan am Ende der Straße.«

Kurz zuvor hatte sie ihre Liebste am anderen Ende des Gartens herumspazieren sehen, vermutlich in dem Versuch, eine peinliche Begegnung mit Guy zu vermeiden.

»Um wie viel Uhr wart ihr wieder zu Hause?«

»Gegen 1:30 Uhr morgens.«

»Ist irgendetwas Besonderes passiert?«

»Nein. Es gab nur ein paar Schlammspuren auf der Treppe. Das hat mich im ersten Moment ein bisschen genervt, ich hatte gehofft, sie würden besser aufpassen.«

»Was hast du daraus geschlossen?«

»Eigentlich nichts. Ich vermutete, dass einer von ihnen rausgegangen ist, um eine zu rauchen, und nicht mehr an meine Bitte gedacht hat.«

»Und bis zum Morgen hast du dann nichts mehr von ihnen gehört?«

»Bis zum Frühstück. Loïc und Maël kamen mehr oder weniger zur gleichen Zeit in die Küche.«

»Paul nicht?«

»Nein, Paul ... also, Monsieur Le Tohic ist nicht aufgetaucht. Aber als er am Vorabend sein Zimmer bezog, hat er mich gebeten, ihn unbedingt zu wecken, falls er Gefahr läuft, die Frühstückszeit zu verpassen.«

»Hat er dir gesagt, warum er das will?«

»Wegen der geplanten Generalprobe. Und deshalb ...«

Sie atmete tief durch, um einen Anflug von Würgereiz zu bekämpfen. Am Himmel, genau über ihnen, kreiste eine Möwe, die über Fannys Chronik der Ereignisse vernehmlich zu lachen schien. So hat jede Region eben ihre eigenen Spottdrosseln.

»Okay.« Der Kommissar kam auf sein Thema zurück. »Und du hast nichts Verdächtiges bemerkt, weder im Verhalten noch in den Äußerungen der Männer?«

»Nicht wirklich. Sie haben nur ein paar ziemlich anzügliche Witze gerissen ...«

»Worüber?«

»Darüber, dass Paul während ihrer Tourneen selten allein schlief. Und dass er manchmal spät aufstand. Ich war etwas verlegen, weil ich ihn wachrütteln sollte und befürchtete, ihn ›in Aktion‹ vorzufinden, wenn Sie verstehen, was ich meine.«

»Aber das war nicht der Fall?«

»Nein, natürlich nicht. Ich habe es Ihnen schon am Telefon gesagt: Er war allein im Zimmer, als ... als ich ihn fand. Die beiden Musiker haben übrigens darüber geredet, dass Paul sich wohl ausnahmsweise ›am Riemen gerissen‹ hat, wie sie es ausdrückten, weil eine gewisse Arwen ihn erst heute Mittag in Saint-Malo treffen sollte.«

»Ist diese Arwen seine Frau?«

»Das weiß ich nicht. Ich kannte weder Paul noch ein anderes Mitglied der Musikgruppe, bevor sie gestern ankamen.«

Ebenso wenig, wie sie Christophe Guilloux gekannt hatte, ehe sie vor drei Monaten im Büro ihres Chefs mit einem Kugelschreiber in der Hand seine Bekanntschaft gemacht hatte.

Nachdem sie Fotos zur Identifizierung gemacht und die verschiedenen biologischen Proben für spätere Analysen und DNA-Vergleiche genommen hatten, begannen die beiden Kriminaltechniker mit dem »schönsten« Teil ihrer Nachforschungen: der Bestandsaufnahme sämtlicher im Raum vorhandenen Gegenstände. Im vorliegenden Fall war diese Aufgabe schnell und einfach zu lösen, da die Anzahl der Dinge auf das Nötigste reduziert war.

»Eine Jeans in Größe 31, ein weißes T-Shirt Größe L, ein Paar graue Socken, marineblaue Sneakers in Größe 44 und eine beigefarbene Jacke ohne Etikett«, zählte der jüngere Techniker auf.

Der andere notierte die diktierten Angaben auf einem Tablet.

»Sonst noch was?«

»Ein Rollkoffer, Handgepäckformat, geschlossen und mit einem Vorhängeschloss versehen. Offenbar noch nicht geöffnet, denn es scheint nichts ausgepackt worden zu sein.«

»Ist das alles?«

»Ja. Abgesehen von seiner Brieftasche, seinem ausgeschalteten Handy und dem verschluckten Dudelsack finde ich nichts.«

Der unerfahrene Kriminaltechniker drehte sich einmal um die eigene Achse, um sicherzugehen, dass er kein scheinbar noch so unwichtiges Detail übersehen hatte.

»Doch, entschuldige«, korrigierte er sich, »eine kleine Flasche Wasser der Marke Plancoët auf dem Nachttisch.«

»Ist die Flasche noch versiegelt?«

»Ist das wichtig?«

»Alles an einem Tatort ist wichtig! Alles! Hast du das verstanden? Also: versiegelt oder nicht versiegelt?«

»Nicht versiegelt«, murrte der andere. »Aber viel hat er nicht getrunken.«

Und dann gab sein Vorgesetzter auch schon das Zeichen zum Aufbruch, damit sie ihre Funde dem neuen Kommissar mitteilen konnten, den es offenbar nach kriminologischem Ruhm hungerte.

Das Unglück des einen ist fast immer das Glück eines anderen, das wussten die beiden schon. Die Frage war nur, ob der besagte andere es verdient hatte, von einem solchen Unglück zu profitieren.

6

7. Juli, Saint-Malo, Dependance Beauregard der Pension Le Repaire des corsaires, 12:15 Uhr

»Ich bin Maël, du bist Loïc, du bist groß, und ich bin klein.«

Die alte TV-Titelmelodie tauchte verschwommen in Fannys und Énoras Erinnerungen auf. Von der Küche aus beobachteten sie durch die angelehnte Tür heimlich die beiden Mitglieder des Ensembles. Wenn sie so nebeneinanderstanden, wirkte ihre unterschiedliche Körpergröße schon ziemlich komisch. Erst recht, wenn man Maëls mächtigen Retroschnurrbart – der aussah, als wäre er der Serie *Mit Rose und Revolver* entsprungen – und Loïcs verdattertes Gesicht dazunahm. Neben den Zentimetern trennten Ersteren und Letzteren außerdem gut fünfzehn Jahre.

Was den beiden jungen Frauen jedoch am meisten ins Auge sprang, befand sich auf dem Fußboden und verlieh dem Aussehen des Jüngeren einen Hauch von Lächerlichkeit: Seiner beeindruckenden Körpergröße zum Trotz hatte der junge Trommler erstaunlich kleine Füße. »Eher Damen- als Herrengröße«, so hatte der Kommissar Guilloux kommentiert.

Kaum hatte er den Raum betreten, traf er dieselben zwei Feststellungen wie die Frauen: ein burleskes Duo und winzige Füßchen.

Die beiden Kriminaltechniker hatten ihre Arbeit im Haus beendet und setzten ihre Ermittlungen rings um das Gebäude fort, insbesondere auf dem Parkplatz des Anwesens und in Pauls Privatwagen, einem uralten Peugeot 206.

Der Kommissar verkündete den Gästen, dass sie bald in ihre Zimmer zurückkehren dürften. »Vorher möchte ich Ihnen aber einige Fragen stellen«, fügte er hinzu. »Bitte verlassen Sie den Speisesaal vorerst noch nicht.« Zwar grummelte Maël ein wenig, weil die Generalprobe genau für diese Zeit angesetzt war, aber die beiden Männer standen immer noch unter Schock und folgten der Aufforderung ohne weitere Diskussion. Die übrigen Gäste sowie der Hausbesitzer und seine Angestellte wurden um Geduld bis zum Ende der ersten Gespräche gebeten, ehe sie das Haus wieder nutzen durften.

Entgegen dieser Anweisung hatten Fanny und Énora sich jedoch unbemerkt durch die Hintertür, wie es sie in Landhäusern so häufig gab, vom Garten aus in die Küche geschlichen.

»Also gut«, begann Christophe Guilloux phlegmatisch. »Erzählen Sie mir von gestern Abend.«

Die beiden Musiker sahen sich verblüfft an. Die scheinbare Nonchalance des Kommissars und die Tatsache, dass er sie nicht einzeln befragte, verwirrte sie. Aber das war vermutlich auch der Sinn der Sache ... Ähnlich wie ihre Musikgruppe vor jedem neuen Publikum musste wohl auch er sich immer wieder neu erfinden, um diejenigen zu überraschen, die er ausquetschen wollte. Durch die zahllosen Krimiserien auf den Videoplattformen war der Sachverstand von Menschen, die zu Zeugen wurden, deutlich gestiegen. Man verhörte inzwischen ganz anders als noch vor zwanzig oder dreißig Jahren.

»Wir sind gegen 17:30 Uhr hier angekommen«, wagte sich Maël, der Ältere der beiden, vor, »und haben unsere Zimmer bezogen. Im Anschluss habe ich eine gute Stunde lang geschlafen, ich war total erschöpft. Loïc hat mich gegen 18:45 Uhr geweckt, damit ich mich für das Abendessen fertig machen konnte.«

»Können Sie das bestätigen?«, fragte Guilloux den Langen.

»Ja, absolut.«

Der Polizist überlegte, dass der Mann mit dem Schnurrbart entweder einen verdammt tiefen Schlaf oder sehr gute Ohrstöpsel haben musste, um schlafen zu können, während Paul Le Tohic einige Meter über ihm Dudelsack spielte.

»Und was haben Sie während dieser Zeit gemacht?«

»Nichts. Ich habe in aller Ruhe mit meiner Freundin gechattet.«

»Ist sie nicht hier?«

»Nein, sie ist zu Hause in Saint-Briac.«

»Das ist doch gar nicht so weit weg. Sie hätte Sie doch begleiten können, oder?«

»Na ja. Der Bagad ist nicht so ihr Ding, müssen Sie wissen.«

»Verstehe. Danach ging es also in die Brasserie du Sillon. Sie hatten für zweiundzwanzig Personen um 19:15 Uhr reserviert, richtig?«

Mit der Nennung der Details machte er ihnen klar, dass er bereits über eine Reihe von Informationen verfügte und man ihn nicht ungestraft anlügen konnte. Unter seiner oberflächlich zur Schau getragenen Distanziertheit lag eine felsenfeste Entschlossenheit.

»Ja, genau«, bestätigte Maël.

»Wie verlief das Abendessen?«

»Ehrlich gesagt nicht so toll. Deshalb sind wir auch nicht besonders lange geblieben und relativ früh hierher zurückgekehrt. Vor neun Uhr, wenn ich mich recht erinnere.«

»Ja, gegen Viertel oder zehn vor neun«, stimmte Loïc zu.

»Was war denn los?«

»Paul und Yann – Yann Guesnet, unser Penn-Soner, also der Leiter des Ensembles, wenn Sie so wollen …«

»Was war mit den beiden?«

»Yann hatte wie immer zu viel getrunken. Und gegen Mitte des Essens fingen die beiden an, sich heftig zu streiten.«

»Worum ging es?«

»Das war nicht ganz klar«, wich der Musiker aus. »Beide waren ziemlich betrunken. Zwischen ihnen herrschte schon seit einiger Zeit eine gewisse Spannung.«

»Hatte es vielleicht mit einer gewissen Arwen zu tun, die Paul heute Mittag hier treffen sollte?«

Dieser Guilloux war tatsächlich bestens informiert. Bis hin zu den unschuldigen Sticheleien am Frühstückstisch. Wer weiß, was die Gastgeberin sonst noch über sie ausgeplaudert hatte …

»Nicht dass ich wüsste«, sagte Maël, dem die Frage sichtlich peinlich war. »Der Name ist nicht gefallen.«

»Sind sie handgreiflich geworden?«

»Nein, aber nur, weil wir eingeschritten sind und sie getrennt haben. Und weil wir das Essen schnell beendet haben.«

»Okay. Und dann sind Sie mit dem Wagen von einem von Ihnen hierher zurückgefahren, richtig?«

»Ja. In Pauls Auto. Er war als Einziger von uns vieren hier motorisiert. Auch von Saint-Briac sind wir mit ihm hierhergefahren.«

»Zu viert?«, wunderte sich Guilloux.

»Yann haben wir am Manoir des Corrigan abgesetzt, gleich hier um die Ecke.«

»Énora Corrigan vom Manoir des Corrigan am Ende der Straße«, hatte Fanny Horvais ihm kurz zuvor mitgeteilt.

»Trotz des Streits?«

»Ja. Paul hat darauf bestanden, Yann trotzdem mitzunehmen. So betrunken, wie er war, konnten wir ihn doch nicht meilenweit von seiner Unterkunft entfernt einfach allein lassen.«

Der Rest ihres Berichts deckte sich fast wortwörtlich mit dem von Fanny: Sie hatten im Flur ordnungsgemäß die Schuhe ausgezogen, wie es die junge Hausherrin erbeten hatte; Paul und Loïc waren noch in die Küche gegangen, um eine kleine Flasche Plancoët zu holen; danach zogen sich alle in ihre Zimmer zurück, Maël im Erdgeschoss und Paul und Loïc in der ersten Etage.

Christophe Guilloux trat einen Schritt näher an Letzteren heran und versenkte seinen stahlblauen Blick in den Augen des schlaksigen Musikers:

»Es sieht so aus, als hätte Paul um diese Zeit, also gegen neun, Besuch in seinem Zimmer gehabt.«

»Äh ...« Der Befragte wurde blass.

»Haben Sie ihm vor dem Schlafengehen noch eine gute Nacht gewünscht?«

Loïc wurde noch blasser. Instinktiv wurde ihm klar, dass ihn diese Frage zu einem der Hauptverdächtigen machte.

»Nein!«, rief er mit vor Stress verzerrter Stimme. »Das habe ich nicht! Ich habe ihm in der Küche eine gute Nacht gewünscht, bin in mein Zimmer gegangen und habe es bis heute Morgen nicht mehr verlassen. Ehrlich!«

»Schon gut«, beschwichtigte Guilloux. »Ich wollte nur auf Nummer sicher gehen. Also ist keiner von Ihnen bis zum Aufstehen im Obergeschoss des Hauses gewesen?«

»Genau«, antworteten die Musiker fast gleichzeitig.

»Und Sie haben keine verdächtigen Geräusche gehört? Schritte, eine knarrende Treppe, eine Tür, die geöffnet oder geschlossen wurde, den Klang einer Ihnen unbekannten Stimme?«

»Nein«, antworteten sie, dieses Mal nacheinander.

»Fast hätte ich es vergessen: Raucht einer von Ihnen?«

Wieder sahen sich die beiden Männer an. In ihren Augen lag sichtbar die Angst ertappter Schlingel. Genau wie bei Dick und Doof in ihren Filmen, wenn sie einen Fehler gemacht hatten.

»Ich rauche schon seit zehn Jahren nicht mehr«, erwiderte Maël hastig.

»Und ich habe nie geraucht«, ergänzte Loïc, fand es aber wichtig, hinzuzufügen: »Aber Yann raucht.«

Der Polizist tat so, als würde er diesem Hinweis größte Aufmerksamkeit schenken. Er trat noch einige Zentimeter näher an Loïc heran, der offenbar unsicherer war als sein Kollege: »Interessant ... Sie können mir sicher noch mehr erzählen.«

Unter Maëls düsterem Blick zögerte Loïc. In seinen haselnussbraunen Augen flackerte Panik. Schließlich gestand er: »Es gibt etwas, das wir Ihnen noch nicht über das Abendessen erzählt haben.«

»Ich habe alle Zeit der Welt.«

»Irgendwann ging Yann hinaus auf die Strandpromenade, um eine Zigarette zu rauchen. Paul folgte ihm. Er war ziemlich aufgebracht, und sie stritten draußen weiter. Durch die Fenster und den Wind konnte man nicht alles hören, aber ich saß ziemlich dicht an der Scheibe und habe das Wichtigste mitbekommen.«

»Nämlich?«

»Als es irgendwann richtig heftig wurde, drohte Paul damit, den Bagad zu verlassen. ›Wenn die Sache nicht sehr bald in Ordnung kommt, verschwinde ich‹, sagte er.«

»Was für eine Sache?«

»Irgendwelche wichtigen Chefangelegenheiten«, wich Maël aus. »Wir mischen uns da nicht ein. Hauptsache, die Gruppe hält zusammen, und wir können in ganz Frankreich spielen ...«

Seine Worte wurden von einem vernichtenden Blick auf den jüngeren Kollegen begleitet. Konntest du nicht einfach die Klappe halten?, schien er ihn anzuschnauzen, ohne ein einziges Wort zu sagen.

»War es das erste Mal, dass Paul davon sprach, zu gehen?«

»Nein, aber noch nie so vehement und auch nicht in Hörweite der ganzen Truppe.«

In der Küche nebenan verharrten Fanny und Énora reglos auf der Stelle und hielten den Atem an. Guilloux hatte sich im Raum bewegt, und irgendwann würde ihm der Türspalt zwischen Esszimmer und Küche auffallen. Möglicherweise würde er sie in ihrem Versteck entdecken.

In dem Moment, als sie sich durch die Hintertür in den Garten zurückziehen wollten, ließ eine letzte Frage des Kommissars im Nebenzimmer sie zusammenzucken:

»Endete ihr Streit dann?«

»Nein. Yann, der wie Paul Sanguiniker ist, hatte einen seiner typischen Ausbrüche.«

»Was hat er gesagt?«

»›Eines Tages stopft dir jemand deinen Dudelsack ins Maul, und dann hörst du endlich auf, ständig auf uns herabzublicken!‹ Etwas in der Art.«

Deinen Dudelsack ins Maul stopfen. Erstaunlich, welche Fantasien man entwickeln konnte, wenn man sich mit einem Kameraden anlegte …

7

7. Juli, Saint-Malo, Manoir des Corrigan,
Allee unter den Linden, 12:30 Uhr

Der Vorteil eines Herrenhauses auf dem Land mit einem richtig großen Grundstück ist die Vielzahl an Verstecken und verborgenen Ecken. Die drei Damen des Manoir des Corrigan verfügten über ein schier unerschöpfliches Reservoir an Rückzugsmöglichkeiten, ob zum Ausruhen, für die Meditation oder mehr oder weniger sündige Aktivität.

Natürlich hatte jede von ihnen im Laufe der Zeit das Nest oder die Lieblingshöhle der jeweils anderen ausfindig gemacht. Louise suchte meist Zuflucht in ihrem Gewächshaus. Maggie entspannte am liebsten im Rosengarten und Énora in der alten Backstube neben dem Gemüsegarten.

»Ah, hier seid ihr!«, rief Énora.

Ohne sich abgesprochen zu haben, trafen die drei an der Stelle aufeinander, wo die Allee mit den Linden auf den schmalen Pfad traf, der an dem großen Glasdach vorbeiführte. Beinah wären sie zusammengestoßen.

»Habt ihr gesehen, was im Hof los ist?«, fragte Louise aufgelöst. »Der ganze Bagad hat sich versammelt. Und alle wirken sehr beunruhigt.«

»Wissen sie schon Bescheid?«, fragte Maggie besorgt in Richtung Énora. Auf keinen Fall wollte sie ihre Gäste verschrecken.

»Ich glaube nicht. Guilloux schweigt. Die beiden anderen Musiker, die im Beauregard wohnen, hat er isoliert. Außer Fanny, Guy und mir weiß bislang nur die Polizei von Paul.«

Trotzdem waren von hinter der adretten Fassade des Herrenhauses mehr als lebhafte Diskussionen zu hören.

»Warum regen sie sich dann so auf?«

»Kein Grund zur Panik, Granny. Ich habe mitgekriegt, dass sie sich wundern, warum ihr jüngster Dudelsackspieler nicht zur Probe erschienen ist.«

»Was?«, schimpfte Maggie. »Die wollten das Ganze hier veranstalten? Ohne mich vorher überhaupt zu fragen? Ist denen nicht klar, was mir bei Proben außerhalb der erlaubten Zeiten wegen Ruhestörung droht? Bestimmt ruft die blöde Dodik wieder die Polizei.«

»Ist das dein Ernst? Sonst hast du keine Probleme? Glaubst du wirklich, das wäre das Schlimmste, was Pauls Tod nach sich zieht?«

Doch ihre Großmutter setzte lediglich die verkniffene Miene einer über jeden Verdacht erhabenen Schlossherrin auf, und so schilderte sie, was sie bei ihren Nachbarn und Erzfeinden, den Le Divellecs, in Erfahrung gebracht hatte.

Sie berichtete auch von dem Verhör von Maël und Loïc, das sie von der Küche im Beauregard aus belauscht hatte, und wandte sich, als sie fertig war, wieder an ihre Großmutter:

»Ich frage dich zum letzten Mal: Sagt dir das, was ich da gerade zusammengefasst habe, persönlich überhaupt nichts?«, stellte sie sie zur Rede.

»Nein, zum Donnerwetter!«, erwiderte Maggie und rammte die Spitze ihres Stocks in den Kies. »Du fängst an, mich mit deinen Andeutungen zu nerven …«

»Fanny hat dich gesehen, zum Teufel!«, schnitt ihre Enkelin ihr das Wort ab. »Sie hat gesehen, wie du nach neun aus Pauls Zimmer gekommen bist. Also hör auf mit dem Theater!«

Ein seltsames Grinsen huschte über das Gesicht der ältesten Madame Corrigan. Eine Mischung aus einer leidenschaftslosen, aus dem Nō-Theater bekannten Maske und zur Schau getragenem Stolz.

»Findest du das etwa lustig?«, fuhr Énora gedämpft fort. »Verstehst du überhaupt, was das bedeutet? Wenn man den anderen Aussagen Glauben schenken darf, warst du offenbar die Letzte, die Paul lebend gesehen hat.«

»Schon gut, du brauchst mich nicht zu beleidigen«, sagte Maggie und strich sich eine graue Strähne hinters Ohr. »Mag sein, dass ich bis zum Hals in der Scheiße stecke, aber total blöd bin ich nicht.«

»Schon klar. Dann weißt du vermutlich auch, dass dich das zur Hauptverdächtigen in einem Mordfall macht, und zwar in dem deines Ex-Liebhabers, den du gestern Abend besucht hast. Du kannst dir sicher vorstellen, was das bedeutet.«

Die junge rothaarige Furie war die Erste, die es wagte, das Wort Mord laut auszusprechen.

»Natürlich hat Fanny dem Kommissar nichts gesagt. Bisher ist dein kleines Geheimnis noch gut gehütet. Aber du weißt ja, wie so was läuft. Auf Dauer kann das nicht gut gehen. Es gibt immer den Moment, in dem ein winziges Detail denjenigen verrät, der schweigt.«

»*Better to remain silent and be thought a fool, than to speak out and remove all doubt*«, zitierte Maggie.

»Shakespeare?«, erkundigte sich Louise.

»Nein, Abraham Lincoln.«

»Leute, wacht auf!«, ereiferte sich Énora. »Ich erzähle euch, dass Granny wegen eines Verbrechens angeklagt werden könnte, und ihr spielt Trivial Pursuit?«

»Also, wenn es jetzt schon verpönt ist, ein bisschen Kultur zu präsentieren …«, gab sich Maggie beleidigt.

Énora verdrehte ihre blaugrünen Augen. Doch dann schlüpfte sie wieder in die Rolle der Erwachsenen gegenüber den beiden älteren Frauen, die manchmal sprunghaft waren wie Kinder, und konstatierte pragmatisch:

»Wir müssen dir irgendwie ein Alibi besorgen. Und das nicht erst übermorgen. Sondern jetzt sofort.«

»Jetzt?«

»Ja! Nachdem die beiden Yann Guesnet bei Guilloux verpfiffen haben, wird der Kommissar zwangsläufig gleich hier auftauchen – eigentlich bin ich überrascht, dass er nicht schon längst da ist. Und er wird ganz sicher mit der Chefin sprechen wollen.«

»Okay, okay,« grummelte die Matriarchin.

Aber in dem Maße, in dem Fanny einen Ordnungshüter nur ungern an der Nase herumführte, schien die Aussicht genau darauf die immer zu Späßen aufgelegte Maggie Corrigan eher zu erfreuen. Sie lächelte verschlagen. Ganz so, als wäre die alte Dame an die Beugung der Wahrheit, an das Spiel mit dem Feuer und das Lavieren auf den unruhigen Wogen der Lüge nicht nur gewöhnt, sondern als würde es ihr großen Spaß machen.

»Was genau ist gestern Abend zwischen dir und Paul passiert?«, wollte Énora wissen.

Kaum hatte sie die Frage gestellt, machte sich eine junge Frau mit blondem Haar und hochroten Wangen vom Vorplatz des Herrenhauses aus bemerkbar.

»Sophie? Was willst du denn hier?«, rief Énora. »Heute ist Samstag, und du hast frei …«

Die Frau lief auf die drei zu und antwortete keuchend:

»Das weiß ich auch … Aber im ganzen Dorf wird darüber geredet, dass sich die Bullen im Beauregard die Klinke in die Hand geben. Also bin ich gleich losgerannt, um nachzusehen, ob alles in Ordnung ist. Auf der Straße habe ich dann gehört, dass der neue Kommissar sich auch hier umschauen will. Ich wollte Sie nur warnen.«

Habe ich es euch nicht gesagt?, schien Énoras Blick zu besagen, der triumphierend von ihrer Mutter zu ihrer Großmutter glitt.

»Granny«, sagte sie laut zu Maggie. »Vielleicht ist es nur ein Detail, aber es könnte wichtig sein: Als du gestern Abend im Beauregard warst, hast du da deine Schuhe anbehalten? Oder hast du sie ausgezogen, ehe du nach oben gegangen bist?«

Die arme Sophie machte Augen so rund wie zwei Donuts mit Zuckerguss und verstand gar nichts mehr.

»Ich habe sie ausgezogen. Das machen alle, also schien es mir selbstverständlich. Ich habe nicht einmal darüber nachgedacht.«

»Perfekt! Aber du hast die Schuhe nicht in der Hand gehalten, sondern sie im Flur stehen lassen, nehme ich an?«

»Ich habe das getan, was mir mein Vater schon als kleines Mädchen beigebracht hat: Ich habe sie nicht mit der Sohle, sondern mit der Lederseite nach unten abgestellt, damit keine Schlammspuren zurückbleiben. *Clean as a whistle!*«

Die Bauernschläue ihrer Großmutter verblüffte Énora immer wieder. In diesem Fall würde sie ihr möglicherweise den Hintern retten. Immerhin bewies sie ihre Unschuld …

»Das ist großartig! Du bist großartig! Ein letzter Tipp noch: Wenn auch nur das Geringste in deinem Besitz ist, das beweisen könnte, dass du gestern Abend in Pauls Zimmer warst, wäre jetzt der richtige Zeitpunkt, es zu vernichten.«

»Was zum Beispiel?«

»Keine Ahnung. Eine Nachricht in deinem Telefon, etwas, das er dir gegeben hat … irgendwas. Darum kümmerst du dich jetzt. Und wir kümmern uns darum, Guilloux so lange wie möglich am Eingang festzuhalten. Sophie, du servierst unseren Gästen im Hof einen Aperitif. Auf Kosten des Hauses. Das wird helfen, sie für einen Moment abzulenken. Los, los!«

Sie wollten sich gerade an ihre jeweilige Aufgabe machen, als Louise, die immer diskrete, zurückhaltende Louise, plötzlich fast übermütig rief: »Wartet!«

Alle drehten sich um.

»Wisst ihr eigentlich, was wir hier tun?«

»Grannys Arsch retten?«

»Schon, aber sonst noch? Mädels, wir lassen die Breizh Brigade wieder auferstehen!«

Das Lächeln auf ihrem schönen Gesicht zeugte von ihrer Leidenschaft. Nur eine sehr introvertierte Frau ließ sich derart begeistern.

»Die *was*?«, quiekte Sophie, die sich immer mehr ausgeschlossen fühlte.

»Oh nein, bitte nicht«, jammerte Énora, »nicht dieser alte Hut … Aus dem Alter sind wir doch allmählich raus, oder?«

»Das ist deine persönliche Meinung!«, schimpfte Maggie.

»Was ist denn dieses Breizh Dingsbums?«

Bei der Breizh Brigade handelte es sich um eine eigene kleine Ermittlergruppe, die Maggie und Louise kurz nach Constants ungeklärtem Verschwinden zwei Jahrzehnte zuvor ins Leben gerufen hatten. Angetrieben von ihrer Faszination für die Machenschaften in L. T. Meades Romanen und der stillen Hoffnung, das Geheimnis um den abhandengekommenen

Constant zu lüften, hatten Maggie und Louise sich darauf verlegt, sämtliche Lokalnachrichten, angefangen beim Diebstahl von Fassbutter bis hin zum Verbrechen aus Leidenschaft, ganz genau unter die Lupe zu nehmen. Maggie hatte unzählige Informanten in der Region, von denen die meisten Stammgäste in ihrer illegalen Kneipe waren, und Louise wusste immer genau über alles Bescheid, was in Saint-Malo geschah und in der Rubrik »Vermischtes« der örtlichen Zeitung nachzulesen war.

Mehrmals in der Woche hatten sie ihre Ermittlungsergebnisse im Spielzimmer des Herrenhauses besprochen, zunächst allein, später mit Énora auf dem Schoß, und als der Rotschopf alt genug war, um mitzumachen, hatten sie sich zu dritt über ihre wertvollen Akten gebeugt. Manche Familien spielten Scrabble oder Tarot. Die drei Corrigan-Frauen ermittelten wie Polizistinnen. Ihre unschuldigen Spielchen – sie behielten ihre Ergebnisse für sich – hatten fast zehn Jahre lang ihre Abende und Wochenenden ausgefüllt, bis die jüngste der drei zum Teenager heranwuchs und keine Lust mehr hatte. Die sogenannte »BB« samt ihren Ritualen war in die staubigen Regale der Bibliothek gewandert und hatte anderen, wenn auch weniger aufregenden Marotten Platz gemacht.

»Ob Breizh Brigade oder nicht, das ist doch egal«, meinte Louise. »Wie wir es nennen, spielt keine Rolle. Im Augenblick ist nur wichtig, Mama zu entlasten, oder? Und dazu müssen wir versuchen, dem Mörder von Paul Le Tohic eine Identität und ein Gesicht zu geben.«

Die drei anderen Frauen tauschten stumme, zweifelnde Blicke. Ein Cluedo-Spiel live nachspielen? Wirklich?

Doch Louise, plötzlich befreit vom Joch ihrer legendären Zurückhaltung, deutete auf das denkmalgeschützte Gebäude hinter ihnen, das eine beständige Erinnerung an ihr gemeinsames Erbe und ihre Verpflichtungen war:

»Soll ich euch etwa noch einmal die Liste der Kredite aufzählen, die wir noch zurückzahlen müssen, um diesen verdammten Laden hier am Laufen zu halten? Glaubt ihr wirklich, dass wir uns zu allem Überfluss auch noch den Luxus eines Gerichtsverfahrens leisten können?«

»*Bollocks*«, seufzte Maggie. »Ich fürchte, Loulou hat recht.«

8

7. Juli, Saint-Malo, Manoir des Corrigan,
Maggies Zimmer, gegen 13:00 Uhr

»Ich fürchte, Loulou hat recht.«

Dieses Zugeständnis war Maggie nicht leichtgefallen. Zum ersten Mal hatte sie etwas zugeben müssen …

Manchmal – wenn auch eher selten – schalt sie sich wegen ihrer Unnachgiebigkeit und ihres etwas schroffen Umgangs mit ihrer einzigen Tochter. Doch dann erinnerte sie sich an die harte Erziehung durch ihre eigenen Eltern – »mit Zuckerbrot und Peitsche« – und tröstete sich mit dem Vergleich ihrer jeweiligen Traumata. Die Waage neigte sich eindeutig zu Louises Gunsten.

Um den vor Musikern und sicher bald auch vor Polizisten wimmelnden Innenhof zu meiden, ging sie durch das kleine, von Kakteen gesäumte Spitzbogentor rechts neben dem großen Gewächshaus und weiter über den Parkplatz des alten Herrenhauses um die Aufenthaltsräume herum. Von dort aus konnte sie sich durch den vor Blicken geschützten Hintereingang in das größte der Nebengebäude schleichen.

Schnell stieg sie die Stufen zum oberen Stockwerk hinauf. Für eine alte Dame mit Gehstock war sie ziemlich gut zu Fuß. Nachdem sie die Zimmertür hinter sich geschlossen hatte, stellte sie sich ans Fenster, gut hinter einem geblümten Vorhang verborgen.

»*Bloody eejit*!«, stieß sie leise fluchend zwischen zusammengebissenen Zähnen hervor.

Jenseits des Hofes, wo tatsächlich die Musiker und eine Handvoll uniformierter Polizisten herumwimmelten, hatte sie in der Rue du Puits-Sauvage Dodik Cadiou entdeckt. In gewisser Weise ähnelten sich die beiden Frauen ein wenig, vor allem durch den grauen, akkuraten Bobschnitt, den Maggies Nachbarin allerdings kürzer trug. Ansonsten jedoch hätten die beiden Damen unterschiedlicher nicht sein können. Das rötliche Pausbackengesicht der Witwe Cadiou, das angeblich von einer Langzeitbehandlung mit Cortison herrührte, sah aus wie mit Helium aufgepumpt. Maggie vermutete, dass dies auch auf ihre Persönlichkeit zutraf, die so sehr von Gerüchten und Klatsch durchdrungen war, dass sie sich vor Verbitterung aufblähte.

Es entsprach Maggies Vorurteil, dass Dodik gerade einen gut aussehenden Mann in einer cremefarbenen Leinenjacke belagerte und ihre Galligkeit an ihm ausließ. Dabei fuchtelte sie mit den Armen und verdrehte die Augen. Der Mann ließ sie gewähren, während er mit einer Mischung aus Zuhören und Autorität vorwärtsstrebte, ohne von seinem Weg abzuweichen. Er ging geradewegs auf das Tor des Herrenhauses zu und tat so, als würde er die Worte der Schreckschraube im Morgenmantel beachten. Gott allein wusste, was diese Harpyie ihm über die Familie Corrigan erzählte.

»Guilloux?«, flüsterte Maggie vor sich hin. »So sehen Sie also aus, Herr Kommissar?«

Ein solches Exemplar von Mann hätte sie ihrer Sammlung nur allzu gern hinzugefügt. Und die blöde Kuh Dodik hätte das mit Sicherheit umgehend in ihre Aufzeichnungen aufgenommen. Maggie war überzeugt, dass die Nachbarin von gegenüber nur deshalb Buch über ihre Eroberungen führte, weil sich kein Herrenbesuch in ihr eigenes Bett verirrte. In den vergangenen zwanzig Jahren hatte sie sicher schon einige Seiten gefüllt.

Ich muss sie mal bitten, mir die zu zeigen, dachte sie, ohne es wirklich ernst zu meinen.

Im Laufe der Jahre erinnerte sie sich nur verschwommen an einige Namen und Gesichter.

Dann jedoch lösten sich die nostalgischen, von lustvollen Erinnerungen geschürten Nebel mit einem Schlag auf.

Ihre Mission! Sie musste die Beweise für ihr Treffen mit Paul vernichten. Umso dringlicher, als der Chefpolizist draußen endlich die Verrückte losgeworden war und mit entschlossenen Schritten den Innenhof betrat.

Maggie schaute sich in ihrem Zimmer um, und fast sofort fiel ihr der zerknitterte Zettel auf ihrem Nachttisch ins Auge. Sie entfaltete ihn und las ihn mit leichter Wehmut noch einmal durch.

Oh ja, diese Nächte mit Paul ... Sie trat an den Kamin und griff nach einer Schachtel Streichhölzer. Der Zettel, den der junge Loïc – so hatte er sich vorgestellt – ihr ausgehändigt hatte, brannte innerhalb einer Sekunde lichterloh. So schnell, dass sie sich fast die Finger verbrannt hätte.

Sie warf ihn in den Kamin und stocherte mit der Spitze ihres Stocks in der noch rauchenden Asche, um sie mit den restlichen verkohlten Holzstücken zu vermischen.

Paul, Paul, Paul ...

Wäre er doch nur nicht ein so notgeiler Satyr gewesen, der sich auf alles stürzte, was nicht bei drei auf den Bäumen war. Schon während ihrer nur kurzen Beziehung hatte sie vermutet, dass er anderen Frauen nachlief.

Hätte er sein Privatleben doch nur mit der gleichen Ausschließlichkeit behandelt wie seine Kunst.

Wer weiß ... vielleicht hätten sie beide etwas wirklich Tolles aufbauen können.

Dieser Gedanke führte zu einem weiteren.

Erneut ließ sie ihren Blick durch den Raum gleiten, in jede Ecke, und entdeckte schließlich eine rechteckige Tasche mit dem Logo einer bekannten Supermarktkette. Sollte sie auch die Tickets vernichten, die sie vor ein paar Tagen für das Konzert der Briac Breizh Bagad gekauft hatte? Nachdem sie erfahren hatte, dass das Konzert an ihrem siebzigsten Geburtstag stattfinden würde, hatte sie, ohne zu überlegen, Plätze reserviert. Das Zusammentreffen der beiden Ereignisse war ihr zu schön erschienen, um rein zufällig zu sein. Jetzt allerdings kamen ihr Zweifel: War es vernünftig, sich dort blicken zu lassen? Würde ihre Anwesenheit sie nicht noch verdächtiger machen?

Was würde Énora an ihrer Stelle tun?

Ihre Enkelin war ihr sehr ähnlich. Eines Tages, das wusste sie genau, würde Énora, und nicht Louise, das Oberhaupt der Familie sein.

Und was hätte Constant ihr geraten?

Zwanzig Jahre war der alte Bock nun schon verschwunden, aber trotzdem schlich er sich noch in jeden ihrer Gedanken und jede ihrer Entscheidungen. Er, der zu Lebzeiten so launisch und unzuverlässig gewesen war, schien sie nun von seiner Wolke aus zu leiten – genau dazu dienten diese Kumuluswolken, die den Himmel über Saint-Malo nie ganz verließen, dessen war Maggie sich sicher. Constant gab ihr Zeichen. Wollte er sich für das hartnäckige Geheimnis um seinen Tod entschuldigen? Denn weder sein kleines Fischerboot, die L. T. Meade, noch seine Leiche waren je gefunden worden.

Auf der anderen Straßenseite suchte Dodik, die jetzt erst richtig in Schwung gekommen war, nach neuem Publikum. Sie packte wildfremde Wochenendspaziergänger am Arm und war fest entschlossen, ihr Gift über jedem, der es hören wollte (oder nicht hören wollte, das war ihr egal), auszuspucken. Nie würde Maggie diese Armen im Geiste verstehen, die sich lieber damit beschäftigten, das Leben anderer Leute zu besudeln, anstatt ihr eigenes mit schönen Dingen zu füllen. Man musste schon viel Schlimmes durchgemacht haben, um sich ständig mit Bösartigkeit zu umgeben, anstatt sich selbst etwas Gutes zu tun.

»Und wenn schon: *Shite*!«, trumpfte Maggie in schönstem Irisch auf.

Sie würde sich weder von Ängsten noch von falschen Schlangen wie Dodik Cadiou etwas vorschreiben lassen. Wie geplant würde sie mit Louise und Énora im Schlosshof der Musik von Dudelsäcken und Bombarden lauschen. Falls die Polizei zufällig ihre Kreditkartenabrechnungen überprüfte, wäre es vielleicht sogar noch verdächtiger, wenn sie auf den Besuch eines Konzerts verzichtete, für das sie gerade erst Karten erworben hatte. Sie musste nur noch beschließen, welche Legende sie dem gut aussehenden Kommissar auftischen würde, falls er sie zu ihren Aktivitäten am Vorabend befragte.

Ob sie den guten Jacques in ihren Bericht einbeziehen sollte?

»Jacques hat gesagt: Ich habe den ganzen Abend und die ganze Nacht mit Maggie Corrigan in ihrem Zimmer verbracht. Jacques hat gesagt: Niemand ist zu Besuch gekommen oder hat meiner Geliebten eine Nachricht überbracht.«

Unmöglich, das wusste sie genau. Weder wollte sie die Ehe des guten Gaillard ruinieren, noch war ihr daran gelegen, seine Scheidungsabsichten zu unterstützen. Zwar hatte sie ihn gerne in ihrer Nähe, aber bitte nicht länger als ein paar Minuten.

Und die Wahrheit über ihren Besuch bei Paul zu gestehen kam angesichts von Énoras Enthüllungen auf keinen Fall mehr infrage.

»Ich fürchte, Loulou hat recht …«

Wenn Maggie das Schlimmste verhindern wollte, gab es für sie keine andere Möglichkeit, als jemand anderen zu belasten. Am besten den Schuldigen.

Allerdings war dieses Vorhaben an eine etwas bittere Bedingung geknüpft. Ihre gesamte Strategie beruhte auf etwas, das sie nicht kontrollieren konnte: Alles hing vom Stillschweigen und der Komplizenschaft von Fanny Horvais ab, der Angestellten ihres schlimmsten Feindes.

Würde die junge Frau ihre Zunge im Zaum halten? Würde sie dem Druck der Polizeiverhöre standhalten? Warum sollte sie Maggie decken, außer vielleicht wegen ihrer langjährigen Freundschaft zu Nono?

Tag für Tag schwärzten Frauen ihre Ehemänner an, denunzierten Kinder ihre Väter, verrieten gute Freunde einander nach dreißig Jahren, um ihre Haut zu retten. Das wusste die ehemalige ewige Sekretärin der Breizh Brigade nur allzu gut.

War das Band zwischen Fanny und Énora stark genug, um Maggie zu schützen? Auch wenn ihr keine überzeugende Antwort einfiel, musste sie über die Ironie der Situation lächeln: Ihre Rettung hing von einer jungen Frau ab, über die sie so gut wie gar nichts wusste und die sie bislang verachtet hatte. Sie hatte sich schon auf weniger unsicherem Terrain bewegt …

9

7. Juli, Saint-Malo, Manoir des Corrigan, Innenhof, kurz nach 13:00 Uhr

»Warst du schwimmen, oder was?«, sprach Christophe Guilloux eine Brünette mit nassen Haaren an, die über den Innenhof des Herrenhauses auf ihn zulief.

»Was soll das?«, knurrte die Frau, ohne sich die Mühe zu machen, ihn zu begrüßen. »Darf ich dich daran erinnern, dass ich heute Morgen frei habe?«

»Mensch, das war doch kein Vorwurf ... Es ging nur um deine Haare ...«

Sie riss die dunklen Augen auf und fuhr sich mit der Hand durchs Haar, als würde sie dessen Zustand erst jetzt bemerken.

»Ach das! Ich habe Rose zu ihrem Segelkurs begleitet, und sagen wir mal so: Ich habe mich wohl ein bisschen zu intensiv in das Zuwasserlassen ihres Hobie Cat eingemischt.«

So war sie, Emma Lobo, die Stellvertreterin des Kommissars – immer bereit, Hilfe oder auch nur ihre Zeit anzubieten. Sie war ständig verfügbar und hatte insgeheim darauf gehofft, daraus eines Tages einen beruflichen Vorteil ziehen zu können.

Bis die Regionaldirektion der Kriminalpolizei ihr drei Monate zuvor mitgeteilt hatte, dass ihr bei der internen Ausschreibung ein Ortsfremder aus Vannes vorgezogen worden war. Zuerst war sie stinksauer gewesen. Dann aber hatte sie sich an den rüden (aber fairen) Umgang ihres neuen Chefs gewöhnt – und auch die Tatsache, dass er so gut aussah, hatte der jungen, alleinerziehenden Mutter nichts ausgemacht.

In den Fluren munkelte man, dass sich der neue Chef gleich nach seiner Ankunft in Saint-Malo ein Tinder-Profil zugelegt hätte. Seitdem träumte jede Frau davon, diesen Fisch an Land zu ziehen. Nicht so Emma, denn für sie galt die heilige Regel, dass Kollegen grundsätzlich tabu waren.

Die Musiker, die sich ringsum versammelt hatten, betrachteten die beiden Kriminalpolizisten mit einer Mischung aus Furcht und Misstrauen. Ihre Anwesenheit sowie die einiger blau Uniformierter verhießen nichts Gutes. Der banale Diebstahl eines Lieferwagens oder einer Bühnenausrüstung hätte sicher nicht zu einem derartigen Aufgebot an Polizeikräften geführt.

»Dürfen wir erfahren, was hier los ist? Ihre Leute patrouillieren seit mindestens zwei Stunden in der gesamten Umgebung, aber niemand informiert uns über irgendetwas.«

Eine Frau mit langem, strähnig blondem Haar und in einem Sommerkleid aus ungebleichter Baumwolle hatte sich vor den beiden Beamten aufgebaut und war wild entschlossen, sie erst nach erfolgter Aufklärung durchzulassen.

»Tut mir leid«, antwortete Guilloux ruhig, »aber es ist noch ein wenig zu früh für eine Aussage. Zunächst einmal müsste ich mit Ihrem Vorgesetzten, Monsieur Guesnet, sprechen.«

»Yann ist nicht unser Vorgesetzter!«, erklärte die Frau beleidigt. »Der Bagad ist ein Verein, keine Firma oder ein Regiment.«

»Bedauerlicherweise bin ich mit den korrekten Begrifflichkeiten für Ihre Tätigkeit nicht vertraut. Auf jeden Fall muss ich dringend mit ihm sprechen. Wissen Sie, wo er sich aufhält?«

Mit mürrischer Miene deutete sie auf die hohen Glastüren des Spielzimmers. Trotz Spiegelung und Halbschatten war darin die gedrungene Gestalt eines kleinen, kahlköpfigen Mannes zu erkennen, der mit einem Billardqueue übte. Er war offenbar das einzige Gruppenmitglied, dem der Sinn nach Ablenkung stand.

»Monsieur Guesnet?« Gemeinsam mit seiner Stellvertreterin betrat der Polizist den Raum.

»Ja. Worum geht es?«

Der über den grünen Filz gebeugte Mann hatte bei der Nennung seines Namens kaum eine seiner sehr dichten Augenbrauen gehoben.

»Ich bin Commissaire Guilloux, und das ist Capitaine Emma Lobo. Wir sind von der Kriminalpolizei in Saint-Malo.«

»Sehr erfreut«, brummte Guesnet, obwohl das nicht stimmte. »Was kann ich für Sie tun? Lust auf ein Spielchen, Monsieur le Commissaire?«

»Nicht wirklich, nein. Sind Sie der Leiter des Briac Breizh Bagad?«

»Stimmt genau.«

Er hob die bläuliche Spitze des Queues vom Tisch und ließ sich endlich dazu herab, die beiden Polizisten anzusehen.

»Was können Sie uns über Ihre Auseinandersetzung mit Paul Le Tohic gestern Abend erzählen?«

Die Frage schien Guesnet eine Sekunde lang zu verunsichern, dann jedoch antwortete er selbstbewusst mit einem Hauch von Verärgerung:

»Was hat dieser Spinner Ihnen erzählt? Er gibt einfach gern den Klugscheißer.«

»Hören Sie, es ist nicht …«

»Kann der Kerl sich nicht damit begnügen, auf seinem Dudelsack zu spielen?«, schnitt Guesnet dem Polizisten das Wort ab. »Wir warten schon seit zwei Stunden auf ihn, damit wir endlich proben können!«

Angesichts der Verbitterung des Mannes entschied Guilloux, nicht sofort zu antworten. Stattdessen zückte er sein Telefon und zeigte dem Mann eines der erkennungsdienstlichen Fotos, das der leitende Kriminaltechniker ihm zugeschickt hatte. Trotz des recht großen Bildausschnitts ließ es keinen Zweifel an dem, was geschehen war.

»*Gast ar c'hast!*«, fluchte Guesnet auf Bretonisch. Seine Hände umklammerten krampfhaft den lackierten Stock.

»Wie Sie sehen, wird er für eine ganze Weile auf das Dudelsackspielen verzichten müssen …«

»Ist das in seinem Zimmer im Beauregard?«, fragte der Ensembleleiter mit vor Schreck heiserer Stimme.

Er musterte das Foto.

»Ja. Als er Sie gestern Abend nach dem Essen abgesetzt hat, sind Sie da nicht mit ihm nach oben gegangen, um sich sein Zimmer anzuschauen?«

»Nein, nein.« Er schüttelte den Kopf, der sich plötzlich so schwer wie eine Bowlingkugel anfühlte. »Nach unserem heftigen Streit hatten wir es ziemlich eilig, ins Bett zu kommen. Die Stimmung war nicht gerade gut für einen gemeinsamen Digestif.«

»Das kann ich mir vorstellen.«

Mütterlich sanft griff Emma nach Guesnets Arm und führte ihn zu einem der Clubsessel, die kreisförmig aufgestellt waren und eine Art Wohnzimmer im Wohnzimmer bildeten; genau richtig, um bei einem Glas Likör kleine Geheimnisse auszutauschen.

Guesnet ließ sich mit seinem ganzen Gewicht in die rissigen Lederpolster fallen. Zwar war das Rauchen in diesem Zimmer schon lange nicht mehr erlaubt, doch in dem Rindsleder hielt sich noch immer ein leichter Tabakduft.

»Lassen Sie uns auf Ihren Streit gestern Abend in der Brasserie du Sillon zurückkommen«, versuchte es Christophe Guilloux erneut.

»Na ja, so läuft es zwischen einem Penn-Soner und seinem Starmusiker doch fast immer.«

Er musste die Bezeichnung für die beiden Ermittler übersetzen.

»Ich würde sogar sagen, dass gewisse Spannungen der Treibstoff eines Bagad sind. Ohne sie schlafen wir ein. Am Ende spielt man nur noch aus Routine. Und von der Routine geht es dann in die Langeweile ...«

»Okay. Aber ich wüsste gern genauer, was Sie und Paul Le Tohic gesagt haben? Worum ging es bei Ihrer gestrigen Meinungsverschiedenheit?«

»Paul ist ... Paul war ein außergewöhnlicher Solist. Aber es fiel ihm schwer, die Aufteilung der Verantwortlichkeiten zwischen uns zu akzeptieren.«

»Will heißen?«

»Er warf mir meine Art der Leitung des BBB vor, meistens, weil er der Meinung war, dass sie nicht in seinem Sinne war. Dass er nicht genug in den Vordergrund gestellt wurde, wenn man so will. Er schimpfte ständig darüber, dass die recht bescheidenen Mittel des Vereins in nicht ausreichender Weise zu seinem kleinen persönlichen Prestige beitrugen.«

»Inwiefern?«

»Er wollte zum Beispiel, dass auf den Plakaten sein Name größer gedruckt wird als der des Bagad«, sagte er verärgert. »Meine Aufgabe ist es aber, die Gruppe zu fördern und nicht eine bestimmte Person – ganz gleich, wie genial sie ist.«

Ein Streit zwischen zwei starken Egos war in diesen Kreisen vermutlich nicht ungewöhnlich.

Der Rest seines Berichts stimmte mit dem von Maël und Loïc überein, einschließlich der Drohung von Paul, das Ensemble zu verlassen. Das einzige Detail, das er nicht erwähnte, war sein letzter, im Zorn ausgesprochener Satz: »Eines Tages stopft dir jemand deinen Dudelsack ins Maul, und dann hörst du endlich auf, ständig auf uns herabzublicken!«

»Wie haben Sie reagiert?«

»Wie soll ich schon reagiert haben? Unfreundlich natürlich! Ich habe ihn angeraunzt. Ziemlich laut. So klein, wie ich bin, traut man mir das vielleicht nicht zu, aber wenn ich brülle, dann brülle ich!«

Er schien fast stolz auf die Fähigkeit zu sein, seine Leute zu terrorisieren. Emma pflichtete ihm mit einem Nicken bei.

»Zeugen haben uns berichtet, dass Sie Monsieur Le Tohic mit dem Tod gedroht haben«, fuhr der Kommissar fort.

»Niemals«, fuhr Guesnet auf, fing sich aber sofort wieder. »Wir hatten beide ziemlich viel getrunken. Sie wissen doch, wie das in einem solchen Zustand ist: Man spricht alles aus, was einem durch den Kopf geht.«

Natürlich setzten nicht alle Betrunkenen ihre Drohungen in die Tat um. In diesem Fall aber hatte jemand die Worte von Yann Guesnet ernst genommen und sogar eine komische Form der Kreativität bei der Umsetzung entfaltet.

Offenbar kam dem Dirigenten plötzlich der Anblick des schrecklichen Bildes wieder in den Sinn, denn er versuchte, die Bedeutung seiner Worte vom Vortag herunterzuspielen.

»Aber darauf sollten wir nicht zu sehr herumreiten …«, fügte er hinzu.

»Waren Sie nach all diesen Feindseligkeiten nicht überrascht, dass Paul trotzdem anbot, Sie hier abzusetzen?«

»Ehrlich gesagt war ich ganz schön hinüber und längst nicht mehr in der Lage, mich über irgendetwas zu wundern.«

Das klang ehrlich.

»Und dann ...«

»Ja?«, hakte auch Emma Lobo nach.

»Nachdem wir das Restaurant verlassen hatten, ging alles ziemlich schnell. Er schien es sehr eilig zu haben, in sein Zimmer zurückzukehren.«

»Vielleicht war er ja einfach nur müde? Der Alkohol und Ihr heftiger Schlagabtausch – so etwas ist nicht gerade erholsam.«

»Ich hatte eher den Eindruck, dass er zu einer bestimmten Uhrzeit zurück sein wollte. Als ob ihn jemand erwartete.«

»Sie haben ein paar ziemlich anzügliche Witze gerissen darüber, dass Paul auf ihren Tourneen selten allein schlief«, hatte Fanny Horvais erzählt. Hatte Paul Le Tohic es so eilig, weil er verabredet war? Wartete in seinem Zimmer im Beauregard eine Frau auf ihn? Gehörte dieser Frau die zweite Stimme, die Fanny gegen neun Uhr beim Schminken gehört hatte?

Obwohl es auf den ersten Blick nicht so schien, dass die mysteriöse Arwen die fragliche Frau war, nahm Guilloux sich vor, sie zu überprüfen, sobald sie eindeutig identifiziert war.

»Und wie ging der Abend für Sie zu Ende?«

»In guter Gesellschaft«, grinste Guesnet und hob den Ellbogen.

»In Ihrem Zimmer?«

»Nein, am Tresen.«

»Am Tresen?«, wunderte sich Emma, die schon viel länger in Saint-Malo lebte als ihr Kollege. »Welcher Tresen? In der Nähe gibt es weder eine Bar noch ein Café. Auch nicht in der Siedlung Saint-Étienne. Und die Bars von La Découverte sind nur tagsüber geöffnet.«

»Na, hier im Herrenhaus«, antwortete Yann wie aus der Pistole geschossen. »Der Pub im Gemeinschaftsraum.«

Emma Lobo beugte sich vor und flüsterte ihrem Vorgesetzten ins Ohr: »Soweit mir bekannt ist, hat das Manoir des Corrigan nie die entsprechende Lizenz 4 zum Ausschank von Alkohol erhalten. Ich wüsste davon, denn mein Ex-Schwiegervater sitzt in der Kommission, die diese Lizenzen vergibt.« Bei dem Pub musste es sich also um eine illegale Kneipe handeln.

»Ich kann Ihnen verraten, dass es noch ziemlich hoch herging!«, fuhr Guesnet mit leuchtenden Augen fort.

»Aber danach waren Sie noch in der Lage, allein die Treppe hinaufzugehen?«

»Nein«, entgegnete der Musiker ohne jeglichen Anflug von Schuld, als wären solche Exzesse für ihn an der Tagesordnung. »Ein blondes Mädchen hat mir geholfen, eine niedliche, pummelige Schnepfe. Allerdings fürchte ich, dass ich sie nicht wiedererkennen würde, selbst wenn Sie sie mir vor die Nase setzen würden …«

»Das dürfte zunächst auch nicht nötig sein«, beruhigte ihn Guilloux. »Aber ich muss Sie und Ihre Musiker bitten, Saint-Malo bis auf Weiteres nicht zu verlassen.«

»Das tun wir bestimmt nicht. Schließlich spielen wir morgen um fünfzehn Uhr.«

»Ach, sieh mal einer an«, rief Emma leicht entrüstet. »Sie wollen das Konzert tatsächlich spielen?«

»Selbstverständlich! Warum um alles in der Welt sollten wir es absagen?«

Das Ensemble steht im Vordergrund. Meine Aufgabe ist es, die Gruppe zu fördern, nicht eine bestimmte Person, hatte er kurz zuvor erläutert. Erst kommt der Bagad, dann erst der Solist.

Selbst wenn er noch so genial ist. Oder tot.

10

7. Juli, Saint-Malo, Manoir des Corrigan,
Maggies Büro, 13:45 Uhr

Es gibt ein Spiel, das bei Teambuilding-Seminaren der Polizei häufig zum Einsatz kommt: Definiere alle Teilnehmer durch genau drei Attribute, nicht mehr.

Streng, aristokratisch, exzentrisch.

So definierte Christophe Guilloux die grauhaarige Dame, die auf der Schwelle zu ihrem Büro stand und ihm ihre Hand reichte, die so zierlich und knorrig war wie eine Weinrebe.

»Maggie Corrigan«, stellte sie sich vor, mit dem glatten Zuckerguss eines englischen Akzents auf den Vokalen und einem eher rauen Topping auf den Konsonanten, den sie rasch zu erklären versuchte. »Mein Mädchenname war Maggie O'Connell. Ich lebe seit fast fünfzig Jahren in Saint-Malo, bin aber in Irland aufgewachsen. Ist Ihnen Baltimore ein Begriff?«

Mit diesen Worten führte sie ihn in ihre Höhle. Das dunkle Holzfurnier an den Wänden und die schräge Decke mit den Mansardenfenstern erweckten den Eindruck, als beträte man eine Schiffskabine. Oder das Steuerhaus eines alten Seglers.

Die Dekoration aus alten Drucken und unzähligem Krimskrams trug zum Charme der Einrichtung bei, in der Luft hing die seltsame Geruchsmischung aus Bienenwachs und Bratkartoffeln.

»Das ist in der Nähe von Cork, oder?«, antwortete Guilloux, nachdem er sich eine Weile in dem Büro umgesehen hatte. »An der Südküste.«

Die Hausherrin hatte darauf bestanden, den Kommissar in ihrem Büro zu empfangen, wo es ruhiger war als im hektischen Erdgeschoss des alten Herrenhauses.

»Bravo! Ich glaube, ich habe noch nie einen Franzosen getroffen, der meine Heimatstadt lokalisieren konnte. Sie sind der Erste. Wenn ich Baltimore sage, werde ich eher auf *The Wire* angesprochen …«

»Ich bin ein bisschen herumgekommen«, meinte Guilloux fast entschuldigend. »Es ist schön dort. Fahren Sie noch ab und zu hin?«

Er blieb vor einem gerahmten Bild stehen, das mit *Der Hafen von Baltimore nach dem Fang eines großen Fisches* beschriftet war. Winzige Männlein hievten einen Wal auf einen belebten Kai.

»Das ist es«, wich sie aus, offenbar war ihr seine letzte Frage peinlich. »Schön, meine ich.«

Einander gegenüber nahmen sie an einem großen Kirschholzsekretär Platz, dessen Fläche fast gänzlich mit Saffianleder bezogen war. An den Ecken hatte der Zahn der Zeit seine Spuren hinterlassen. Das alte Herrenhaus hatte seine Glanzzeit sichtlich hinter sich, und der Familie fehlten offenbar die Mittel, es in seinem ursprünglichen Zustand zu erhalten.

Schon vom Hof aus hatte Guilloux die fehlenden Dachziegel und die von Wind und Gischt zerfressenen Fensterrahmen aus weichem Stein bemerkt.

»Laufen die Geschäfte im Moment einigermaßen?«, fragte er, um ein Gespräch in Gang zu bringen. »Wie geht es Ihnen vor dem Hintergrund von Viren und Streiks der Staatsbahn? Kommen Sie über die Runden?«

»*Well*, wir können uns nicht beklagen. Wie Sie sehen, sind wir dieses Wochenende komplett ausgebucht.«

Der Polizist verzichtete darauf, zu betonen, dass dies während eines Festivalsommers wohl das Mindeste war, was man erwarten durfte.

Seit Constants Verschwinden vor zwanzig Jahren dümpelte der Betrieb nur noch vor sich hin. Louise und Énora halfen zwar in ihrer Freizeit aus, ihr Beitrag beschränkte sich aber auf die Instandhaltung des Gästehauses. Es gab keine besonderen Touristenprogramme und keine großen Renovierungs- oder gar Unterhaltungsprojekte ... Maggie fühlte sich manchmal sehr allein am Steuer dieses großen Schiffes aus alten Steinen.

»Wenn wir wenigstens einen Swimmingpool hätten ...«, flehte ihre Enkelin regelmäßig. »Nicht, solange ich lebe!«, erwiderte Maggie jedes Mal. »Wenn die Leute baden wollen, sollen sie ins Meer gehen!« Nichts erschien ihr vulgärer als türkisfarbene Wasserrechtecke und bunte Schwimmreifen aus China. Dabei verschwieg sie allerdings, dass ihnen bei ihrer derzeitigen Finanzlage keine Bank der Welt die 30.000 Euro für den Bau eines Pools leihen würde. Das zu hassen, was man ohnehin nicht bekommen kann, war nach Meinung von Maggie Corrigan der beste Weg, nie enttäuscht zu werden.

Nach dem anfänglichen Geplänkel kam Christophe Guilloux schließlich auf den offiziellen Grund seines Besuchs zu sprechen. In groben Zügen beschrieb er das Drama, das sich auf dem Nachbargrundstück abgespielt hatte, ohne jedoch die

Identität des Opfers oder die makabre Inszenierung des Leichnams preiszugeben.

Seine Gastgeberin schien nicht sonderlich überrascht zu sein. Auch nicht wirklich berührt. Hinter halb geschlossenen Lidern wirkte der Blick aus ihren schönen, klaren Augen wie weit entfernt.

»... einer Ihrer Gäste. Yann Guesnet.«

»Was?«

Sie schien aus einem Traum zu erwachen.

»Ich hatte Sie gefragt, ob Sie gestern Abend, als Monsieur Guesnet aus dem Restaurant kam, etwas Auffälliges an ihm beobachtet haben. Er war eigenen Angaben zufolge ziemlich alkoholisiert.«

»Guesnet, sagen Sie?«, hakte Maggie nach, als hörte sie den Namen zum ersten Mal.

»Ja, Yann Guesnet, der Leiter des Briac Breizh Bagad. Sie wissen sicher, wer das ist. Er hat einen großen Teil des Abends in Ihrem Gemeinschaftsraum verbracht, zusammen mit anderen Mitgliedern der Gruppe.«

BB, BBB, wann kommt BBBB?, sinnierte Maggie.

»Tut mir leid, ich kann mich nicht erinnern. Ich bin schon recht früh eingenickt ... Manchmal habe ich kleinere Anfälle von Narkolepsie.«

»Ach wirklich?«, wunderte er sich, als zweifelte er an ihrer Aussage.

»Oh, nichts Ernstes. Aber ich schlafe manchmal einfach ein, egal wo und vor allem egal wann.«

»Verstehe. Aber vielleicht können Sie mich trotzdem aufklären: Bedient in Ihrer Bar freitagabends eine junge blonde Frau? Herr Guesnet behauptet, er sei von einer Person, auf die diese Beschreibung zutrifft und die nicht zu seiner Truppe gehört, in sein Zimmer gebracht worden.«

»In der Bar?«, empörte sich Maggie. »Welche Bar?«

Er warf ihr einen beschwichtigenden Blick zu, als wollte er sagen: Keine Sorge, deswegen bin ich heute nicht hier, und fuhr dann fort:

»Ich wiederhole meine Frage: Wer bedient freitagabends die Gäste im Gemeinschaftsraum?«

»Meine Tochter Louise, Sie sind ihr vorhin bestimmt über den Weg gelaufen. Und ich selbst, zumindest wenn ich durchhalte. Und Sophie, unser Mädchen für alles. Aber da geht es nur um ein paar Drinks unter Freunden.«

Für solche »Drinks unter Freunden«, die wie bei Gästen abgerechnet wurden, gab es ein Wort: Schankwirtschaft. Nicht mehr und nicht weniger.

»Sophie und wie weiter?«

»Sophie Kervazo.«

»Ist sie im Moment hier?«

»Nein, an den Wochenenden hat sie frei. Aber sie wohnt kaum drei Minuten entfernt in der Rue Saint-Étienne.«

»Könnten Sie sie bitten herzukommen? Wenn möglich jetzt sofort.«

Maggie verzog verärgert das Gesicht, griff zu ihrem altmodischen Festnetztelefon mit Wählscheibe und wählte die entsprechende Nummer. Bei jeder Ziffer entstand ein langsames, quälendes Geräusch. Das Gespräch bestand aus ein paar trockenen, schnörkellosen Worten.

»In Ordnung. Sie kommt gleich.«

»Danke.«

»War das alles, was Sie wissen wollten, Monsieur le Commissaire?«

»Ja«, log er. »Oder nein, nur noch ein Detail ... Wahrscheinlich hat es absolut nichts mit unserem Fall zu tun, aber ...«

»Aber Sie sind neugierig, nicht wahr?«

»Genau, ich bin neugierig.« Er lächelte zuckersüß. »In meinem Beruf würde ich es nicht sehr weit bringen, wenn ich nicht ein bisschen neugierig wäre.«

Wenn sich zwei Alphamännchen begegnen, gehen sie sich meist sofort an die Gurgel, das wusste Christophe Guilloux. Wenn sich jedoch ein temperamentvolles Männchen und ein temperamentvolles Weibchen begegnen, erfolgt meist ein viel subtileres Spiel, das sich über eine gewisse Zeit hinzieht, aus vorgetäuschter Ehrerbietung und Verführung besteht und bei dem jeder zunächst so tut, als ließe er dem anderen die Oberhand, ehe er ihm den finalen Schlag versetzt.

»Wo sind Sie gestern Abend gegen neun Uhr hingegangen? Sie haben doch das Haus verlassen, oder nicht?«

Bloody hell, was für eine Scheiße! Da hatte diese dämliche Kuh Dodik Cadiou sie also nach Strich und Faden verpfiffen.

Maggie ließ ihren Gang vom Vortag noch einmal Revue passieren und freute sich insgeheim, dass die lauschigen Wege der Umgebung noch nicht von diesen unerträglichen Videokameras überwacht wurden, die in der Stadt jede Ecke beobachteten.

»Das ist einfach: Ich bin nach dem Abendessen ein Stück spazieren gegangen. Die Luft war so schön mild. Das mache ich im Sommer sehr oft. Daran ist doch nichts verwerflich, oder?«

»Besitzen Sie einen Hund, Madame Corrigan?«

»Nein!«, rief sie, als ob allein die Vorstellung ihr einen Schrecken einjagte. »Ich wusste nicht, dass man einen Hund haben muss, um abends spazieren gehen zu dürfen!«

»Das habe ich nicht gesagt ...«

»Umso besser!«, schnappte sie mit verkniffenem Blick. »Das erspart mir zumindest einen weiteren Vorbehalt gegenüber der Polizei.«

Er nahm den Vorwurf hin, ohne mit der Wimper zu zucken, dann sagte er:

»Wissen Sie, man sollte sich mit vorgefassten Meinungen in Acht nehmen. Ein Polizist, der sich dumm stellt, macht nicht immer Gebrauch von dieser Dummheit. Ebenso wie eine alte Dame, die einen Gehstock besitzt, diesen auch nicht immer zu diesem Zweck benutzt.«

Maggie starrte ihn sprachlos an. Innerhalb weniger Minuten hatte dieser Mann sie besser durchschaut als einige ihrer engsten Freunde, die sie seit Jahrzehnten kannte.

Die wiederauferstandene Breizh Brigade hatte starke Konkurrenz bekommen.

11

7. Juli, Saint-Malo, Manoir des Corrigan,
Spielzimmer, 14:15 Uhr

»Endlich sind alle weg«, sagte Louise erleichtert, als sie das Spielzimmer betrat, wo ihre Mutter und ihre Tochter sie bereits erwarteten.

Ihre Position als Schinken zwischen den Sandwichscheiben der Generationen war zwar von Natur aus vorübergehend – das war ihr klar, zumal sie sich bisweilen stundenlang mit Ahnenforschung beschäftigte –, aber zwischen zwei so kräftigen Scheiben wie Maggie und Énora hatte sie manchmal das Gefühl zu ersticken.

Énora kauerte in einem der Clubsessel, die Beine unter sich gezogen und fragte:

»Wer ›alle‹? Meinst du die Bullen oder den Bagad?«

»Beide, Käpt'n.«

Louise hatte sich unter die Musiker gemischt, die im Hof miteinander plauderten, und dabei die Information erhalten, dass Yann den gesamten BBB für 17 Uhr in den Palais du Grand Large einberufen hatte. Die Räume des neben dem

Kasino gelegenen Kongresszentrums waren den Gruppen zur Verfügung gestellt worden, die am Festival teilnahmen.

»Warum erst so spät?«, hatten einige nachgefragt, während in ihren Reihen erste Gerüchte über ein Drama hochkochten. »Weil ich es so entschieden habe, Punkt.« Ein echter Yann Guesnet, in voller Pracht am Tag nach dem Besäufnis …

In der Zwischenzeit durften die Künstler die Reize des Badeortes genießen. Dazu hatte die Stadtverwaltung eigens einen Kleinbus gechartert. Wenn man die Sorgen des Tages vergessen möchte, gibt es nichts Besseres, als ein bisschen Sand zwischen den Zehen.

»Apropos Käpt'n«, mischte sich Maggie ein, »ich fürchte, dieser Christophe Guilloux wird uns das Leben noch ganz schön schwer machen. Er ist zwar ein hübscher Kerl, aber unter seiner schicken Frisur könnte er sich als ziemlicher Giftzwerg erweisen.«

»Wen genau meinst du mit ›uns‹?«, fragte Énora.

»Nun, *Darling dear*, eben UNS, die Breizh Brigade!«

Die Antwort kam in einem so selbstverständlichen, fast schon genervten Tonfall, dass die beiden anderen unwillkürlich komplizenhaft lächelten.

Damit hatte Maggie ganz nebenher, mit der für sie so typischen prinzessinnenhaften Beiläufigkeit, die Wiedergeburt ihres kleinen Kriminalbundes bestätigt. Für den Rest der Welt war es ein unbedeutendes Detail, für sie drei jedoch eine folgenschwere und emotionale Entscheidung. Die Breizh Brigade wieder aufleben zu lassen bedeutete auch, das heimliche Motiv wieder aus der Versenkung zu holen, das vor zwanzig Jahren zu ihrer Gründung geführt hatte – das schmerzliche Rätsel um das Verschwinden von Constant. Und dass Maggie bereit war, dieses Relikt aus der Mottenkiste der Erinnerung zu holen, war für die Familie nicht gerade ein unwichtiges Ereignis.

Auf dem niedrigen Tisch in der Sitzecke hatte Sophie alles für ein spätes Mittagessen vorbereitet: frische Scones vom Morgen, Gurkensandwiches und Maggies unvermeidlichen *Potato Farl*. Die Hektik des Vormittags und der Service für ihre Hausgäste hatten ihnen kaum Zeit zum Essen gelassen. Alle drei stocherten ohne Appetit auf ihren Tellern herum, als die Matriarchin sich in einem Tonfall zu Wort meldete, der in scheinbarem Widerspruch zu dem Enthusiasmus der letzten Minute stand:

»Was genau haben wir eigentlich in der Hand? Die drei Fotos von Fanny, ihre Aussage und das, was ihr in der Küche im Beauregard aufgeschnappt habt... Ist das alles?«

»Das ist schon mal nicht schlecht.«

»Bullshit!«, schimpfte Maggie und malträtierte das Parkett mit ihrem Stock. »Das ist gar nichts! Wenn wir schon drei Züge hinter der Polizei zurückliegen, sehe ich keinen Sinn darin, uns mit dem Fall zu beschäftigen. Ich wiederhole: Dieser Guilloux ist ein schlauer Fuchs. Er wird nicht einmal vierundzwanzig Stunden brauchen, um herauszufinden, dass ich Paul in seinem Zimmer besucht habe.«

»Im Moment kann die Polizei eigentlich gar nicht so viel weiter sein als wir«, argumentierte Louise.

»So ein Scheiß! Bist du wirklich so blöd, mein Schatz, oder tust du nur so? Was denkst du wohl, was die Techniker gemacht haben, von denen Nono erzählt hat? Wir müssen aufwachen! Wir leben nicht mehr in der Zeit von Ermittlungen *à la Daddy*!«

Bewusst oder unbewusst – wahrscheinlich merkte sie es selbst nicht – vermischte Maggie häufig das Französische und das Englische (manchmal mit gälischem Einschlag) und schuf so ihren ganz eigenen Dialekt, das Magglish oder Franggie.

»Spätestens morgen früh«, fuhr sie mit derselben Inbrunst

fort, »haben Guilloux und seine Mitstreiterin Emma Dingsda alle nur erdenklichen Analysen auf dem Tisch: Fingerabdrücke, DNA-Abgleiche, Obduktionsbericht, ein ganzer Haufen Spuren ... Und wie weit sind wir, kannst du mir das sagen? Wir sind nach wie vor splitterfasernackt! *Naked like a baby!*«

»So schaffen wir das sicher nicht«, stimmte Énora zu, deren wissenschaftliche Bildung für derlei Argumente immer empfänglich war.

Das Trio legte resigniert eine Denkpause ein. Einige Scones verschwanden zwischen stummen Lippen, heruntergespült mit schwarzem Tee. Einige müde Blicke stierten in die ausweglose Stille.

Vielleicht hatten sie sich ein bisschen zu früh gefreut. Vielleicht hatten sie sich für toller und scharfsinniger gehalten, als sie tatsächlich waren. Die heutige Welt hatte nicht mehr viel mit der Welt von vor zwanzig Jahren gemeinsam. Die Durchführung einer Untersuchung dieser Größenordnung erforderte Mittel, Logistik und Unterstützung, über die sie nicht verfügten.

Wäre es nicht besser, wenn Maggie aus freien Stücken dem Kommissariat einen Besuch abstattete und ihre kleinen Geheimnisse des Vorabends und ihre Notlügen vom Vormittag beichtete? »Ja, Monsieur le Commissaire, ich habe gesündigt. Aber das macht mich noch lange nicht zur Mörderin! Gnade, Monsieur le Commissaire.«

Der kleine Imbiss zog sich voller Entmutigung und ohne Antworten hin, bis sich plötzlich Énora zu Wort meldete:

»Ich hätte da vielleicht eine Lösung ... Na ja, den Ansatz einer Idee. Auch wenn es sicher nicht die vollständige Lösung unserer Probleme ist, und ich vor allem für nichts garantieren kann.«

»Nun sag schon«, drängte Maggie, »mach es nicht so spannend.«

»Als Guilloux im Beauregard auftauchte, hat mich eine Kleinigkeit in seinem Verhalten überrascht.«

»Dass er so auf den Putz gehauen hat? Wir haben alle gemerkt, was für ein Klugscheißer er ist.«

Maggie hasste es, sich von jemandem abkanzeln zu lassen, der jünger war als sie.

»Nein. Er hat Fanny geduzt.«

»Die beiden kennen sich?«, riefen Maggie und Louise im Chor.

»Scheint so. Als Guilloux nach Saint-Malo kam, dürfte es ihm wegen dieser vielen Airbnb-Wohnungen ziemlich schwergefallen sein, eine Wohnung zu finden, die er langfristig mieten kann.«

»Sind die Le Divellecs jetzt etwa unter die Immobilienmakler gegangen?«, erkundigte sich Maggie mit unverhohlener Verachtung.

»So ähnlich. Fabienne Leroy vom Tourismusbüro hat da offenbar vermittelt. Guy besitzt in der Innenstadt mehrere Appartements und Zweizimmerwohnungen. Eine davon, in der Rue de la Clouterie, war gerade frei geworden.«

Sie biss in ein dreieckiges Gurkensandwich, ehe sie weitersprach:

»Kurz und gut: Dreimal dürft ihr raten, wem diese Ratte von Guy Le Divellec den Auftrag erteilt hat, für das Wohlbefinden unseres neuen Kommissars zu sorgen?«

»Fanny!«

»So ist es.«

»Nun, das ist schön für sie, aber ich verstehe nicht, was das ...«

»Sie hat den Zweitschlüssel zu seiner Wohnung!«, trumpfte

Énora auf und spuckte dabei kleine Cream-Cheese-Spritzer aus.

»*Holy fuck of bloody Scheiße!*« Maggie rang nach Luft.

»Ist das wahr?«

»Ja. Sie war schon einmal in seiner Abwesenheit dort, um die Herdplatten zu überprüfen.«

»Aber weiß er, dass man in seiner Wohnung ein- und ausgehen kann wie in einem Taubenschlag?«

Énora zuckte mit den Schultern.

Fanny hatte ihr das kleine Geheimnis mit wenigen Worten anvertraut, als sie die Küche des Beauregard verließen. Dabei hatte sich Énoras Freundin nicht in Details verloren.

»Aber wartet, das Beste kommt noch ... unser Freund Guilloux ist offenbar einer von den Typen, die Arbeit mit nach Hause nehmen.«

»Seine Ermittlungsakten!« Wieder schnappte Maggie nach Luft.

»Jep! Vielleicht nicht alle, aber möglicherweise irgendetwas, das uns interessieren könnte. Zumindest nehme ich das an.«

Eine neue Stimmung erfüllte den Raum, zaghaft noch, und sie blickten einander ungläubig an.

»Das ist eine ausgezeichnete Nachricht«, lobte Maggie. »Aber warum sollte Fanny ein solches Risiko für uns eingehen?«

»Nicht unbedingt für uns ...«

Der Blick der sonst so selbstbewussten Énora wanderte hinauf zur hohen Holzdecke. Ein kreisrundes Fresko aus der Entstehungszeit des Gebäudes stellte eine Szene dar, in der Seefahrer aus Saint-Malo wertlosen Nippes gegen Seide und Gewürze indischer Händler eintauschten. Ein unausgewogener Tauschhandel, dessen Schändlichkeit das Gemälde für alle Zeit festhielt.

»Für wen denn sonst?«

»Für Énora«, mischte sich Louise ein und lächelte ihrer Tochter schüchtern zu. »Fanny und du, ihr seid zusammen, nicht wahr, mein Schatz?«

Es war das erste Mal, dass das Thema direkt angesprochen wurde.

Fassungslos rollte Maggie den Knauf ihres Gehstocks zwischen den Händen. Ihre Mimik schwankte zwischen Belustigung und Widerwillen. Sie hatte absolut nichts dagegen, dass ihre Enkelin sich über Konventionen hinwegsetzte. Es fiel ihr nur schwer zu glauben, dass sie sich in eine Vertreterin ihres eigenen Geschlechts verlieben konnte, während Maggie selbst Männer wie Süßigkeiten konsumierte.

»Bitte versprecht mir, dass niemand etwas davon erfährt. Wirklich niemand!«

»Wissen ihre Eltern, dass ...?«

»Um Himmels willen nein! Und sie dürfen es auf keinen Fall erfahren.«

Nicht, dass sich die Wege der Corrigans und der Horvais', die in Saint-Méloir-des-Ondes ein bescheidenes Bistro betrieben, besonders häufig kreuzten. Seit der schon lange zurückliegenden Zeit, in der Énora und Fanny einander in der Schule Saint-Joseph in Louises Klasse ewige Freundschaft geschworen hatten, hatten sich die beiden Familien nur selten gesehen. Zwar lebten sie nur wenige Kilometer voneinander entfernt, aber der soziokulturelle Abgrund zwischen ihnen war tief; jener symbolische Graben, der eine Dorfkneipe und ein Herrenhaus grundsätzlich auf zwei verschiedenen Planeten ansiedelte.

»Was dürfen sie nicht wissen? Dass ihre Tochter lesbisch ist oder dass du ihre Partnerin bist?«

»Beides!« Énora schrie fast.

Louise und Maggie nickten zustimmend.

»Wenn sie es erfahren, werfen sie Fanny raus«, fuhr Énora fort. »Das ist so sicher wie das Amen in der Kirche.«

»Wieso glaubst du das?«

»Wenn man mittags und abends dem ganzen Kaff die Aperitifs serviert, wird man nicht gerade zu einem Aushängeschild für Toleranz und Fortschrittlichkeit. Dass sie ein Kind aus Afrika adoptiert haben, geht gerade noch so an. Aber eine Lesbe ... das dürfte ihr Verständnis übersteigen.«

Die deutliche Bezeichnung ließ Louise erröten und Maggie erbleichen. Es war also abgemacht: Ein Geheimnis gegen ein anderes.

So gesehen schien der Deal zwischen Fanny und ihnen ziemlich fair zu sein. Es würde auf jeden Fall Fannys Schweigen über Maggies Anwesenheit im Zimmer des Opfers sichern und verschaffte ihnen damit einen winzigen Vorsprung vor der Polizei in Saint-Malo.

Aber für wie lange? Geheimnisse sind oft kurzlebig. Wie Schmetterlinge unserer Seelen, dachte Maggie. Eine Kleinigkeit genügt, um sie davonzupusten. Welcher Windstoß würde dieses Geheimnis neugierigen Ohren zutragen?

12

7. Juli, Saint-Malo, Polizeiwache, zur gleichen Zeit

»Hast du wenigstens etwas gegessen?«

»Seit gestern Abend nicht, nein.«

»Auch nichts gefrühstückt?«

»Zählt ein schwarzer Kaffee ohne Zucker?«

Emma Lobo musterte ihren Chef mit dem zärtlichen und verständnisvollen Blick einer Vogelmutter für ihr Junges. Es lag in ihrer Natur, zunächst an andere zu denken, ehe sie für sich selbst sorgte.

Wortlos schob sie dem Kommissar einen eingeschweißten Krabben- und Garnelensalat aus dem nahe gelegenen Intermarché über den Schreibtisch. Sie hatte die Nachlässigkeit ihres Chefs vorausgesehen und vorsichtshalber gleich zwei Mittagessen gekauft. Die nächstgelegene Bäckerei befand sich mehrere hundert Meter entfernt in der Nähe des Bahnhofs, daher war der Supermarkt tagsüber die einzige Versorgungsmöglichkeit für die Polizisten von Saint-Malo. Nachts musste man sich mit dem Süßigkeitenautomaten in der Lobby oder mit von zu Hause mitgebrachten Kekstüten behelfen.

Eine solche stand geöffnet auf dem Schreibtisch, ihre Krümel lagen verstreut zwischen Aktenstapeln, die so hoch waren wie Sandburgen. Eine Mappe ganz oben auf dem Papierberg trug die Aufschrift »Paul Le Tohic«. Auch im digitalen Zeitalter hielt Christophe Guilloux die wichtigsten Informationen in handschriftlicher oder gedruckter Form fest. Einige Dokumente waren mit schwarzen Tintenflecken verschmiert. Das war sein persönliches Markenzeichen und ein deutliches Zeichen dafür, dass er sich intensiv mit dem Fall beschäftigte.

Kaum war er in seinem Büro angekommen, hatte er auf einem unscheinbaren Zettel das Protokoll der Aussage von Sophie Kervazo notiert. Die junge Angestellte hatte ihm die Version von Yann Guesnet bestätigt. Tatsächlich hatte sie ihn »gegen Mitternacht« sturzbetrunken in sein Zimmer gebracht. Außerdem versicherte sie, dass er die geheime Bar während des gesamten Abends nicht verlassen hatte. Sollte er den Penn-Soner gleich als falsche Fährte abhaken?

»Also«, begann er seine Zusammenfassung und bedeutete seiner Mitarbeiterin, auf dem Stuhl gegenüber Platz zu nehmen. »Laut der beiden Kriminaltechniker wird uns das Labor in Rennes am späten Nachmittag all das liefern, was wir brauchen. Fingerabdrücke, Fußspuren, verschiedene DNA-Spuren aus dem Schlafzimmer und aus dem Auto des Opfers, das Ergebnis der Obduktion und die Daten aus seinem Mobiltelefon.«

»Steht seine Identität zweifelsfrei fest?«

»Auf den ersten Blick ja«, gab Guilloux zwischen zwei Bissen zurück. »Es handelt sich um Paul Le Tohic, 63 Jahre alt, wohnhaft in Saint-Briac-sur-Mer. Seine Ehefrau muss ihn natürlich noch identifizieren, um das abzusichern.«

»Hast du sie schon benachrichtigt?«

»Bisher nicht«, entgegnete er trocken. »Ich habe auf dich gewartet. Zu zweit macht es mehr Spaß als allein, oder?«

Effizient und präzise in seinem Vorgehen und fast bis zum Exzess methodisch, streute er manchmal unvermittelt Scherze ein, bei denen Emma nie genau wusste, woran sie war.

Sie dachte immer noch darüber nach, als er von seinem Apparat aus eine Festnetznummer wählte und den Lautsprecher einschaltete.

»Madame Le Tohic? Hier spricht Commissaire Guilloux von der Kriminalpolizei in Saint-Malo ...«

Der Rest seines Textes entsprach genau dem, was ihnen in der Polizeischule in Cannes-Écluse für den gehobenen Dienst beigebracht worden war: Er war mitfühlend, vor allem aber unmissverständlich. Auch Solène Le Tohics Reaktion entsprach dem Standard, den man ihnen vermittelt hatte: Zunächst ein langes Schweigen. Dann ein paar nicht verständliche Worte. Und schließlich ein Weinen, das leider deutlich zu hören war.

Nach zwei oder drei Minuten betroffenen Schluchzens war ihre Gesprächspartnerin endlich in der Lage, einen zusammenhängenden Satz zu äußern:

»Was ... Was muss ich jetzt machen?«

»Ich möchte Sie bitten, so schnell wie möglich hierherzukommen, um den Leichnam Ihres Mannes zu identifizieren. Seine sterblichen Überreste werden erst in zwei Stunden in die Rechtsmedizin nach Rennes gebracht. Wir haben also noch Zeit, wenn auch nicht sehr viel.«

»In Ordnung ...«

»Haben Sie ein Auto, oder sollen wir Sie zu Hause abholen?«

»Nein, das geht schon, ich habe ein Auto.«

Wie ein Roboter gab sie eine Antwort nach der anderen. Komplett auf Autopilot. Sie wirkte zwar benommen und am Boden zerstört, aber irgendwie nicht überrascht. Als ob die Aussicht auf ein Drama rund um Paul in ihrem Kopf bereits ein mögliches Geschehnis gewesen war. Wusste sie von der

Untreue ihres Mannes? Wenn das ganze Ensemble darüber tuschelte – Fanny hatte von anzüglichen Bemerkungen berichtet –, waren Pauls Eskapaden wahrscheinlich längst zu ihr durchgedrungen.

Betrogen und jetzt auch verwitwet. Emma ging durch den Kopf, wie gut sie daran getan hatte, den Vater ihrer beiden Kinder zu verlassen, ehe es so weit gekommen war ...

Solène Le Tohic jammerte ihre Verwirrung noch immer ins Telefon, als das entrüstete Schimpfen einer Frau aus dem Empfangsbereich der Polizeiwache eine Etage unter ihnen bis in ihr Büro zu hören war. Zugegeben, lautstarkes Theater am Eingang gab es nicht selten. Aber auch nicht wirklich häufig. Die schrillen Laute übertönten das Stimmengewirr im Bienenstock des Polizeigebäudes. Guilloux beendete schnell das Gespräch und stürmte in die Halle. Seine Stellvertreterin folgte ihm wie ein Schatten.

Vor dem halbrunden Empfangstresen tobte zwischen zwei uniformierten Beamten eine junge dunkelhaarige Schönheit, die einen Kleidersack hielt.

»Fassen Sie mich nicht an, verdammt!«

»Aber wir haben Sie doch gar nicht angefasst, Mademoiselle.«

»Was ist das hier für ein Lärm? Wer sind Sie?«, donnerte der Kommissar.

Und wer bist du?, entgegnete ihm der unverschämte Blick der stark geschminkten jungen Frau.

»Arwen Caroff. Warum?«

Die Geliebte von Paul Le Tohic, dachte Guilloux.

Loïc, der Trommler, hatte der Polizei ihre Handynummer mitgeteilt, und die hatte die junge Frau aus dem Bus Nr. 16 von Saint-Briac nach Saint-Malo erreicht. Offenbar war sie später losgefahren als vorgesehen, von der Tragödie hatte sie erst erfahren, als sie am Busbahnhof ankam und sofort von den Männern in Blau in Empfang genommen wurde. Sie war keineswegs in Tränen ausgebrochen, sondern hatte sich in einen Wutausbruch hineingesteigert, der seither nicht nachgelassen hatte.

»Sehr gut. Zunächst möchte ich Sie bitten, sich zu beruhigen.«

»Ich bin vollkommen ruhig. Ich möchte nur verstehen, warum ich wie eine Diebin aus dem Bus gezerrt wurde und obendrein auch noch jede Menge dummes Zeug erzählt bekomme!«

»Was für ›dummes Zeug‹?«

»Dass Paul tot ist und so ...«

»Das ist aber die Wahrheit. Paul Le Tohic wurde am Vormittag leblos in seinem Zimmer aufgefunden.«

Die dunkle Schönheit schwankte kurz, verzog die Lippen zu einem Schmollmund wie Marilyn oder Betty Boop und antwortete:

»Sie nehmen mich auf den Arm, oder?«

Mit allem Feingefühl, dessen sie fähig war, griff Emma nach dem Arm der jungen Frau und führte sie nach oben. Dieses Mal leistete die Furie nicht den geringsten Widerstand, und so konnte im Büro des Chefs schließlich eine ordnungsgemäße Vernehmung beginnen.

»Wie haben Sie Paul Le Tohic kennengelernt?«

»Durch den Bagad. Ich habe zwei Freundinnen, die Teil der Gruppe sind. Sie spielen Bombarde. Manchmal bin ich mit zu den Proben gegangen. Ganz klassisch halt. Nichts Verqueres, falls Sie das im Sinn haben.«

»Und dann wurden Sie ebenfalls Mitglied der Gruppe?«

»Ja, als Trommler-Anfängerin. Aber ich muss zugeben, ich fahre höchstens mittelmäßig darauf ab ...«

»Sind Sie vor oder nach Ihrem Beitritt zum Ensemble ein Paar geworden?«

Sie presste die Lippen zusammen, nahm Anstoß an der sehr barschen Art der Frage.

»Vorher. Paul fand es praktisch, dass ich zur Truppe gehörte. So mussten wir uns nicht die unmöglichsten Ausreden einfallen lassen, um uns zu treffen. Ich brauchte nur an den Tourneen teilzunehmen, damit wir Zeit miteinander verbringen konnten. Alles bestens.«

Ein Pragmatiker, dieser Le Tohic. Wenn man schon eine Geliebte hatte, konnte man sie auch gleich als Gepäck mitnehmen. Und sich die Hotelzimmer vom Verein bezahlen lassen. »Alles bestens«, wie die etwas unbedarfte Frau es ausgedrückt hatte, die sich unermüdlich eine Locke aus der Stirn strich.

»Hat denn niemand Anstoß daran genommen?«

»Wie meinen Sie das?« Sie schien nicht zu verstehen.

»Nun, die anderen Musiker ... Ich könnte mir vorstellen, dass einige von ihnen seine Frau Solène kennen ...«

»Nein«, rief sie und rollte ihre Kinderaugen. »Alle im BBB vergöttern Paul. Er ist sozusagen unser Star, müssen Sie wissen.«

Sie sprach von ihm wie ein Kind, das seinen geliebten Papi bewundert.

»Wie war Ihrer Meinung nach seine Beziehung zu Yann Guesnet?«

»Gut.«

So gut, dass die beiden Männer am Abend vorher ordentlich aneinandergeraten waren. Allerdings hatte Arwen Caroff den bisherigen Aussagen zufolge an dem turbulenten Abendessen nicht teilgenommen. Vielleicht glaubte sie ihre Behauptung ja wirklich.

»Ist das alles?«

»Ja. Was soll ich Ihnen denn sonst sagen?«

»Haben Sie nie Spannungen zwischen den beiden bemerkt? Hat Paul Ihnen nie von Streitereien berichtet?«

»Absolut nicht. Ich weiß nicht, wer Ihnen das erzählt hat. Und wie ich Ihnen schon gesagt habe: Ohne Paul hat der Bagad absolut nicht mehr die gleiche Klasse. Das weiß Yann ganz genau. Er hatte kein Interesse daran, sich mit seinem …«

»Mit seinem Star?«, warf Emma ein.

»Genau – sich mit seinem Star zu überwerfen.«

Die Vorstellung entlockte ihr ein seliges Lächeln, als hätte Pauls Aura ihn überlebt. Ihre Faszination als Groupie erklärte zum Teil, warum sie eine intime Beziehung zu einem Mann aufgebaut hatte, der vierzig Jahre älter war als sie.

»Mademoiselle Caroff«, sagte Christophe Guilloux, »ich werde Ihnen jetzt ein Foto zeigen und Sie fragen, was Ihnen dazu einfällt. Aber ich muss Sie warnen, das Bild ist sehr hart.«

»Okay«, gab sie zurück und zuckte sorglos mit den Schultern.

Aus einer mit dem Namen des Opfers versehenen Hülle zog Guilloux das zuvor ausgedruckte Farbfoto – Paul Le Tohic als postmoderne Skulptur – und legte es der jungen Frau vor.

»Scheiße …«, hauchte sie.

Sie schien eher genervt als betroffen.

»Also, was sagt Ihnen das?«

»Ganz ehrlich? Ich bin nicht sonderlich überrascht …«

»Und wieso nicht?«

Kokett klimperte sie mit ihren stark getuschten Wimpern, dann sagte sie:

»Paul stand auf BDSM, Fesselspiele und solche Dinge. Er übernahm immer die devote Rolle. Er sagte, dass ›es ihn verändert‹. Dass es den Druck von ihm nimmt.«

Die beiden Polizisten tauschten einen Blick.

»War er nur bei Ihnen der Unterwürfige, oder generell?«

»Bei mir auf jeden Fall«, antwortete Arwen säuerlich. »Aber offenbar nicht nur bei mir …«

War Paul Le Tohics Tod die Folge eines erotischen Spiels, das aus dem Ruder gelaufen war? Hatte er noch andere Beziehungen als die zu Arwen?

Christophe Guilloux wollte die Bagad-Trommlerin gerade nach ihrem Alibi für die vergangene Nacht fragen, als der Empfang sich meldete.

»Guilloux …«

»Monsieur le Commissaire, am Eingang warten zwei Frauen für Sie. Sie sagen, es sei dringend.«

»Zwei?«

Wenn man das wirtschaftliche Überleben einer Stadt mit der Verzweiflung einer Witwe gleichsetzte, dann konnte man in der Tat davon ausgehen, dass die beiden Frauen, die jetzt in der Eingangshalle standen, von ebensolcher Dringlichkeit getrieben waren. Die erste der beiden, eine Frau in den Dreißigern im Kostüm und mit einem blond gelockten Kurzhaarschnitt, war Fabienne Leroy, die Leiterin des Fremdenverkehrsamts von Saint-Malo. Sie hatte dem neuen Kommissar nach seiner Versetzung eine kleine Zweizimmerwohnung in der Innenstadt vermittelt. Bei der anderen Frau konnte es sich aufgrund ihrer aufgelösten Gesichtszüge nur um Solène Le Tohic handeln.

»Christophe!«, rief Fabienne und stürmte auf ihn zu. »Da bist du ja!«

Der Beamte am Empfang schmunzelte über diese übertriebene Vertrautheit.

»Ich habe jetzt keine Zeit für dich«, wiegelte Guilloux sie kalt ab. »Ich bin gerade mitten in einer Vernehmung.«

»Ja, ja, natürlich. Ich brauche auch nur eine Sekunde.«

Er kannte sie nur allzu gut, diese stundenlangen »Sekunden« der chronischen Schwätzer. Insgeheim betete er, dass diese unerträgliche Quasselstrippe, eine notorische Single-Frau, nicht auch ein Profil auf Tinder hatte.

»Ich habe gehört, dass in Saint-Étienne letzte Nacht einiges passiert ist«, fuhr sie leise fort, wobei ihr Wieselgesicht die ebenmäßigen Züge des Kommissars fast berührte.

Guilloux presste die Zähne zusammen. Seine Firewall gegen Klatsch hatte also nicht so funktioniert, wie er gehofft hatte.

»Kann sein …«

»Dürfte ich dich um einen Freundschaftsdienst bitten?«

Freundschaft? Wann sollten sie denn von Geschäftspartnern zu Freunden geworden sein? Davon hatte er jedenfalls nichts mitbekommen. Verwirrt blickte er Fabienne Leroy in die Augen, in denen er den hinterlistigen Glanz von Geschäftssinn entdeckte. Seit sie ihm einen Gefallen getan hatte, fühlte sie sich berechtigt, von ihm zu verlangen, was immer sie wollte.

»Ich erzähle dir sicher nichts Neues, wenn ich dir sage, dass Folklores du Monde einer der Höhepunkte der Tourismussaison in Saint-Malo ist«, fuhr sie fort, ohne seine Bestätigung abzuwarten. »Das Festival ist eine echte Institution hier, und zwar schon seit über sechzig Jahren. Wir erwarten Tausende von Besuchern, die Musikgruppen und ihr Gefolge nicht eingerechnet. Wir können es uns nicht leisten, das Fest durch ein Gerücht stören zu lassen. Oder, was noch schlimmer wäre, durch einen schmutzigen Kriminalfall.«

»Verstehe«, knirschte er. »Aber was kann ich dagegen tun?«

»Ganz einfach: Die Presse muss bis Montag aus dem ganzen Schlamassel herausgehalten werden. Bis zum 9. Juli. Dann sind die wichtigsten Konzerte vorbei, vor allem das Konzert des Briac Breizh Bagad, falls es überhaupt noch stattfindet.«

»Glaubst du ernsthaft, dass die Gruppe auftritt?«

»Ich weiß es nicht. Yann Guesnet versammelt seine Leute in zwei Stunden im Palais du Grand Large. Ich denke, dass ihr zweiter Dudelsackspieler, Maël Dingsda, den Job sehr gut übernehmen könnte.«

Damit deutete sie unauffällig an, dass sie bereits viel wusste, angefangen bei der Identität des Opfers.

»Wenn du meinst.«

»Kurz und gut, wenn wir bis zum 9. eine Nachrichtensperre verhängen könnten, sollte alles gut gehen, und wir vermeiden eine Katastrophe, was Image und Besucherzahlen angeht. Die Leute im Rathaus wären zufrieden und die Geschäftsleute auch.«

Guilloux wollte schon etwas erwidern, als er bemerkte, wie die zierliche Gestalt von Solène Le Tohic durch die Doppeltür in Richtung Straße verschwand. Nachdem niemand sie im Eingangsbereich abgeholt hatte, wollte sie wieder nach Hause.

Guilloux ließ die blonde Harpyie stehen und rannte los, um die Flüchtende einzufangen.

»Madame! Madame Le Tohic!«

Die Frau erstarrte im Gegenlicht.

»Entschuldigen Sie bitte. Seit heute Morgen geht es hier drunter und drüber, und es dürfte schwierig werden, dass wir uns heute noch in Ruhe unterhalten. Ich schlage vor, dass Sie sich in der Stadt ein Zimmer nehmen, um unnötiges Hin- und Herfahren zu vermeiden. Sie könnten in der Zwischenzeit schon die Identifizierung vornehmen, meine Stellvertreterin wird Sie begleiten. Und morgen treffen wir uns so früh wie möglich hier im Kommissariat. Wäre das für Sie in Ordnung?«

»Ja ...«, stotterte die Frau.

»Eine Entschädigung ist Ihnen sicher.«

Sie verstand »Beschädigung«, und in jedem Zug ihres Gesichtes zeichnete sich dumpfes Entsetzen ab.

13

7. Juli, Saint-Malo, Manoir des Corrigan,
Allee unter den Kirschbäumen, 15:00 Uhr

»Sollen wir nicht lieber rausgehen?«, schlug Énora vor. »Das Wetter ist doch fantastisch!«

Und so kam es, dass die Großmutter, die Mutter und die Enkelin Arm in Arm die Allee unter den Kirschbäumen entlanggingen, die den Park in seiner ganzen Breite durchquerte. Wiederauferstehung musste nicht unbedingt bedeuten, dass alles wieder genau so wurde wie zuvor. Aus der Asche der Breizh Brigade sollte neuer Schwung erstehen. Dafür mussten sie neue Routinen finden. Früher, so erinnerte sich Maggie, gab es für die BB ein festes Ritual. Mindestens einmal in der Woche trafen sich alle drei genau um achtzehn Uhr zu einem Aperitif im Spielzimmer. Maggie und ihre Tochter tranken zwanzig Jahre alten Whiskey, die Kleine bekam Apfelsaft. Nachdem sie die neuesten Schlagzeilen im Pays malouin durchforscht hatten, verglichen sie den in ihrer illegalen Kneipe aufgeschnappten Klatsch und Tratsch mit den von Louise gefundenen Informationen aus den lokalen Archiven, ehe Maggie vorläufige Schlussfolgerungen zog und ihnen ihre jeweiligen Aufgaben zuwies. Damals war die Erinnerung an Constant noch so frisch, dass sie jede Sitzung mit einem kurzen Gebet für ihn beschlossen.

»Was Fanny und die Ermittlungsakten bei Guilloux angeht – wann glaubst du, dass du einen Versuch starten kannst?«, erkundigte sich die Matriarchin, den Stock in der Hand.

»Ich hoffe, es ist dir recht, wenn wir nichts überstürzen«, sagte Énora. »Ich habe von Fanny schon verlangt, dass sie den Polizeikommissar anlügt. Jetzt möchte ich lieber warten, bis sie sich ein wenig an die Idee gewöhnt hat, ehe ich sie bitte, ihn auszuspionieren.«

»Gut. Aber ohne die Akten werden wir kaum weiterkommen ...«

»Habt ihr eigentlich eine Ahnung, was Sophie Guilloux bei ihrer Vernehmung erzählt hat?«

Louise vergaß nie auch nur die geringste Kleinigkeit, wie eine akribische Spitzenklöpplerin, die keinen Haken im großen Rahmen des Lebens übersah.

»Du hast recht ... Vielleicht sollten wir sie auch mal ausfragen.«

»Sie ist die Einzige, die Kontakt zu Yann Guesnet hatte, nachdem er sich im Wohnzimmer die Kante gegeben hat.«

»Nach den Aussagen der beiden komischen Käuze des Bagad dürfte Guesnet weiterhin der Hauptverdächtige sein«, nickte Maggie.

Kurz nachdem sie Sophie auf dem Handy angerufen hatten, gesellte sich die junge Angestellte zu ihnen. Sie hatte nur wenige Schritte von ihnen entfernt im Karottenbeet des Gemüsegartens gearbeitet. Mit ihren runden Wangen und breiten Hüften sah Sophie aus wie eine der bretonischen Bäuerinnen auf alten Stichen. Abgesehen vielleicht von ihren Tattoos.

»Ich habe dem Kommissar nichts als die reine Wahrheit gesagt«, berichtete sie. »Nachdem die Gruppe aus dem Restaurant zurück war, ist Yann den ganzen Abend in der Bar geblieben. Und irgendwann gegen Mitternacht habe ich ihn eigenhändig in sein Bett gehievt.«

»Dann hatte er also nicht die Möglichkeit, vielleicht einmal für zehn Minuten aus dem Herrenhaus zu entkommen?«

»Also, lückenlos überwacht habe ich ihn natürlich nicht. Ich konnte doch nicht ahnen, dass das von Bedeutung gewesen wäre. Aber ganz ehrlich, ich habe selten einen derart betrunkenen Typen gesehen. Am Ende war er völlig k.o. Ich weiß nicht, wie er es hätte anstellen sollen, sich alleine vom Grundstück zu schleichen.«

Ein sanftes, nach Blüten und sommerlichen Aromen duftendes Lüftchen fegte die Hypothese von Yann Guesnet als Täter fort.

Mit ihren Obstbaumreihen und Blumenbeeten bot die Allee eine perfekte Mischung aus bäuerlichem und aristokratischem Flair. Die Corrigans konnten sich hier sowohl als Landwirte als auch als Schlossherren fühlen.

»Was, wenn er einen Komplizen hätte? Nur weil er sich selbst – vielleicht sogar absichtlich – aus dem Spiel genommen hat, heißt das doch noch lange nicht, dass nicht jemand anderes die Drecksarbeit für ihn hätte erledigen können.«

»Punkt für dich. Denkst du an jemand Bestimmten?«

Maggies Frage dämpfte den aufkeimenden Enthusiasmus, denn das hätte eine Aktualisierung der Liste von Verdächtigen bedeutet, die bis dahin ausschließlich aus dem Leiter des Bagad bestanden hatte.

»Zunächst einmal«, dachte Énora laut nach, »was kommt eher infrage: ein Mann oder eine Frau?«

»Uns fehlen noch ziemlich viele Erkenntnisse, um diese Frage beantworten zu können.«

»Nach der Körperkraft zu urteilen, die man braucht, um …«, Louise zögerte, »… um eine Dudelsackpfeife in den Hals eines solchen Burschen zu stopfen, selbst wenn er gefesselt ist, würde ich eher auf einen Mann tippen.«

Bei diesen Worten zog Énora ihr Telefon aus der Tasche und zeigte die Aufnahme der Leiche, bei der Fanny am nächsten herangezoomt hatte. Das Handy wanderte von Hand zu Hand.

»Schaut euch mal die roten Abschürfungen an seinen Handgelenken an.«

»Glaubst du, er hat sich gewehrt?«

»Durchaus möglich …«

»Oder es kommt von der Reibung der Schnur«, gab Louise zu bedenken.

»Jedenfalls«, seufzte Maggie, »ist es eine merkwürdige Idee, ihm das Ding in den Mund zu rammen.«

Das Ding im Mund. Eine Welle der Heiterkeit überkam die drei anderen Frauen. Sophie hatte sich zwar ein Stück zurückgezogen, war aber bei ihnen geblieben und wurde in ihre Gespräche einbezogen. Sie war so sehr Teil ihres Alltags geworden, dass sie ihr ohnehin nichts sehr lange hätten verheimlichen können.

»Es ist, als hätte man versucht, ihn mit dem zu bestrafen, was er am meisten liebt«, spekulierte Énora wie ein Echo der Gedanken ihrer Großmutter.

»Das könnte auf ein Motiv hinweisen, oder?«

»Gut möglich. Sicher ist, dass mehr Leidenschaft oder Wut im Spiel gewesen ist als bei einer kaltblütig geplanten Tat. Von der SM-Seite der Inszenierung will ich gar nicht erst reden.«

»*Jaysis Cryste!*«, fluchte Maggie. »Mit Leidenschaft kannte er sich aus! Ich glaube, ich hatte nie wieder einen so feurigen Liebha…!«

»La la la la la la la!«, sang Énora lauthals und hielt sich beide Ohren zu. »Schon gut, Granny! Die Details interessieren niemanden.«

»Was denn? Ich sage doch nur, dass Paul auf Ärsche stand, und auf meinen ganz besonders. Das ist schließlich kein Verbrechen! Soweit ich weiß, gefällt es dir doch auch, Spaß mit deinem zu haben!«

Énoras Empörung ließ die anderen Frauen lächeln.

»Nach dem, was ich im Beauregard mitbekommen habe«, wechselte die Rothaarige hastig das Thema, »wollte sich Paul heute mit einem Mädchen treffen.

»Ein Mädchen? Also nicht seine Frau?«

»Ja, eine gewisse Arwen.«

»Pauls Frau heißt Solène«, stellte Maggie klar.

Am Abend zuvor hatte Paul ihr in seinem Zimmer in groben Zügen die Monate und Jahre geschildert, die auf ihre flüchtige Affäre vor fünfzehn Jahren gefolgt waren. Mit förmlich gebrochenem Herzen hatte er in den Armen von Solène Gallais Trost gesucht, der Tochter eines reichen Fuhrunternehmers aus Rennes, die erst vor Kurzem ihren Mann verloren und eine erst wenige Monate alte Tochter hatte. Danach war alles ganz schnell gegangen: Innerhalb weniger Wochen folgten Verlobung, Hochzeit sowie die Adoption des kleinen Waisenmädchens durch Paul. »Es war eine wahre Flucht nach vorn«, hatte ein etwas desillusionierter Paul Maggie anvertraut.

»Wenn das stimmt, handelt es sich vielleicht um eine ganz banale Eifersuchtsgeschichte, die schiefgelaufen ist«, meinte Sophie.

»Nach allem, was er mir gestern Abend erzählt hat, wusste

Solène von seinen kleinen Fluchten. Und sie kam wohl sehr gut damit zurecht.«

»Er hat dir vor allem das erzählt, was er selbst gern glauben wollte«, wandte Louise ein. »Die Wut einer verletzten Frau sollte man nie unterschätzen.«

Sprach sie von Solène Le Tohic … oder etwa von sich selbst?

»Ehrlich gesagt dachte ich eher an den Ehemann oder Freund dieser Arwen. Hattet ihr nicht gerade gesagt, dass man wie ein Möbelpacker bestückt sein muss, um auf diese Weise zu töten?«

Sophies gesunder Menschenverstand verschlug allen die Sprache. Plötzlich wurde ihnen klar, dass sich das Spektrum der möglichen Täter nicht allein auf die in den beiden benachbarten Pensionen untergebrachten Mitglieder des Bagad beschränkte. Natürlich konnten auch andere Männer beteiligt gewesen sein, die dem Opfer direkt oder indirekt nahestanden.

»Wie sollen wir in der Zwischenzeit an weitere Informationen kommen?«, erkundigte sich Louise. »Irgendwie sind wir in einer Sackgasse gelandet.«

»Ich habe eine Idee«, antwortete Énora wie aus der Pistole geschossen. »Wir manipulieren Constant.«

»Wie bitte?«

»Wir könnten eine Webcam in den Kopf dieser doofen Puppe einbauen und alle Gespräche der Barbesucher ohne deren Wissen aufzeichnen. Angefangen bei den Musikern.«

Die Idee war genial und anstößig zugleich.

»Dir ist hoffentlich klar, dass das absolut illegal ist?«

»Und unser Pub? Ist der vielleicht legal?«

Ein Punkt für die Tochter gegen ihre Mutter.

»Kannst du so was denn?«, fragte Maggie.

»Bisher habe ich es noch nie gemacht, aber mit Technik kenne ich mich ein bisschen aus. Im schlimmsten Fall hilft mir eben Malo. Er baut manchmal nur so zum Spaß Computer zusammen.«

Diese technikbegeisterte Generation, die sich so sehr von ihrer eigenen unterschied … In Énoras Alter hatte Maggie eher Muscheln und Steine gesammelt als sich mit Leiterplatten beschäftigt.

»Hm … Wenn ich dich richtig verstehe, schlägst du uns gerade vor, meinen verstorbenen Mann in einen Roboter zu verwandeln, der jede unserer Bewegungen überwacht?«

»Wo liegt das Problem? Hast du nach all den Jahren noch etwas vor ihm zu verbergen?«

14

7. Juli, Saint-Malo, Manoir des Corrigan,
vor der Kapelle, 15:30 Uhr

Maggie, die immer alles auf die leichte Schulter zu nehmen schien, setzte eine Maske auf, die nicht nur als Scherz gemeint war. Mit einem Mal sah sie aus, als wäre sie tausend Jahre alt und hätte ebenso viele Geheimnisse. Ob die kleine Kapelle aus Granit und Schiefer, an der ihr Spaziergang sie gerade vorbeigeführt hatte, einige davon beherbergte? Das wusste nur sie allein. Abgesehen vom Rosengarten war die Kapelle der Lieblingsplatz der Hausherrin, ihre Zuflucht vor Blicken und Fragen.

Gott, wie sehr hatte sie ihren »alten Bock« geliebt! Ihren CO2 (COnstant COrrigan), wie sie ihn manchmal nannte. Ihr Kohlendioxid, das für sie noch lebenswichtiger gewesen war als Sauerstoff. Allerdings musste sie zugeben, dass ihr verstorbener Ehemann sich ihr gegenüber alles andere als untadelig verhalten hatte. Der treulose, verlogene Frauenheld konnte äußerst schroff mit seinen Angehörigen umgehen, wenn diese seine geliebte Freiheit einschränkten. Oft floh er ohne Vorankündigung und auf unbestimmte Dauer aus dem Haus. In gewisser Weise hatte Constants endgültiges Verschwinden Maggie keineswegs verwundert. Ohne es sich einzugestehen, hatte sie immer damit gerechnet, dass er sich eines Tages ebenso plötzlich in Luft auflösen würde, wie er in ihr Leben getreten war.

Da ihr Mann nun schon so lang verschollen war, fiel es Maggie schwer, sich vorzustellen, auch noch über seinen Tod hinaus unter seiner Überwachung zu leben. Sie wollte ihr ausschweifendes Liebesleben genießen, wie es ihr gefiel, ohne jemandem Rechenschaft ablegen zu müssen. Vor allem nicht einem Toten!

»Mach dir keinen Kopf«, versuchte Énora sie zu beruhigen. »Die Webcam beobachtet nur die Theke im Gemeinschaftsraum, sonst nichts.«

»*All right then.*«

Doch auf Maggies von grauen Strähnen gesäumter Stirn blieb eine Spur von Misstrauen zurück.

»Apropos Webcam«, warf Louise plötzlich ein, »bist du sicher, dass dein Besuch bei Paul nicht von einer Kamera aufgezeichnet worden ist?«

»Ich glaube nicht. Auf der Straße gibt es keine Kameras, und im Beauregard habe ich auch keine gesehen.«

»Das kann ich bestätigen«, nickte Énora. »Fanny hätte mir sicher erzählt, wenn es so wäre.«

Wenn ihre nächtlichen Treffen von einer Videoüberwachung aufgezeichnet würden.

Im Klartext bedeutete dies, dass einzig die Angestellte der Le Divellecs bezeugen konnte, dass Maggie am Abend zuvor in ihrem Gästehaus gewesen war.

»Du hast uns noch gar nicht erzählt, wie ihr euch verabredet habt: Hat Paul dir eine Nachricht geschickt? Hatte er noch deine Handynummer?«

»Oh nein, er ist ganz *old school* vorgegangen! Viel romantischer!«

Auf ihren Lippen erschien das Lächeln eines jungen Mädchens, das sich umworben und geschmeichelt fühlt.

»Er hat mir am späten Nachmittag von einem Musiker des Bagad einen Zettel überbringen lassen.«

»Von wem?«

»Von diesem Loïc, von dem du uns erzählt hast. Paul hat sich mit mir um neun in seinem Zimmer verabredet und mich gebeten, sehr diskret vorzugehen.«

»Was hast du mit diesem Zettel gemacht?«

Hältst du mich für blöd, oder was?, fragte Maggies erboster Blick.

»Ich habe ihn heute Morgen natürlich verbrannt.«

»Okay, super. Und wie verlief dann euer Treffen?«

»Na ja, das mit meinen Schuhen habe ich euch ja schon erzählt.«

»Gut ... Aber bist du außer Paul noch jemandem begegnet?«, erkundigte sich Louise. In ihrer Stimme schwang hörbar Besorgnis mit.

»Nein. Weder auf dem Hin- noch auf dem Rückweg.«

Das war nur die halbe Wahrheit, denn Fanny hatte sie immerhin gesehen. Auch den Schatten, der ihr auf dem Heimweg in der Dunkelheit begegnet war, erwähnte Maggie nicht. Vermutlich Dodik, diese blöde Kuh ...

»Bist du lange bei Paul geblieben?«

»Kaum eine Viertelstunde.«

»Und was habt ihr gemacht?«

»Was glaubst du wohl?«

»Granny ...«, mahnte Énora. »Dein früherer Liebhaber kommt nach Saint-Malo, du bist nervös wie ein Teenager ... es scheint mir legitim, danach zu fragen.«

»Ich behaupte nicht, er hätte nicht versucht, mich zu küssen«, zierte sich Maggie.

»Aha, siehst du!«

»Aber das heißt nicht, dass ich seinen Annäherungsversuchen nachgegeben hätte.«

»Hast du irgendetwas angefasst?«, fragte die praktisch veranlagte Louise.

»Nein, nichts.«

»Nicht einmal die Türklinke?«

»Die Tür stand einen Spalt breit offen, *Darling dear*. Ich brauchte sie nur mit dem Fuß aufzustoßen.«

Daraus konnte man schließen, dass sie bei ihrem Aufenthalt hoffentlich keine biologischen Spuren hinterlassen hatte.

»Was habt ihr geredet, nach all dieser Zeit?«

»Oh, das Übliche. Er behauptete, dass er mich nicht vergessen hätte, dass er Solène nur aus Trotz geheiratet hätte, dass es für ihn immer nur mich gegeben hätte ... den ganz gewöhnlichen *bullshit* eben.«

»Und du?«

»Was glaubst du wohl?«, entgegnete Maggie mit dem Gesichtsausdruck einer beleidigten Lady. »Ich habe ihm erklärt, dass ich mich zwar freue, ihn wiederzusehen, aber wenn er gedacht habe, er könne mich so einfach wieder in sein Bett kriegen, dann könne er das getrost vergessen, der alte Knacker!«

Nachdem sie sich den Männern in ihrem Leben jahrelang untergeordnet hatte, arbeitete Maggie Corrigan seit fast zwei Jahrzehnten daran, ihren Teil der Macht über das männliche Geschlecht zurückzugewinnen.

»Gut gemacht«, pflichteten die anderen drei Frauen ihr nickend bei.

»Ist dir in Pauls Zimmer irgendetwas Besonderes aufgefallen?«, fragte Énora und zeigte die Gesamtansicht des Zimmers Cézembre.

»*Like what?*«

»Keine Ahnung. Irgendein Gegenstand, der dir so schien, als stünde er am falschen Platz ...«

Maggie warf einen Blick auf das Handyfoto und schüttelte den Kopf:

»Nein. Fast alles war so wie auf dem Foto. Der nicht ausgepackte Koffer, das Telefon, die kleine Wasserflasche ... Nur der Dudelsack hat in der Zwischenzeit natürlich den Ort gewechselt.«

»Wo befand er sich, als du bei Paul warst?«

»Er lag auf dem Bett.«

Wie eine schläfrige Geliebte, die darauf wartete, dass ihr Liebhaber sich endlich auf sie stürzte. Eine, die den alten Wüstling nie abgewiesen hatte.

Maggies Bericht beruhigte die Damen zwar in gewisser Weise, aber er verriet nicht viel über den Gemütszustand des Opfers oder den Grund für seinen Tod. Dass Paul Le Tohic alles besprang, was nicht bei drei auf den Bäumen war, und keine Gelegenheit ausließ, eine alte Romanze wieder aufleben zu lassen, war allgemein bekannt. Aber wurden deshalb alle »Hurenböcke der Welt«, wie Énora sich ausdrückte, gleich umgebracht?

Weit gefehlt ... »Nein, und das ist wirklich schade«, fügte Sophie mit einer Selbstverständlichkeit hinzu, die die drei anderen erheiterte. Männerfeindliche Witze flogen zwischen ihnen hin und her, unterbrochen von lautem Lachen, als plötzlich Louises Telefon klingelte.

»Alain? Wo bist du?«

»Grüß ... Grüß dich«, stotterte er.

»Was ist das für ein Lärm da bei dir? Bist du nicht im Laden?«

Neben seinem Teilzeitjob beim Pays malouin betrieb Alain Le Divellec ein kleines Fotostudio in der Rue Sainte-Barbe Nr. 18 in der Innenstadt. Es war nicht besonders rentabel, aber es reichte, um über die Runden zu kommen.

»Nein, ich stehe vor dem Pa... Palais du Grand Large. Im Auftrag der Zeitung.«

»Ist dort eine Demo oder so was?«

»Nein, aber hier ist alles voll... voller Polizisten. Und jede Menge Schaulustige. Übrigens auch im Beauregard. Unmöglich, nah heranzukommen. Geschweige denn, den Palast zu betreten.«

»Weißt du, ob die Musiker des Bagad aus Saint-Briac schon vor Ort sind? Sie wollen sich in einer Stunde dort treffen.«

»Bis jetzt habe ich n... noch niemanden gesehen. Ich halte dich natürlich auf dem Laufenden, wenn ich etwas N... Neues erfahre.«

»Danke, Schatz.«

Nach dem letzten Wort biss sie sich verärgert auf die Lippen und legte sofort auf. Das zärtliche Versehen machte sie wütend.

»Wenn Guilloux alles so abriegelt, nimmt er die Sache sehr ernst«, kommentierte Énora.

»Na hoffentlich!«, rief Maggie.

Sie gebärdete sich, als stünde ihr Stolz auf dem Spiel: Immerhin ging es um den Mord an einem ihrer ehemaligen Liebhaber, und das war die ganze Aufregung in jedem Fall wert!

Trotzdem wirkte sie eher verdrossen als verärgert. Sie hatte es bereits befürchtet: Die Ermittlungen der Breizh Brigade waren ins Stocken geraten. Wie ein Boot, das bei Flaute auf Grund gelaufen ist.

15

7. Juli, Saint-Malo, Palais du Grand Large, 17:05 Uhr

»Nie hätte ich gedacht, dass ich euch jemals so etwas sagen müsste. Nicht einmal nach dem Vorfall von gestern Abend ... Paul ist diese Nacht von uns gegangen«, verkündete Yann Guesnet mit Grabesstimme.

Eine kleine, ungläubige Stimme erhob sich aus der Gruppe, die sich in einem der Prunksäle des Palastes versammelt hatte. Trotz der gerade erst erfolgten Renovierung wirkte das Innere des Gebäudes merkwürdig unpersönlich – als hätte man eher das Äußere, also jenes außergewöhnliche Panorama der Bucht von Saint-Malo als das Innere betonen wollen. In gewisser Weise war dies auch gelungen, denn die Wellen, die an den nahe gelegenen Strand Plage du Sillon brandeten, schienen auf die hohen Fenster zuzurollen.

»*Von uns gegangen*? Soll das heißen, dass er sich für immer ins Ausland abgesetzt hat?«

Wie er es gestern angedroht hat?, lag unausgesprochen in der Luft.

Etwa zwanzig Männer und Frauen, alle für den Anlass in

traditionelle Tracht gekleidet, standen sichtlich verblüfft da. Besticktes schwarzes Wams zu weißem Hemd bei den Herren; geknöpfte Weste über makelloser Bluse bei den Damen; Gürtel aus schwarzem Satin bei allen. Den offiziellen Grund für diese Zusammenkunft, die Generalprobe, die schon den ganzen Tag Stunde um Stunde verschoben worden war, glaubte niemand. Jeder rechnete mit einer schlechten Nachricht.

Sich aber vorzustellen …

»Bist du wirklich so bescheuert?«, rief ein sehr dicker Musiker. »Glaubst du ernsthaft, dass hier überall Polizisten herumstünden, wenn Paul einfach nur abgehauen wäre?«

Die Augenlider der arglosen Bombardenspielerin zuckten.

Alle anderen hatten den Hinweis auf Anhieb verstanden, und jeder versuchte, die richtige Haltung für diese Umstände anzunehmen. Ob man Paul Le Tohic nun gemocht hatte oder nicht, eine solche Tragödie erlebte man nicht jeden Tag. Einige flüsterten ihrem Nachbarn ein »Ehrlich gesagt überrascht mich das nicht« ins Ohr. Andere rückten ihre Kleidung zurecht. Wieder andere spielten mit nervösen Fingern auf dem Griffbrett ihres Instruments herum. Wenn sie wüssten, auf welch seltsame Weise ihr Kamerad gestorben war …

»Was um alles in der Welt ist denn passiert?«, fragte die Blondine. »Paul war doch kerngesund. Man gibt doch nicht einfach so von heute auf morgen den Löffel ab …«

»Offenbar eben doch«, widersprach jemand.

Viele Blicke richteten sich auf Maël und Loïc, die in der Nähe des Fensters standen, mit Blick auf den riesigen Strand Le Sillon. Der zweite Dudelsackpfeifer und der Trommler waren in derselben Pension untergebracht wie Paul. Sicher wussten sie mehr.

»Hört auf, euch zu streiten«, schimpfte Yann. »Wir müssen

jetzt zusammenhalten. Auch Paul hätte es so gewollt: Der Bagad steht an erster Stelle. Die Musik ist wichtiger als unsere kleinen Egos.«

Der allen bekannte Leitsatz ließ ein Raunen durch die Menge gehen. Die Mimik der Musiker verriet, dass ihnen Yanns Worte im Moment falsch vorkamen. Immerhin hatte das begriffsstutzige Dummerchen sie daran erinnert, dass Paul Le Tohic mit dem Gedanken gespielt hatte, das Ensemble zu verlassen. Der Bagad? Der war ihm offenbar ziemlich egal. Für ihn hatte nur sein persönlicher Ehrgeiz gezählt, was die hier und da gezeigten Grimassen bestätigten.

»Du hast meine Frage nicht beantwortet, Yann: Woran ist Paul gestorben? Wir haben ein Recht darauf, es zu erfahren!«

»Tut mir leid, dazu kann ich euch im Moment nichts sagen. Anweisung der Polizei.«

Es folgte ein allgemeiner Protest, der derart anschwoll, dass es bald auch auf der anderen Seite der mit Buchenholz furnierten Tür zu hören war, in dem langen, elliptischen Flur im Obergeschoss des runden Gebäudes.

»Alain?«, rief Fabienne Leroy, als sie den Reporter der Zeitung Le Pays malouin mit umgehängter Kamera entdeckte.

»Was machen Sie denn hier?«, wollte sie mit misstrauischem Blick und inquisitorischem Tonfall wissen.

»Guten Tag, Fa... Fabienne. Meine Zeitung hat mich gebeten, über die Generalprobe des BBB zu berichten.«

»Wie sind Sie überhaupt hier reingekommen? Die da unten sind sehr streng und lassen niemanden durch.«

»Ich habe alte K... Kumpels bei der Schutzpolizei.«

Tatsächlich verhielt es sich so, dass alle Polizisten in Saint-Malo den Fotografen des lokalen Käseblatts zwar kannten, dass sein treuherziger Blick eines alten Hundes und sein Stottern aber eher ihr Mitleid als ihren Respekt hervorriefen. Alain war sich dessen voll und ganz bewusst und zog seinen Vorteil daraus, indem er das, was andere als Behinderung angesehen hätten, in einen Passierschein verwandelte.

»Hm«, brummte Fabienne ein wenig genervt, dass sie ihre kleinen Zugangsprivilegien mit ihm teilen musste. »Da drinnen scheint es hoch herzugehen.«

Sie deutete auf die Tür des Saales, in dem sich die Musiker befanden. Der Lärm eines heftigen Streits drang nach draußen, dominiert von ein oder zwei schrillen Frauenstimmen und dem Donnern einer lauten Männerstimme.

»Da... dafür gibt es verdammt gute Gründe«, stellte Alain Le Divellec fest.

»Apropos«, fuhr Fabienne mit einem verführerisch gemeinten Lächeln fort. »Commissaire Guilloux und ich haben uns, was Sie betrifft, auf einen Punkt geeinigt: Vor Montag – allerfrühestens – darf keine Zeile oder kein Bild über die Angelegenheit in Ihrer Zeitung erscheinen.«

»Das müssen Sie mit meinem Chefredakteur besprechen. Ich ... wissen Sie ...«

»Ich bin nur der kleine Beauftragte«, fügte er nicht mehr hinzu. Seine treuherzigen Augen und seine schwere Zunge sprachen für sich.

»Die Überlegung stammt von mir. Aber es ist besser, wenn wir alle am gleichen Strang ziehen, meinen Sie nicht?«

Ohne Alain die Gelegenheit für eine Antwort zu geben, drückte Fabienne die Klinke hinunter und betrat den Raum, in dem ein ohrenbetäubendes Durcheinander herrschte. Sie strich sich eine blonde Strähne aus dem Gesicht, setzte ihr strahlendstes Lächeln auf und ging schnurstracks auf Yann Guesnet zu, dem sie kurz und fast schon unpassend zuwinkte.

Angesichts der beiden Neuankömmlinge ließ die Anspannung im Saal schlagartig nach. Die Leute machten ihrem Ärger nun eher flüsternd als lautstark Luft. Einige Musiker, nach der ganzen Aufregung gelangweilt, begannen, auf ihren Instrumenten zu spielen. Eine Kakofonie von Tönen löste den Streit ab. Offensichtlich legte niemand Wert darauf, richtig und harmonisch zu spielen. Eher tobten sie sich aus, als dass sie ein Stück präsentierten.

»Was haben Sie im Hinblick auf das Konzert beschlossen?«, fragte Fabienne den Penn-Soner ohne langes Vorgeplänkel.

»Wir stimmen gleich darüber ab. Ich persönlich bin dafür, das Konzert stattfinden zu lassen. Man sagt doch keinen Auftritt ab, nur weil jemand in der Besetzung fehlt. Das wäre alles andere als professionell. Unsere Trauer darf uns nicht davon abhalten, unsere Arbeit zu machen.«

So ein Quatsch, beschied Fabiennes Blick, aber sie nickte.

»Und wer ersetzt Paul? Immerhin reden wir hier nicht von einem x-beliebigen Musiker …«

Mit einem Blick zur Seite wies Yann auf einen kleinen Mann mit Schnurrbart, der seinen Dudelsack vorbereitete.

»Maël ist durchaus in der Lage, Pauls Platz einzunehmen.«

»Wenn Sie das sagen …«

Meinte Yann damit nur Pauls Position als Solist im Bagad? Oder ging es bei der Bemerkung auch um andere Bereiche? Nur wenige Schritte entfernt machte sich Maël, der sich offenbar schon wieder sehr wohl fühlte, an eine dunkelhaarige junge Frau namens Arwen heran, die wie ein Pin-up-Girl aussah. Einem kurz zuvor aufgeschnappten Klatsch zufolge war sie das Betthäschen des toten Dudelsackspielers gewesen.

Diskret wie immer schlängelte sich Alain zwischen den Kleingruppen hindurch und verewigte die ungewöhnliche Situation aus allen Blickwinkeln. Yann Guesnet hatte die Leiterin des Fremdenverkehrsamts stehen lassen, ging von einem Musiker zum anderen und forderte sie auf, ihre Instrumente zu stimmen. Niemand im Ensemble hatte ein so gutes musikalisches Gehör wie der trinkfreudige Leiter der Truppe.

Plötzlich flog die Tür ein weiteres Mal auf. Dem Fotografen entging nichts von Solène Le Tohics theatralischem Auftritt. Trotz ihrer blonden Haare wirkte sie wie eine korsische Witwe – sie war so dünn und blass, dass es einem Angst machen konnte.

Sie trat zu Yann und sprach ihn mit zitternder Stimme an:

»Mir ist zu Ohren gekommen, dass du vorhast, die Gruppe morgen auftreten zu lassen? Ist das wirklich wahr?«

»Es ist eine Option, ja … Aber ich …«

Die Ohrfeige war zwar relativ sanft, aber sie erfolgte so schroff, dass alle Anwesenden erstarrten.

»Du Kotzbrocken«, flüsterte sie. »Du hast ihm wirklich alles genommen, nicht wahr? Bis zum bitteren Ende!«

Dann verließ sie den Saal, wie sie ihn kurz zuvor betreten hatte – mit tränenüberströmtem Gesicht und unter den mitleidigen Blicken der anderen.

16

7. Juli, Saint-Malo, Strand von Bon-Secours, 18:00 Uhr

Hupen, was das Zeug hält.

Heftig das Lenkrad herumreißen.

Die Lichthupe häufiger betätigen als den Blinker. Maggie Corrigans Fahrstil konnte jemanden, der zum ersten Mal in ihrem alten meerblauen, von Constant geerbten VW-Käfer namens Lilybeth mitfuhr, ziemlich durcheinanderbringen. Der Wagen war ein Oldtimer aus den späten 1960er Jahren und genauso gut erhalten wie seine Besitzerin. Louise und Énora wunderten sich schon längst nicht mehr über Maggies heißen Rodeo-Stil. Sie wussten, dass man ihr besser nicht in die Quere kam – was im Übrigen auch für das Wageninnere galt.

»*Fecking Amadán!*«, brüllte Maggie aus dem Fenster und überfuhr dabei fast einen Radfahrer. »Kannst du nicht ein bisschen aufpassen?«

»Er war auf dem Fahrradweg, Granny.«

Mit anderen Worten, der Mann war im Recht.

»Ach ja? Und seit wann gibt es hier Radwege?«

»Seit mindestens zehn Jahren, Mama ...«

Aber Maggie hatte sich in ihrem Leben noch nie nach einem Gebot oder einer auf die Straße gemalten Linie gerichtet, sei sie auch noch so durchgehend. Und am Tag vor ihrem siebzigsten Geburtstag würde sie ganz sicher nicht damit anfangen, oder?

Zehn Minuten zuvor hatte sie die Familie zusammengetrommelt. Mehrmals in der Woche verspürte sie das dringende Bedürfnis nach einem »Granitbad«, bestehend aus einer Fahrt um die Stadtmauern von Saint-Malo mit einer anschließenden Siesta auf den Felsen. Schon als junge Frau hatte sie gern stundenlang auf den großen Steinen am Meer in Baltimore gelegen und das Gefühl genossen, dass der Fels ihr Stärke und Widerstandskraft verlieh. Auch nach Jahrzehnten gab es für sie keine bessere Art, um Energie zu tanken.

»Jetzt sofort?« Énora hatte zunächst gezögert, da sie gerade damit beschäftigt war, die Wachsfigur zu zerlegen und wie besprochen eine Webcam in deren Kopf einzubauen – eine äußerst heikle Operation. Die Hälfte des lebensgroßen Schädels lag bereits auf der Wiese, wo sie sich mit Malo ausgebreitet hatte.

»Malo kann sicher auch allein weitermachen. Nicht wahr, Malo?«

Der junge Mann nickte ohne Einwände – in ihrem Königreich durfte man Maggie Corrigan nicht widersprechen.

Und Louise? Noch nie hatte sie ihrer Mutter die Stirn geboten, weder im noch außerhalb des Herrenhauses. Sie unterbrach ihre Gartenarbeit und gehorchte.

Wenn man nicht über einen der teuren und rar gesäten privaten Stellplätze verfügte, war das Parken in Saint-Malo Intra-Muros eine echte Herausforderung, vor allem im Sommer. Aber Maggie hatte ihre *Spots*, diese geheimen Ecken, die nur angestammten Malouins bekannt waren. Und so dauerte es nur wenige Minuten, bis Lilybeth auf einem zwar verbotenen, aber nicht einsehbaren Platz zum Stehen kam.

Mit wenigen Schritten erreichten sie die Bastion de la Hollande, einen großen, unmittelbar an die Mauer grenzenden Platz im äußersten Westen der Stadt. Eine frische Meeresbrise begrüßte sie und die Horden von Touristen.

»Strand?«, schlug Énora vor.

»Strand!«, antworteten die beiden anderen Frauen im Chor. Der Strand musste grundsätzlich der von Bon-Secours sein, wie Constant und Maggie es von früher gewohnt waren. Im Jardin des Petits Murs, einem Bouleplatz unter Bäumen, kamen die Erinnerungen an Maggies Mann wie von selbst zurück. Dabei hatte Constant sich nichts aus dem Boulespiel selbst gemacht – sein Sport bestand darin, sich oben auf der Treppe zu positionieren, von wo aus er einen wunderbaren Blick über den gesamten Sandstrand hatte, und die schönsten Exemplare zu bewundern, die sich dort halb nackt sonnten. Ob er mit einigen dieser eingeölten Kreaturen geflirtet hatte? Ganz sicher. Und Maggie hatte es gewusst. Aber ihm dieses meist harmlose Vergnügen zu verwehren wäre der schnellste Weg gewesen, ihren triebhaften »alten Bock« zu vergraulen.

»Richtung Pouillou?«

»Richtung Pouillou.«

An einem sonnigen Samstag im Juli waren freie Plätze auf Bon-Secours sehr rar. Die meisten Sommergäste strömten in den Bereich vor dem Meerwasserpool mit dem Sprungturm, wo der goldene Sand trocken war und die Kinder im Wasser gut zu überwachen – die Kleinen drängten sich zahlreicher als Krabben oder Fische in dichten Trauben zusammen und jauchzten vor Freude beim Planschen. Doch die drei Corrigan-Frauen zogen den einsamen Platz am Fuß des kleinen Felsvorsprungs rechts neben dem Becken vor, der von den Einheimischen »Pouillou« genannt wird. Einer lokalen Legende zufolge suchten die Mütter ihre Kinder früher nach dem Baden im Meer an dieser Stelle nach *poux* ab – und auch wenn der Brauch des Entlausens schon lange nicht mehr existierte, bot der Platz einen herrlichen Ausblick auf den Strand, die Altstadt und die beiden Felseninseln Grand Bé und Petit Bé, die nur bei Ebbe zu Fuß zu erreichen sind. Ein nicht zu vernachlässigender Vorteil war außerdem, dass sich der Abschnitt in ausreichender Entfernung zu den kreischenden Knirpsen befand und damit eine gewisse Ruhe bot.

Ein großes, auf dem feuchten Sand ausgebreitetes Laken. Eine Flasche Cidre und ein paar Kleinigkeiten zum Schnabulieren. Die Aussicht auf einen Strandaperitif brachte alle wieder zum Lächeln.

»Geht es uns nicht gut, hier im Kühlen?«, rief Maggie fröhlich, wie so oft in Anspielung auf einen Film.

»Und wir werden ermitteln, wenn uns nach Ermitteln ist!«

Sie lachten leise, wie Möwen im Wind. Die Breizh Brigade konnte durchaus ein paar Stunden warten. Schließlich erstickten sie nicht gerade unter einer Masse an Hinweisen und Spuren …

Sie schlürften gerade ihren Göttertrank aus Alu-Bechern, als in der Nähe eine Stimme, durch ein Megafon verstärkt, donnernd rief: »Achtung, bitte! Wegen der steigenden Flut werden Sie gebeten, zum Strand zurückzukehren. Die Passage steht in fünf Minuten unter Wasser. Fünf Minuten. Danke!«

»Das ist doch Hugo!«, rief Maggie. »Ich dachte, er hätte aufgehört, sich hier wichtigzumachen.«

»Offensichtlich hat er wieder angefangen.«

Hugo, der von Beruf Bäcker war, betätigte sich seit einigen

Jahren als »Ausrufer der Bés«, um Spaziergänger vor den Gefahren der Flut zu warnen. Wenn das auflaufende Wasser die gepflasterten Wege zu den beiden kleinen Inseln Grand Bé und Petit Bé überschwemmte, war die Gefahr zu ertrinken groß. Da Hugo jedoch keine finanzielle Unterstützung von der Stadtverwaltung erhielt, hatte er das Amt eine Weile ruhen lassen.

Bei dem Gedanken, dass unachtsame Urlauber durch das Hochwasser eingeschlossen werden könnten, verfinsterte sich Maggies Miene. Von Grand Bé aus, wenn auch von der gegenüberliegenden Seite, war Constant früher oft zur Insel Cézembre geschwommen. Und von Grand Bé aus war er an jenem schicksalhaften Tag vor zwanzig Jahren in See gestochen ...

»Bist du mit Fanny verabredet?«, fragte Louise ihre Tochter.

»Nein ...«

Und doch kam die Freundin gerade im Slalom zwischen den Handtüchern hindurch auf sie zu. Énoras feuerrote Haare halfen ihr, sie trotz des Menschengewimmels schon von Weitem zu erkennen.

Offenbar bemerkte sie erst aus der Nähe, dass ihre Freundin nicht allein war, und machte sofort Anstalten umzukehren. Maggies Begrüßung zuvor war nicht gerade herzlich gewesen.

Énora sprang auf.

»Warte!«

»Deine Familie ist hier, Nono.«

»Nun, dann ist vielleicht jetzt ein guter Zeitpunkt, dich in sie einzugliedern«, erwiderte Énora lächelnd. »Oder?«

»Wie meinst du das?«

»Sie wissen Bescheid.«

»Über uns? Sag mal, spinnst du?«

»Reg dich nicht auf. Ich hatte keine Wahl. Meine Mutter hat etwas geahnt. Irgendwann wäre es sowieso herausgekommen, oder?«

»Ist dir klar, was passiert, wenn meine Eltern das erfahren? Von meinem Chef ganz zu schweigen!«

»Also, meine Mutter oder meine Großmutter gehen bestimmt nicht zu ihnen und plaudern es aus. Sie sind außerhalb der Schulzeiten nie in Saint-Méloir. Und was die Le Divellecs angeht, weißt du doch, dass sie denen aus dem Weg gehen.«

»Ach ja?! Und was ist mit Alain? Deine Mutter und er haben keine Geheimnisse voreinander. Manchmal habe ich das Gefühl, dass sie jetzt mehr miteinander reden als damals, als sie noch ein Paar waren.«

Sie waren beide zu jung, um sich an derart lang zurückliegende Zeiten zu erinnern, aber die Vertrautheit der beiden Ex-Eheleute war in der Tat beunruhigend.

»Ich möchte dich daran erinnern, dass sie es waren, die mir den Job bei Guy besorgt haben«, fuhr Fanny fort. »Wer garantiert uns, dass dein Vater seinem Bruder gegenüber nicht die Katze aus dem Sack lässt?«

Énora hütete sich, »Niemand« zu antworten. Stattdessen schlang sie den Arm um ihre Begleiterin und zog sie zum Fuß des Pouillou.

»Hallo«, murmelte Fanny zurückhaltend.

»Setz dich und trink etwas mit uns«, sagte Louise einladend und bot ihr einen Becher Cidre an.

Ein paar Schlucke lang herrschte peinliche Stille, nur unterbrochen vom Rufen der im Wasser herumtollenden Kinder. Der Cidre schmeckte herb und süß zugleich, passend zur Situation.

»Wenn du schon mal hier bist, hast du nicht Lust, uns alles zu berichten, was du Christophe Guilloux erzählt hast?« schlug Énora vor.

»Klar, wenn du möchtest …«

Natürlich kam nicht infrage, Fanny von der Existenz der BB

zu erzählen, geschweige denn, sie in die Gruppe aufzunehmen. Vor dem Hintergrund des Verdachts gegen Maggie konnte Fanny das Interesse der Corrigans an der Chronologie der Ereignisse gut verstehen.

Was sie ihnen dann erzählte, entsprach weitgehend dem, was sie bereits wussten. Bis sie die beiden gegenläufigen Fußabdrücke in Treppenhaus und Flur von Beauregard erwähnte.

Zwei aufeinander folgende Besucher.

»Außer dir waren also noch zwei weitere Personen in Pauls Zimmer!«, rief Louise an Maggie gewandt.

»Und damit möglicherweise zwei, die an dem Mord an ihm beteiligt waren.«

»Ja, aber da ist doch was faul«, überlegte Énora. »Warum sollten zwei Kriminelle, die Paul umbringen wollten, getrennt voneinander am Tatort auftauchen? Das entbehrt jeglicher Logik, oder? Eine Verabredung zum Mord ist schließlich kein Open-Bar-Event. Du tauchst nicht einfach auf, wenn es dir in den Kram passt!«

»Ich gehe mal davon aus, dass die Polizei nach der Auswertung der Spuren mehr weiß«, überlegte Fanny.

Die anderen Frauen tauschten besorgte Blicke, und Maggie übte mit ihren intensiv blauen Augen stumm Druck auf ihre Enkelin aus.

Entweder sie hilft uns, oder ich verrate es ihren Eltern, schien sie zu drohen.

»Da fällt mir etwas ein!«, fuhr Énora fort. »Wir möchten dich um einen kleinen Gefallen bitten.«

»Was für einen Gefallen?«

»Sagen wir lieber ... um einen Gegenstand.«

Fanny sah sie verständnislos an.

»Um den Ersatzschlüssel von Commissaire Guilloux«, verkündete Maggie unmissverständlich. »Ich habe gehört, dass er manchmal interessante Informationen mit nach Hause nimmt.«

»Ihr drei seid wirklich verrückt!«

»Dann heißt das also ›Ja‹?«

»Es heißt ›Nein‹!!! Wisst ihr, was man für einen Einbruch bei einem Polizisten und den Diebstahl einer Ermittlungsakte bekommt?«

Zwar hatte sie selbst nicht die geringste Ahnung, aber es war vermutlich ziemlich viel. Sie sprang auf. Ihr Cidre kippte um, und sie warf ihrer Freundin einen vernichtenden Blick zu.

»Was für eine Reaktion hattest du erwartet, *Darling dear*?«, bellte Maggie und schwang ihren Stock in Richtung der davoneilenden Fanny.

Die jedoch blieb mit einem Mal stehen und drehte sich zu den dreien um.

»Was glaubst du wohl, wie deine geliebten Eltern reagieren, wenn sie von dir und Nono erfahren? Dass sie dich in die Arme nehmen und dir eine Wohnung als kleines Liebesnest schenken?«

»Granny!«, schrie Énora. »Mach, was du willst, aber das nicht!«

Die Erpressung war berechtigt, aber trotzdem abscheulich.

Fanny wurde auf einen Schlag ganz ruhig, während sie die Möglichkeiten abwägte.

»Einverstanden«, erklärte sie schließlich. »Aber ihr bekommt weder den Schlüssel noch einen Zweitschlüssel. Ich werde selbst hineingehen und die Dokumente fotografieren. Und ich sage euch gleich, dass ich das nur ein einziges Mal mache. Ein zweites Mal wird es nicht geben.«

Énora griff nach der Hand ihrer Liebsten, die jedoch entzog sie ihr.

»Granny blufft doch nur, verdammt noch mal. Keiner zwingt dich, da mitzumischen …«

»Das ist mir schon klar. Im Übrigen möchte ich euch daran erinnern, dass auch ich ein paar Informationen habe, die für euch unbequem werden könnten.«

Ging sie auf Maggies Forderung ein, weil sie Angst hatte? Oder erkannte sie darin die unverhoffte Gelegenheit, sich die Anerkennung der Matriarchin Corrigan zu sichern? Ihr verschlossener Gesichtsausdruck ließ keinen Rückschluss auf die Antwort zu.

»Aber was Guilloux betrifft, passt es jetzt gerade gut«, fügte sie im selben Atemzug hinzu. »Seine Wohnung liegt gleich oberhalb des Strandes. Die Rue de la Clouterie ist weniger als eine Minute von hier entfernt.«

Ein schriller Handyton zerstreute das allgegenwärtige Unbehagen. Alain hatte Louise einige Bilder geschickt. Die aussagekräftigsten Fotos zeigten einen fröhlichen Maël, der sich deutlich sichtbar auf die Vertretung freute, die man ihm dank des Todes von Paul Le Tohic angeboten hatte.

War die Aussicht auf Ruhm ein ausreichendes Motiv? Mordeten nicht auf der ganzen Welt ehrgeizige Menschen, um ein bestimmtes Ziel zu erreichen?

17

7. Juli, Saint-Malo, Wohnung von Christophe Guilloux, 18:45 Uhr

Jeder andere hätte es als Unannehmlichkeit empfunden, aber Christophe Guilloux betrachtete die Haustür, die eindeutig zu niedrig für ihn war, lieber als eine ständige Lektion in Sachen Demut. Mit seinen ein Meter fünfundachtzig musste er sich jedes Mal wie ein Büßermönch bücken, wenn er das kleine Gebäude in der Rue de la Clouterie Nr. 1 betrat. Das Haus lag nur wenige Schritte vom Strand entfernt in einer Fußgängerzone mit alten, original erhaltenen Gebäuden. Er fand es nicht schlecht, dass er als Chef der örtlichen Polizei an die Grenzen seiner Macht erinnert wurde. Sein Einfluss auf die Menschen mochte groß sein, bei Steinen jedoch funktionierte das nicht. Und das akzeptierte er.

Mit den Armen voller Akten stieg er rasch die Stufen zu der kleinen Zweizimmerwohnung im zweiten Stock hinauf, die er gemietet hatte. Bei der Unterzeichnung des Mietvertrags hatte sich sein Vermieter, Guy Le Divellec, als ebenso unfreundlich wie raffgierig erwiesen. Zum Glück war die junge Fanny deutlich hilfsbereiter als ihr Chef. Und Guilloux schätzte sich glücklich, dass er so schnell eine so gut gelegene Wohnung in der Innenstadt gefunden hatte.

Durch das Wohnzimmerfenster, das er zum Lüften einen Spalt breit öffnete, war das Geschrei der Kinder vom Strand zu hören, der um diese Zeit noch voller Menschen war. Eine weises Schicksal hatte ihn, der als Waise bei Pflegeeltern aufgewachsen war, vor Nachkommenschaft bewahrt, und dazu beglückwünschte er sich fast jeden Tag. An manchen Abenden allerdings fiel ihm das Leben als Junggeselle schwer.

Er ließ sich auf das Sofa fallen und schob mit dem Daumen zerstreut die Profile der Frauen auf Tinder beiseite, die mit ihm chatten wollten. Einige von ihnen waren sehr hübsch. Aber wohin sollte das führen? Welche Frau würde ihr Leben gern mit einem Mann verbringen, der sich ständig in makabren Akten vergrub? Höchstens eine Polizistin. Vielleicht Emma? Durchaus seine Kragenweite, diese Emma. Aber jedes Mal, wenn ihn die Versuchung überkam, fiel ihm die Lektion seines ersten Chefs in Vannes ein: »Man vögelt nicht in der eigenen Diözese, junger Mann. Das wissen sogar die Pfarrer!«

Nachdem er sich einen billigen Scotch eingeschenkt hatte – sein persönliches Budget verwaltete er ebenso streng wie sein Büro –, griff Guilloux nach dem Umschlag ganz oben auf dem Stapel. Dieser war vor weniger als einer halben Stunde durch einen Eilboten aus Rennes überbracht worden. Ausnahmsweise einmal war Guilloux von der Schnelligkeit der Gerichtsmediziner beeindruckt.

Obduktionsbericht. Name: Le Tohic. Vorname(n): Paul, Jean, Malo, Marie. Geboren am 7. März 1959 in Saint-Brieuc. Mutmaßlicher Todeszeitpunkt: 6. Juli zwischen 21:00 und 22:00 Uhr.

Das vom Pathologen angegebene Zeitfenster war recht eng, zweifellos ein Beweis dafür, dass die Todesursache dem Täter nicht viel Zeit gelassen hatte. Guilloux übersprang die Einzelheiten des Protokolls und der durchgeführten Untersuchungen und schlug die letzte Seite auf, auf der die Todesursache notiert war.

Herzstillstand, vermutlich als Folge von Ersticken, las er leise und begoss das Fazit mit einem Schluck Whisky.

Das Opfer befand sich in einem Zustand ausgeprägter Hypoxie, nachdem eine Dudelsackpfeife in die Speiseröhre eingeführt worden war.

Okay, dachte der Kommissar. Man musste nicht sieben Jahre Medizin studiert und sich mindestens drei Jahre lang spezialisiert haben, um zu einer solch eindeutigen Folgerung zu gelangen. Die dem Bericht beigefügten Fotos der Spurensicherung reichten aus, um das zu verstehen.

Auch einen Suizid konnte man angesichts der Fesselung des Opfers vor seinem Tod und der spektakulären Vorgehensweise von vornherein ausschließen. Wer würde sich selbst umbringen, indem er sich ein solches Gerät in den Hals schiebt, noch dazu mit gefesselten Händen? Die ausgeschlagenen Schneidezähne sprachen darüber hinaus für die Vermutung, dass die Tatwaffe mit Gewalt eingeführt worden war.

Nachdem er das alles zur Kenntnis genommen hatte, blätterte Guilloux den Rest des Berichts durch. Die weiteren Beobachtungen waren nicht sehr umfangreich. Man hatte lediglich einen leichten Chlorbelag auf den Schleimhäuten von Mund und Speiseröhre gefunden, der sich laut Gerichtsmediziner durch die kürzlich erfolgte Anhebung des Chlorgehalts im Wasser des Ballungsgebiets von Saint-Malo erklären ließ. Das war nichts Überraschendes, die Öffentlichkeit war darüber informiert worden.

Die Luft wurde jetzt kühler, trotz der strahlenden, von den Dachfirsten der umliegenden Gebäude leicht verdeckten tiefstehenden Sonne. Der Kommissar schloss das Fenster und schenkte sich noch einen kleinen Whisky ein.

Die nächste Akte enthielt das dicke Protokoll der Kriminalpolizei. Es begann mit der Untersuchung von Paul Le Tohics Peugeot 206, die keine Erkenntnisse gebracht hatte, sowie der Überprüfung der von den möglichen Tätern hinterlassenen schlammigen Fußspuren. Nach einem Vergleich mit allen Schuhen der derzeitigen Bewohner von Beauregard, einschließlich derer von Paul und Fanny – die Kleiderschränke und das Gepäck sämtlicher Gäste waren durchsucht worden –, fand sich keine Übereinstimmung bei den Profilmustern. Das einzig Auffällige war die kleine Schuhgröße aller vier schmutzigen Schuhe. Vermutlich Größe 37 oder 38. Sofort kamen Guilloux die winzigen Füße von Loïc, dem Trommler, in den Sinn. Aber leider stimmten die hinterlassenen Spuren auch nicht mit dem einzigen Paar Straßenschuhe überein, das dieser dabeihatte.

Das Smartphone von Paul Le Tohic, das zu knacken den Informatikern der KTU leichtgefallen war, erwies sich als informativer. Eine SMS, die Paul um 17:45 Uhr, also kurz nach seiner Ankunft in Saint-Malo, verschickt hatte, beendete ganz klar seine außereheliche Beziehung zu Arwen Caroff: »Es ist vorbei. Bitte komm dieses Wochenende nicht zum Festival.« Arwen hatte das bei ihrer Vernehmung nicht erwähnt. Aus gekränktem Stolz? Oder hatte sie etwas anderes zu verbergen? Schwer zu sagen, denn auf die Trennungsnachricht hatte sie nicht geantwortet.

Pauls SMS endete mit einem Satz, der wie ein rotes Tuch auf die Psyche seiner jungen Geliebten gewirkt haben musste: »Das mit uns beiden klappt ohnehin nicht, es gibt da jemand anderen.« Nur in Gedanken oder schon im Bett? Le Tohic war berüchtigt für seine rasch aufeinanderfolgenden Liebschaften. Wer also mochte die geheimnisvolle neue Favoritin sein?

Die Analyse der biologischen Proben ergab leider mehr zusätzliche Fragen als Antworten. Neben einem blonden Haar an der Kleidung des Opfers – höchstwahrscheinlich stammte es von Solène – fand sich auf dem Rohrblatt von Pauls Dudelsack nicht nur seine eigene, sondern auch eine zweite DNA.

»Sieh mal einer an«, schnaufte Guilloux. »Ich hätte schwören können, dass ein Typ wie er auf sein Instrument noch eifersüchtiger ist als auf seine Frau. Und doch durfte ein anderer Mund als seiner die Pfeife befeuchten? Ohne sein Wissen?«

Diese Frage war umso berechtigter, als sich auf der Spielpfeife in Pauls Kehle ebenfalls Fingerabdrücke befanden, die nicht von Paul stammten. War der Mörder so dumm gewesen, die Tatwaffe an seine Lippen zu führen und sie dann mit beiden Händen zu ergreifen?

Das alles war so ungewöhnlich, dass es schon wieder möglich erschien.

Und es gab noch zwei weitere Ungereimtheiten. Zum einen die kleine Flasche Wasser der Marke Plancoët, die auf dem Nachttisch stand und ebenfalls mit unbekannten Fingerabdrücken bedeckt war, die sich jedoch von denen der Spielpfeife unterschieden.

Der Komplize?

Und zu dem nebulösen Bild kam noch die zum Weinen banale schwarze Nylonschnur, mit der Pauls Handgelenke gefesselt waren. Diese Art von Schnur fand sich so gut wie überall: an Windjacken, Sporttaschen, Jogginghosen und so weiter. Sie konnte von überall entnommen worden sein. Und von jedem …

Mithilfe seines klecksenden Füllfederhalters erstellte Guilloux eine Liste mit Aufgaben, die er am nächsten Tag erledigen wollte – pro Aufgabe ein bunter Zettel:

- Ortung von Arwen Caroffs Mobiltelefon am Vorabend. Hatte es Saint-Briac verlassen oder nicht?
- Überprüfung der Nutzung von Arwen Caroffs BreizhGo-Abokarte in den letzten zwei Tagen. Welche Fahrten hatte sie mit dem Bus gemacht? War sie in Saint-Malo gewesen?
- Vergleich der Fingerabdrücke von der Spielpfeife und der Flasche mit den Daktylogrammen aller potenziellen Verdächtigen: Maël, Loïc, Yann, aber auch Arwen und Solène.
- Vergleich der DNA-Spuren auf dem Rohrblatt mit denen aller Verdächtigen.

Nachdem er seine Notizen auf die oberste Kladde geklebt hatte, griff er nach seinem Handy und wählte eine Nummer, die er seit seiner Ankunft in der Stadt nicht mehr angerufen hatte: die der Staatsanwältin von Saint-Malo, Corinne Le Cam.

Würde sie die Einleitung einer Voruntersuchung wegen Mordes genehmigen? Die Voraussetzungen dafür waren gegeben. Aber würde dieser Fall *The One* werden, der große Kriminalfall, den Christophe Guilloux sich gewünscht hatte? Das lag nicht in seiner Hand, das wusste er. Einige Bestandteile waren günstig: Musik, Ehebruch, Ehrgeiz und Sex, aber der Erfolg des Unterfangens würde vor allem vom Verhalten der Verdächtigen abhängen. Bei dieser Art von Untersuchung entschied die Qualität der Protagonisten über die Popularität in den Medien und in der Öffentlichkeit. Ein Opfer, das man gerne hasst, eine trauernde Frau, ein rachsüchtiger Neider, eine Männerfresserin, ein Kinderschreck … Noch war es zu früh, den Einzelnen die richtige Rolle zuzuweisen.

Nachdem Guilloux wie erhofft grünes Licht bekommen hatte, schnappte er sich seine Sommerjacke und rannte die Treppe noch schneller hinunter, als er sie hinaufgestiegen war. Im Erdgeschoss angekommen, konnte er gerade noch seinen Kopf retten, in letzter Sekunde. Eines Tages, das war so gut wie sicher, würde er sich den Schädel an diesem Türsturz aus Granit einschlagen.

Der Abend war mild, und der Kommissar hatte nichts Besseres vor – die Tinder-Damen würden warten –, und so legte er sich spontan eine Route zurecht: Zuerst ein Abstecher ins Java, um das Alibi der kleinen Fanny Horvais zu überprüfen, und danach ein Spaziergang zur Brasserie du Sillon, um vom Personal eine so neutrale Aussage wie möglich über die Auseinandersetzung zwischen Paul und Yann zu erhalten.

Das Programm erschien ihm perfekt. So perfekt, dass er die Gestalt mit den schwarzen, krausen Haaren nicht bemerkte, die von der gegenüberliegenden Straßenecke seine Haustür belauerte: Sie stand gleich neben einem Granitgebäude aus der Nachkriegszeit. Das war einer der Reize von Saint-Malo Intra-Muros: Das Stadtzentrum war zwar kaum größer als ein Taschentuch – einer Legende nach entspricht die Fläche innerhalb der Stadtmauern der Größe der Place de la Concorde in Paris, in Wirklichkeit ist sie allerdings doppelt so groß –, aber trotzdem reich an immens vielen Verstecken. Ein außergewöhnlicher Spielplatz für Kinder jeden Alters.

Gezeitentabelle
für Saint-Malo

8. Juli	
Flut	01:42 Uhr
Ebbe	08:34 Uhr
Flut	14:22 Uhr
Ebbe	21:09 Uhr

18

8. Juli, Saint-Malo, Manoir des Corrigan,
Maggies Zimmer, 8:01 Uhr

»*Fucking* Scheiße! Von wegen Geschenk!«

Maggie stand am Fenster ihres Zimmers in der ersten Etage des Wirtschaftsgebäudes und blickte auf die Ansammlung Schaulustiger hinunter, die sich vor dem Tor des Herrenhauses versammelt hatten. Jacques stand mit einem riesigen Blumenstrauß in der Hand mitten in der Menge und versuchte sich einen Weg zu bahnen, ohne die Aufmerksamkeit der Neugierigen auf sich zu ziehen. Sein weißes Hemd, der marinefarbene Blazer und der frische Haarschnitt zeigten, dass er sich große Mühe mit seinem Äußeren gegeben hatte.

Nur wenige Schritte hinter dem sonntäglich herausgeputzten Jacques stand Dodik Cadiou, die aufgeblasener und röter denn je mit heftigen Armbewegungen auf den anwesenden Pöbel einredete. Aus dieser Entfernung war es nicht möglich, zu verstehen, was sie sagte, aber da die Verleumdung der Corrigans ihre Lieblingsbeschäftigung war, konnte Maggie leicht erraten, was die Klatschbase zu verbreiten hatte.

Maggie hielt es nicht mehr aus und rannte mit dem Torschlüssel aus dem Haus. Gleich am Tor traf sie auf Jacques, der sich ein Lächeln abrang und stammelte:

»Herzlichen Glückwunsch zum Geburtstag, mein Lieb...«!

»Jetzt nicht!«, fauchte sie und schob die Rosen beiseite, die er ihr vor die Nase hielt.

Sie schoss wie eine Rakete auf die unliebsame Nachbarin zu, dabei schwenkte sie ihren Gehstock wie einen Marschallstab.

»Darf man erfahren, was für einen Unfug Sie den Leuten hier erzählen?«

»Aber, aber, aber ... ich sage nur die Wahrheit!«, regte Dodik sich auf.

»Und die wäre?«

»Nun ..., dass Paul Le Tohic Ihr Liebhaber war. Dass er gleich nebenan wohnte. Und dass Sie an dem Abend, an dem er ermordet wurde, in der Nähe von Beauregard spazieren gegangen sind. Ganz zufällig!«

»Heilige Scheiße! Und wenn schon! Macht mich das vielleicht zu einer Verbrecherin?«

»Das habe ich nicht gesagt. Ich sage nur, dass ...«

»Arme Irre!«, schnitt Maggie ihr das Wort ab. »Bis zum Beweis des Gegenteils mache ich mit meinem Arsch immer noch, was ich will!«

Die Zuschauer, die am nächsten standen, begannen zu grinsen. Klatsch und Tratsch waren schon ganz gut, aber kein Vergleich zu einem gepfefferten Streit. Vor allem, wenn eine derart respektable Dame involviert war.

»Vielleicht sollten Sie sich inspirieren lassen, *my dear*.

Sie kennen doch das Sprichwort: Je mehr Orgasmen, desto weniger Falten.«

Mit diesen Worten drehte sie sich um und ging. Der verblüffte Jacques folgte ihr wie ein Schatten.

»Maggie! Maggie!«, versuchte er sie aufzuhalten, als sie wie eine Furie den Hof überquerte.

»Was denn?«

Mit der Selbstsicherheit eines Erstkommunionkindes reichte er ihr erneut den Blumenstrauß.

»Alles Gute zum Geburtstag.«

»All right«, knurrte sie. »Aber wir wollen doch bitte nicht übertreiben.«

»Schau trotzdem mal zwischen den Blumen nach …«

Inmitten der rubinroten Rosen lag ein kleines perlmuttfarbenes Kästchen.

»Du … du hast doch nicht etwa …«, stammelte die sonst so schlagfertige Maggie.

Der Idiot würde ihr doch nicht an ihrem siebzigsten Geburtstag einen Heiratsantrag machen?

»Mach es auf!«, ermutigte er sie.

In der Schachtel befand sich kein Ring, sondern eine winzige silberne Gartenschere. Wollte er, dass sie sich den linken Ringfinger abschnitt und ihn ihm schenkte?

»Ich verstehe nicht …«

»Was glaubst du wohl? Was schneidet man mit so einer Schere?«

Jacques hatte sich wieder gefangen. Sein kleines Rätsel gab ihm Auftrieb.

»Stiele?«

»Und weiter?«

»Stiele … von Rosen?«

»Richtig. Was denkst du also, wohin uns das führt?«

Zum Rosengarten!, trumpfte sie innerlich auf und lief sofort los, plötzlich so aufgeregt wie ein kleines Kind. Und das, was sie inmitten ihrer sorgfältig gehegten Sträucher erwartete, machte der geheimnisvollen Ankündigung alle Ehre: Louise,

Énora und Sophie warteten mit den Armen voller Geschenke auf sie. Neben ihnen stand ein Mann, den Maggie sogleich erkannte. Er war ein in der ganzen Gegend bekannter Gärtner und gerade dabei, einen blühenden Rosenstock in die Erde zu pflanzen. An der Spitze des Strauches hatten sich bereits mehrere elfenbeinweiße Blüten geöffnet.

»Guten Tag, Maggie!«, rief der Gärtner. »Darf ich Ihnen die ›Rosa Baltimora‹ vorstellen? Meine Kollegen und ich haben sie eigens für Sie gezüchtet, Maggie. Die Pflanze, die Sie hier sehen, ist noch ein Einzelstück. Wie die Rose des Kleinen Prinzen. Ich wünsche Ihnen alles Gute zum Geburtstag.«

»Herzlichen Glückwunsch«, riefen nun auch die anderen und stimmten das traditionelle *Happy Birthday to you* an. Maggie hatte beide Hände auf den silbernen Knauf gelegt und verzog vor Rührung leicht das Gesicht. Öffentliche Gefühlsausbrüche waren nie ihr Ding gewesen, vor allem wenn sie im Zentrum stand. Selbst bei ihrer Hochzeit mit Constant hatte sie ihm bereitwillig die Hauptrolle überlassen, daran erinnerte sie sich gut. Eine wahre Diva stand lieber im Schatten als im Licht.

»*Well*, vielen Dank, danke, das ist sehr freundlich«, säuselte sie schließlich und wechselte sofort das Thema. »Mädels, können wir drei uns kurz zusammensetzen?«

»Warte, Granny ... Willst du nicht erst deine Geschenke aufmachen?«

»Doch, schon, gleich. Aber haben wir nicht etwas viel Dringenderes ›aufzumachen‹?«

Dabei riss sie die Augen weit auf, als wollte sie unterstreichen, was sie andeutete. »Constant«, fügte sie tonlos hinzu und richtete einen Zeigefinger auf ihren eigenen Kopf.

Nachdem sie am Abend zuvor vom Strand zurückgekehrt waren, hatten Énora und Malo die Webcam in der Puppe installiert und diese wieder auf ihren üblichen Platz gesetzt, angelehnt an den Tresen im Gemeinschaftsraum – nur wenige Augenblicke, bevor Louise die ersten Gäste der geheimen Bar begrüßte.

Es war also an der Zeit, sich die Bilder der allerersten Aufnahmen anzusehen.

»Okay«, stimmte Énora zu. »Spielzimmer in fünf Minuten.«

»Und ich?«, klagte Jacques, der sich wieder auf dem Abstellgleis sah. »Was ist mit uns beiden? Ich hatte noch ein ganzes Programm für dich vorgesehen!«

»Tja, *Darling dear*, lad doch deine Frau dazu ein. Ich bin mir sicher, dass sie nichts gegen ein *Plateau Fruits de Mer* im Sillon einzuwenden hat.«

Bin ich tatsächlich so vorhersehbar?, fragte sich der Liebhaber sichtlich enttäuscht.

Énora steckte einen USB-Stick in ihren Laptop und startete eine komprimierte Videodatei, deren Bild bald den gesamten Bildschirm ausfüllte. Das Notebook stand auf dem Couchtisch in der Sitzecke und war so ausgerichtet, dass alle drei Frauen das Schauspiel genießen konnten. Das Weitwinkelobjektiv der Webcam bot zwar eine gute Sicht auf den Gemeinschaftsraum, dafür war der Ton leider sehr schlecht. Statt verständlicher Gespräche hörte man eine Art undeutliches Rauschen.

Das dargebotene Bild wurde jedoch schnell interessant. Nach einigen unübersichtlichen Tischwechseln sah man Yann und Loïc an der Theke Platz nehmen, genau vor der Nase des wächsernen Constant. Die beiden Männer begannen einen sehr lebhaften Dialog. Der Penn-Soner hielt dem jungen Trommler eindeutig eine Gardinenpredigt. Mit nahezu bedrohlich erhobenem Zeigefinger schien er ihm sogar Befehle zu erteilen. Dabei kippte vor allem Yann einen Drink nach dem anderen. Wie schon am Abend zuvor, wurde er schnell betrunken, sackte schließlich auf der Bank zusammen und nickte ein. Loïc überließ ihn seinem Schicksal. Der Rest des Films war dann nicht mehr besonders spannend, denn er zeigte nur noch die lange Sequenz eines Alkoholikers, der seinen Rausch ausschlief.

Énora wollte den Film gerade abbrechen, als Maggie sie mit einem Ausruf stoppte:

»*Wait*! Schau mal!«

Mit einem Mal richtete sich Yann schnell auf und verließ den Raum, als hätte er keinen Tropfen getrunken. Sein Gang war sicher und geradlinig. Dabei waren kaum zwanzig Minuten vergangen, seit er sich nicht mehr auf den Beinen hatte halten können. Welcher Mensch konnte sich so schnell von einem derartigen Rausch erholen?

»Wahnsinn!«, rief Louise. »Glaubst du, er hat den Betrunkenen nur gespielt?«

»Gegenfrage, mein Schatz: Waren die Drinks, die du ihm serviert hast, pur?«

»Waren sie. Whisky, Cognac und was weiß ich noch alles.

Später habe ich es nicht mehr genau verfolgt, weil ich im Saal beschäftigt war.«

»Wie viele Gläser hat er getrunken?«, fragte Énora.

»Mindestens ein Dutzend. Vielleicht sogar mehr.«

Und doch war es ein auffallend nüchterner Mann, der da gerade die Bar verließ und aus dem Bild lief.

Das kam ihnen nicht nur wie ein Wunder vor, es würde mit Sicherheit auch weitreichende Folgen für ihre Ermittlungen haben. Denn wenn Yann Guesnet so schnell von selbst wieder zu Kräften kam, konnte in der Mordnacht Gott weiß was passiert sein, nachdem Sophie ihn in sein Zimmer gebracht hatte. War er nach Beauregard zurückgekehrt, um seinen heftigen Streit mit Paul fortzusetzen? War ihr Streit eskaliert?

Alle drei schienen die gleiche Schlussfolgerung zu ziehen. Das hier war eine Spur.

»Störe ich?«

Fanny steckte den Kopf durch die Glastür des Spielzimmers.

»Komm rein, komm rein!«, forderte Énora sie mit einer Geste auf.

Die junge Frau betrat den Raum so vorsichtig, als wäre er von Schlangen bevölkert. Sie musste zugeben, dass die Atmosphäre bei ihrem letzten Zusammentreffen mit dem Stamm der Corrigans nicht gerade fröhlich gewesen war. Mit einem Tablet unter dem Arm trat Fanny vor das Trio und nahm auf dem letzten freien Sessel Platz.

»Und?«, drängte Maggie sie ohne Begrüßung.

»Volltreffer. Bei ihm zu Hause ist ein wahres Eldorado an Ermittlungsunterlagen. Aber damit das klar ist ...«

»Okay, wir wissen Bescheid, du machst es nur einmal!«

»Ja, und ich behalte auch die Fotos, die ich dort gemacht habe.«

»*What?*«, rief Maggie entrüstet.

»Ihr könnt sie euch ansehen, so oft ihr wollt, aber nur in meiner Gegenwart. Auf *meinem* Rechner. Sie dürfen auf keinen Fall Beine bekommen. Ich trage das Risiko, also bestimme ich die Regeln.«

Énora nickte mit einem bewundernden Lächeln. Ihre Geliebte machte es ihnen zwar nicht leicht, aber sie war sehr mutig.

»Na gut, ist okay«, stimmte die frischgebackene Siebzigerin zu. »Zeig mal her.«

Maggie zog ihren Ledersessel näher an den der hübschen jungen Frau heran und senkte ihren blauen Blick auf den Bildschirm. Bald kamen auch die beiden anderen näher.

»Habt ihr das gesehen?«, stellte sie fest, nachdem sie die ersten Zeilen des Protokolls der KTU überflogen hatte. »Beide Spuren haben die Größe 37–38.«

»Kleine Füße, wie die von Loïc«, kommentierte Fanny.

»Ja, aber hier steht, dass das Profil des Fußabdrucks nicht mit dem einzigen Paar Schuhe übereinstimmt, das Loïc für seinen Aufenthalt hier mitgenommen hat.«

»Das entlastet vor allem Yann«, fügte Louise hinzu. »Ich habe zwar nicht genau darauf geachtet, aber mir scheint, er trägt eine 42 oder 43, kurzum eine ganz normale Größe für einen Mann.«

»Was beweist das?«

»Was das beweist?«, rief Énora. »Hast du schon mal versucht, deine Füße in Schuhe zu stecken, die fünf oder sechs Nummern zu klein sind?«

»Damit kommen wir wieder zur Hypothese eines Komplizen«, schloss Maggie, die bereits weiterlas. »Yann könnte nach seinem vorgetäuschten Besäufnis hinausgegangen sein und zwei andere Leute angewiesen haben, die Drecksarbeit für ihn zu erledigen.«

Ein paar Seiten weiter entdeckten sie den Obduktionsbericht von Paul. Die Überschrift des offiziellen Dokuments entlockte Maggie ein kleines, siegesgewisses Seufzen:

»Wow, wir haben die Tatzeit! Und dieses Mal gibt es keinen Zweifel, das entlastet Yann endgültig. Auch wenn er tatsächlich so schnell nüchtern war und nach Mitternacht vor die Tür ging, war es da mit Paul schon vorbei. Guesnet kann nicht gleichzeitig in der Bar betrunken und in Beauregard nüchtern gewesen sein.«

»Mag sein, aber dieses Papier spricht nur von den zeitlichen Grenzen«, beruhigte Énora sie. »Dazwischen liegt eine ganze Stunde.«

»Ja, zwischen neun und zehn Uhr. Ich bin kurz nach 21:10 Uhr aus dem Zimmer gegangen. Um wie viel Uhr hast du dich mit Nono getroffen?«

Fanny zögerte, ihr nächtliches Treffen zu bestätigen, aber ihre Liebste ermutigte sie mit einem Augenaufschlag.

»Ungefähr um fünf vor halb zehn.«.

»Dann hast du Beauregard also gegen zwanzig nach neun verlassen, richtig?«

»Ja, das kommt hin.«

»Und davor hast du nichts Verdächtiges gehört oder gesehen?«

»Nein ...«

»Seht ihr! Damit haben wir das Zeitfenster bereits um zwanzig Minuten verkürzt. Paul wurde zwischen 21:20 Uhr und 22:00 Uhr getötet! Das ist schon etwas ganz anderes!«

Sie verkündete es wie eine gute Nachricht. Ihr ganzes Gesicht war vor Freude wie geglättet und zeigte deutlich ihren Jubel. Offenbar wirkten nicht nur Orgasmen wie ein Jungbrunnen. Maggie hatte vollkommen vergessen, wie belebend die Freude am Lösen von Rätseln sein konnte.

Louise hatte recht gehabt: Die Wiederauferstehung ihres Teams war das Beste, was ihnen seit Langem passiert war. Die Breizh Brigade hatte nun einen kleinen Vorsprung gegenüber der Polizei. Und in diesem Augenblick konnte Maggie Corrigan sich kein schöneres Geburtstagsgeschenk im Kreise ihrer Lieben vorstellen!

19

8. Juli, Saint-Malo, Polizeiwache, 10:00 Uhr

»Sieht so aus, als hätten sie sich abgesprochen«, stellte Emma Lobo fest, als sie in das Büro ihres Chefs platzte.

»Stimmt«, murmelte Guilloux.

Er war nicht der Typ, der sich über Druck beklagte, aber er musste zugeben, dass die örtlichen Behörden, allen voran die Stadtverwaltung und die Präfektur, ihm keine Ruhepause gönnten. Er hatte kaum Zeit gefunden, sich um die am Vorabend aufgelisteten Funkzellenauswertungen und Vergleiche zu kümmern.

Die gute Fabienne Leroy hatte es sich anscheinend zur Aufgabe gemacht, die Gerüchte über die »Tragödie von Beauregard« auf höchster Ebene zu verbreiten. Seitdem klingelte das Telefon auf Christophe Guilloux' Schreibtisch unaufhörlich, und bei jedem neuen Anruf meldete sich eine höhere Etage der Verwaltungshierarchie. Namen und Stimmen änderten sich, aber die Anweisung blieb immer dieselbe: »Absolute Diskretion erforderlich, Effizienz und Schnelligkeit ein Muss.«

Das immer wiederkehrende Leitmotiv lautete: Die Touristensaison in Saint-Malo ist um jeden Preis zu retten. Auf keinen Fall durften die Besucher durch einen düsteren Mordfall vergrault werden.

»Solène Le Tohic steht unten in der Lobby und wartet darauf, dass du sie empfängst.«

»Mist, stimmt ja … Sie hätte ich beinahe vergessen.«

Emma würde sich lange an den Gefühlsausbruch dieser zerbrechlichen Frau erinnern, die sie zur Identifikation der Leiche ihres Mannes begleitet hatte. Ihre Tränen schwappten über wie das Meer bei Springflut.

»Alles okay bei dir?«, erkundigte sie sich. »Du siehst erschöpft aus.«

»Ich habe noch ziemlich lange an diesem Fall gesessen. Und außerdem habe ich einen Spaziergang gemacht.«

»Einen aufschlussreichen Spaziergang?«

»Nicht wirklich. Das Alibi der kleinen Horvais ist hieb- und stichfest. Sie hat den Abend mit dem Corrigan-Mädchen im Java verbracht, von ungefähr halb zehn bis nach ein Uhr morgens.«

»Wolltest du nicht auch noch einen Abstecher in die Brasserie du Sillon machen?«

»Doch. Die Kellner haben mir den Streit zwischen Paul und Yann bestätigt. Aber das Restaurant war an dem Abend ziemlich voll, und sie waren zu sehr mit dem Service beschäftigt, um mitzubekommen, worum es ging.«

»Genau das ist der Punkt«, sagte die hübsche Brünette mit aufmunterndem Blick. »Jetzt könnte eine gute Gelegenheit sein, sich darüber Klarheit zu verschaffen.«

Als die zierliche Gestalt eintrat, schien die Temperatur im ganzen Raum zu sinken. Unter Solènes Augen lagen tiefe Ringe, ihr Blick haftete geradezu am Boden. Erst als sie Guilloux ge-

genübersaß, hob sie den Kopf. Sie schien die ganze Zeit zu zittern.

»Haben Sie eine geeignete Unterkunft gefunden, Madame?«

»Ja, im Hôtel de l'Univers, Place Chateaubriand«, antwortete sie mit erloschener Stimme. »Es ist sehr schön.«

»Sehr gut. Wenn Sie sich dazu imstande fühlen, würde ich Ihnen gerne einige Fragen zu Ihrem Mann stellen. Insbesondere zu seiner Position im Bagad de Saint-Briac.«

»Es ist ... Der Dudelsack war sein Leben.«

»Das kann ich verstehen«, sagte der Kommissar mitfühlend. »Wie es aussieht, ging Ihr Mann ganz in der Ausübung seiner Kunst auf.«

»Ja ...«, murmelte sie ohne Überzeugung und senkte erneut den Blick.

Guilloux wusste bereits, dass die Musik nicht Paul Le Tohics einziger Antrieb gewesen war, doch darum ging es im Moment nicht.

»In welcher Beziehung stehen Sie selbst zum BBB – ich glaube, so wird die Gruppe von ihren Mitgliedern genannt?«

»Ich bin die Schatzmeisterin des Vereins.«

»Wie lange machen Sie das schon?«

»Seit gut zehn Jahren.«

»Gut. Dann sind Ihnen also die anderen Mitglieder, die schon lange dabei sind, gut bekannt?«

»Das kann man so sagen, ja.«

Eine Schatzmeisterin war für ein solchen Ensemble zwar unerlässlich, aber man konnte davon ausgehen, dass sich Solène Le Tohic als Nichtmusikerin eher am Rande der Gruppe bewegte. Sie fieberte nicht mit. Sie erlebte weder die langweilige Routine der Proben noch das Lampenfieber und auch nicht den unvergleichlichen Rausch der Konzerte.

Eine Frau im Schatten und jetzt auch der Schatten einer Frau.

»Wie war die Beziehung Ihres Mannes zu Yann Guesnet, dem Penn-Soner des Bagad?«

»Nicht sehr gut.«

Sieh mal einer an!

Ein Verhör, das wusste Guilloux, war vor allem ein Geduldsspiel. Es hatte keinen Sinn, einen Zeugen vor den Kopf zu stoßen, schon gar nicht, wenn eine direkte Verbindung zum Opfer bestand.

»Können Sie uns ein Beispiel nennen? Oder einen Grund, der die Spannungen zwischen ihnen erklären könnte?«

»Oh«, seufzte sie. »Das ist ziemlich einfach. Yann ist außer mir das einzige Mitglied, das eine Bankkarte des Vereins besitzt.«

»Und er missbraucht sie, richtig?«

»Er greift seit Jahren in die Kasse. Entnimmt keine sehr großen Beträge. Aber regelmäßig. Und natürlich reicht er nie auch nur eine einzige Quittung ein, um seine Abhebungen zu belegen.«

»Ich nehme an, Sie haben ihn schon einmal damit konfrontiert?«

»Unzählige Male!«, rief sie mit dumpfer Stimme. »Aber das ist ihm egal. Er benutzt das Bagad-Konto schon lange so, als wäre es sein Privatkonto.«

Ein Interessenkonflikt. So etwas ging selten gut.

»Hatte sein Verhalten Konsequenzen für die Gruppe?«

»Zunächst nicht. Aber im Lauf der Zeit rutschten wir immer tiefer in die roten Zahlen.«

»War das der Grund für den Streit zwischen Paul und ihm?«

»Indirekt schon ...«

»Wie meinen Sie das?«

»Im Prinzip war es Paul ziemlich egal, dass Yann Geld unterschlagen hat. Wirklich wütend machte ihn aber, dass wir so pleite waren, dass es seine persönlichen Ambitionen belastete.«

»Welche Ambitionen?«, mischte sich Emma ein.

Solène lächelte flüchtig, doch schnell zeigte sich wieder die betrübte Maske, die sie seit dem Vorabend nicht mehr abgelegt hatte.

»Sein Traum war, beim FIL zum besten Dudelsackspieler gewählt zu werden.«

»Beim FIL?«

»Festival interceltique de Lorient«, antwortete Guilloux anstelle der Witwe. »Das größte Bagadou-Treffen der Welt.«

Beim FIL versammeln sich Hunderttausende von Zuschauern, hätte er ergänzen können. In den letzten Jahren waren es fast 600.000. Damit gilt es als das größte Musikfestival Frankreichs, über alle Regionen und Jahreszeiten hinweg.

»Wenn ich Sie richtig verstanden habe, glaubte Paul, dass die schlechte finanzielle Lage des Vereins seine Chancen beeinträchtigte?«

»Im Großen und Ganzen stimmt das.«

»Wenn die Sache nicht sehr bald in Ordnung kommt, verschwinde ich«, hatte Paul nach Angaben des jungen Loïc bei dem besagten Abendessen gedroht.

»Hatte er diesen Titel bisher noch nie errungen?«

»Nein. Zweimal wurde er Zweiter. Mit Blick auf diesen berühmten Radrennfahrer, der auch nie die Tour de France gewonnen hat, sagte er immer: ›Ich bin der Poulidor des Dudelsacks‹. Und das nagte an ihm, wurde fast zur Besessenheit. Er redete sich ein, dass sich sein Leben mit einer FIL-Trophäe in der Tasche von Grund auf ändern würde. Dass sich bislang verschlossene Türen öffnen würden, auch auf internationaler Ebene.«

Bei einer Vernehmung zählte jedes Wort.

»*Sein* Leben oder Ihrer beider Leben?«, hakte Guilloux nach.

»Unser Leben natürlich auch.«

Sie hatte es so gesagt, als wäre es nicht selbstverständlich. Als wären ihre Schicksale schon lange nicht mehr miteinander verbunden.

»Wenn man Ihnen so zuhört«, fuhr er fort, »hätte eher Paul Grund gehabt, mit Yann abzurechnen, und nicht etwa umgekehrt. Oder?«

»Das stimmt schon … Aber ich glaube, Yann hatte vor allem Angst davor, dass Paul den anderen verraten würde, was ich über ihn herausgefunden hatte.«

»Hätten Sie das nicht ebenfalls tun können?«

»Ich? Nein. Yann wusste von Anfang an, dass ich nicht reden würde.«

»Warum hat Yann so große Angst davor, dass seine kleinen Abhebungen bekannt werden? Er scheint doch einen ziemlich starken Einfluss auf die Gruppe zu haben.«

»Den hat er, da haben Sie recht. Aber ob die anderen ihm so etwas verzeihen würden … Wissen Sie, Yann hat weder Pauls Talent noch Pauls Ehrgeiz. Musik bedeutet für ihn den BBB – und nichts sonst. Wenn der Bagad sich auflöst, bricht seine Welt zusammen.«

So wie Yann nach seinem Saufgelage in der illegalen Bar des Manoir des Corrigan zusammengebrochen war.

»Es tut mir sehr leid, aber ich muss ein für Sie sicher sehr sensibles Thema ansprechen«, sagte Emma und faltete die Hände.

»Wenn Sie über Pauls Untreue sprechen wollen, stört mich das nicht.«

Plötzlich schien sie aus dem halb lethargischen Zustand zu erwachen, in den die Trauer sie versetzt hatte.

»Ich weiß, dass sich Paul in dieser Hinsicht nicht gerade untadelig benommen hat«, fuhr sie fort. »Das wusste ich aber schon, bevor wir anfingen, miteinander auszugehen. Sein Ruf in Saint-Briac war damals schon nicht gerade der beste.«

»Und das haben Sie akzeptiert?«

»Ja.«

»Auch seine aktuelle Beziehung zu Arwen Caroff?«

Solène blinzelte mehrmals.

Das Ermittlerduo ließ unerwähnt, dass ihnen das Ergebnis der Funkzellenabfrage des Telefons der Geliebten nur wenige Minuten vor dem Gespräch zugestellt worden war. Falls sie ihr Smartphone nicht in Saint-Briac-sur-Mer zurückgelassen hatte, war Arwen Caroff am Abend des Mordes nicht im Beauregard gewesen, sondern in ihrer Wohnung.

»Ach, wissen Sie ... sie oder irgendeine andere. Ganz egal. Paul versteckte sich kaum. Und jedes Mal war es das gleiche Theater. Er war schnell begeistert, aber es dauerte nie lange. Er wurde es rasch leid.«

»Aber nicht bei Ihnen?«

»Offenbar nicht«, nickte sie, und ein triumphierender Funke durchzuckte ihren trüben Blick.

Sie, die eben noch ein Windstoß hätte wegwehen können, wirkte mit einem Mal sehr selbstsicher.

Hatte Paul ihr von seiner Trennung von Arwen, der Jungtrommlerin, erzählt? War es möglich, dass diese »andere Frau«, die Le Tohic in Gedanken beschäftigte, seine rechtmäßig angetraute Ehefrau war? Das allerdings war angesichts seiner Don-Juan-Attitüde schwer zu glauben.

»Also gut. Wir werden Sie jetzt bitten, sich einem kleinen Test zu unterziehen. Nichts Schlimmes.«

»Ach ja?«, wunderte sich Solène und presste die Lippen aufeinander.

»Wir entnehmen Ihnen eine DNA-Probe. Ich kann Sie beruhigen, das geschieht nur zum Abgleich.«

»Ich verstehe nicht ...«

»Wir haben ein blondes Haar auf der Kleidung Ihres Mannes gefunden.«

»Paul hat blondes Haar!«, argumentierte Solène mit kaum gezügelter Heftigkeit.

»Das Haar ist länger als seines. Möglicherweise stammt es von Ihnen, und er hat es von zu Hause aus an sich getragen. Ich wiederhole: Es geht nur darum, andere Optionen auszuschließen.«

»In Ordnung. Kein Problem.«

Die extreme Anspannung ihres harten, muskulösen Körpers signalisierte jedoch das genaue Gegenteil.

20

8. Juli, Saint-Malo, Manoir des Corrigan, Gemüsegarten im Park, 11:00 Uhr

»In Schilf geblasener Donner«, so bezeichnete ein bekannter Sänger einmal die bretonischen Bagadou. Maggie fand diese Ansicht treffend. Oder besser gesagt das Gefühl, am Körper von Wind und Gischt gepeitscht zu werden. Zuerst kamen die rhythmischen Trommelwirbel. Dann folgte der überwältigende Ton der Bombarden. Und schließlich erhob sich der mächtige, durchdringende Atem der Dudelsäcke und riss alles mit sich. Das war nicht einfach nur Musik, das war ein Sturm aus Noten und Harmonien, der in Wogen auf sie einprasselte. Ihr war, als kröchen die Schallwellen durch jeden ihrer Muskeln und Knochen, ehe sie in die Ferne weiterwanderten.

Kurz zuvor hatte die Hausherrin Yann Guesnet und seinen Leuten gestattet, den Teil des Parks zu benutzen, in dem sich der Gemüsegarten befand, um noch einmal richtig zu proben – bei dem Treffen im Palais du Grand Large am Tag zuvor war nichts Brauchbares herausgekommen.

»Es könnte allerdings ein bisschen laut werden«, kündigte Yann an, als er seine Truppen zum Sturm auf den Garten ansetzte. »Aber ich verspreche, dass wir nicht länger als eine Stunde spielen.«

»Spielen Sie, so lange Sie wollen! Es ist uns allen ein Vergnügen.«

Maggie hatte dem Penn-Soner natürlich nicht verraten, dass sie ihr großzügiges Angebot nicht ganz ohne Hintergedanken gemacht hatte.

War eine Probe nicht die beste Möglichkeit, den gesamten BBB auf ihrem Anwesen zu versammeln und jeden einzelnen von ihnen in Ruhe zu beobachten? Eine Geste, eine Grimasse, ein Blick, alles konnte etwas enthüllen.

»Danke«, knurrte Yann so unfreundlich wie immer. »Wenn Sie mögen, reserviere ich Ihnen zwei Karten für das Konzert heute Nachmittag.«

»Das ist *very nice of you*, aber ich habe bereits drei Karten gekauft.«

Yann Guesnet nickte und gesellte sich zu seinen Leuten, bereit, die wilden Pferde ihrer Musik loszulassen. Über die Gartenmauer lugten bereits die ersten Neugierigen, angezogen von den Geräuschen.

Maggie stand vor dem großen Glashaus. Von dort hatte sie einen perfekten Blick auf die gesamte, in drei konzentrischen Halbellipsen aufgestellte Band.

Yann, der ernüchterte Betrunkene. Maël, der eifersüchtige Ersatzmann. Loïc, der zwielichtige Bote. Arwen, die abgelegte Geliebte. Und Solène, die Witwe, die etwas zu sehr trauerte, um ehrlich zu wirken, und jetzt steif wie ein Pfahl ein Stück abseits der Musiker stand. Alle waren sie da, eine ganze Galerie möglicher Täter, die Maggie nun nach Belieben unter die Lupe nehmen konnte. Und auch wenn es sich bei ihnen nur um einen ersten Kreis von Verdächtigen handelte, war sie darauf bedacht, niemanden zu übersehen, weil sich zwischen den ordentlich aufgereihten Instrumenten möglicherweise potenzielle Komplizen verbargen.

»Weißt du, wo Nono ist?« Louise war unvermittelt neben ihrer Mutter aufgetaucht.

»Nein ... ist sie nicht bei ... bei Fanny?«

»Ich glaube nicht.«

»Nun, weit kann sie nicht sein. Vielleicht bei Malo. Oder bei ihren Schafsfreunden.«

Die zweite Idee war richtig.

Wann immer sie konnte, besuchte Énora Corrigan die Bauernhöfe der Umgebung. Schon als kleines Mädchen war sie ohne Voranmeldung bei den neu geborenen Lämmern aufgetaucht. Mit der Zeit waren einige der Züchter zu ihren Freunden geworden. So wie der etwa zehn Jahre ältere Franck, ein Mann wie ein Baum, der sie an der Tür seines Schafstalls mit einer herzlichen Umarmung begrüßte.

»Hallo, Prinzessin, wie geht es dir?«

»Ganz gut. So, wie es mir bei meiner Großmutter eben gehen kann. Du kennst sie ja.«

»Das kannst du laut sagen! Mein Hinterteil erinnert sich noch allzu gut an ihre Stockhiebe. Wie sieht es denn mit deinem Praktikum aus?«

»Ziemlich gut. Ich habe eine geeignete Praxis in Saint-Jouan-des-Guérets gefunden.«

»Ach, die Klinik in Les Guérets. Da bin ich ein paarmal gewesen. Eine seriöse Praxis. Wäre nett, wenn sie dich anschließend übernehmen würden.«

»Ich bin mir nicht wirklich sicher, ob ich nach den drei Monaten hier in der Gegend bleiben will.«

»Ach ja? Und wohin willst du? Doch nicht etwa nach Rennes?«

Die Rothaarige zog die Augenbrauen hoch und lenkte ab:

»Und bei dir so? Wie geht es deinen Tieren? Hat meine liebe Flora schon geworfen oder noch nicht?«

»Bisher nicht. Keine Ahnung, warum. Sie scheint gestresst zu sein, die Arme.«

»Gestresst von was?«, wunderte sich Énora. »Bei dir ist doch das reinste Paradies für Schafe!«

»Bei mir vielleicht, aber nicht auf den Feldern meiner Nachbarn.«

»Was ist denn los?«

»Du kennst doch Fred, den Getreidebauern in Quatre Vents?«

Der benannte Stadtteil befand sich am Ende der Rue du Puits-Sauvage, weniger als einen Kilometer in westlicher Richtung.

»Mehr oder weniger.«

»Stell dir vor, gestern früh hat er einen jungen Mann beobachtet, der auf einem seiner Felder irgendwelche Sachen verbrannt hat.«

»Was für Sachen?«

»Stiefel oder etwas in der Art.«

»Kannte Fred den Typen?«

»Nie gesehen. Aber ich kann dir verraten, dass er die Nase voll hat von Stadtbewohnern, die sein Land als Müllhalde missbrauchen!«

Dank Francks Wegbeschreibung dauerte es nur wenige Minuten, bis das jüngste Mitglied der Breizh Brigade besagten Fred gefunden hatte, der ebenso mickrig war wie sein Viehzüchterfreund massig.

Er hockte auf seinem Traktor, murrte kurz, sprang dann aber doch widerwillig herunter und schob sich den Gehörschutz von den Ohren. Nachdem er sich über die zunehmenden Beschädigungen durch skrupellose Müllsammler beschwert hatte, erklärte er sich bereit, einen Blick auf die Fotos zu werfen, die Énora ihm hinhielt. Es waren die Bilder des Bagad, die Alain am Vortag gemacht hatte – es war vielleicht seltsam, aber da alle Welt ihn beim Vornamen rief, tat sie es ebenfalls und nannte ihn nicht »Papa«.

»Nein, nein, das sagt mir nichts ...« Bei einem Bild nach dem anderen schüttelte er den Kopf. »Ah, warte mal. Doch, der lange Spargel da. Der mit der Trommel.«

Loïc. Mit zwei Fingern zoomte Énora die fragliche Gestalt heran.

»Sind Sie sicher?«

»Sicher? Nein. Ich war ziemlich weit von ihm entfernt. Und bis ich die Stelle erreicht hatte, war er schon fertig und hatte sich verdünnisiert, das kannst du dir ja vorstellen. Diese Idioten sind alles andere als mutig.«

»Das stimmt. Könnten Sie mir trotzdem zeigen, wo er das Feuer gemacht hat?«

»Kein Problem, wenn du versprichst, es nicht wieder zu entfachen«, scherzte er halbherzig.

Der Form halber lachte sie kurz und folgte ihm zu einem kleinen Brachgrundstück, nur wenige Schritte von endlosen Maisreihen entfernt. Im Grunde verstand sie den Mickerzwerg, der Landwirt war zu Recht wütend. Es fehlte nicht viel, und der Brandstifter hätte seine gesamte Ernte in Rauch aufgehen lassen.

Obwohl der Brandherd nicht viel mehr als einen Meter Durchmesser hatte, zeugten die Überreste von einem heftigen Feuer. Wahrscheinlich war es mit ein paar Ästen entzündet worden. In der Mitte fand sich ein verkohlter und zu drei Vierteln geschmolzener Klumpen, der wohl einmal Gummi gewesen war.

»Franck hat mir erzählt, Sie hätten gesehen, wie der Mann so etwas wie Stiefel in die Flammen geworfen hat?«

»Das ist richtig.«

Énora kniete sich neben die Brandstelle und entdeckte schnell ein anderes Material, das besser erhalten war. Es sah aus wie zwei Zungen aus Stoff, die mit einem undefinierbaren Plastikbrei verklebt waren.

»Es waren wohl nicht nur Stiefel«, stellte sie fest. »Das hier sieht aus, als wäre es einmal eine Art Wanderschuhe gewesen.«

Also zwei Paar Schuhe. Wie bei den Fußspuren, die die Spurensicherung in Beauregard gefunden hatte.

21

8. Juli, Saint-Malo, Manoir des Corrigan, Gemüsegarten im Park, 11:45 Uhr

»Sie wissen aber schon, dass Ihre Methoden *more than* faschistisch sind?«, schimpfte Maggie und reckte dem Kommissar und seiner Truppe ihren Gehstock entgegen.

Selbst jemand, der im Englischen schwächelte, wie Christophe Guilloux, konnte die Anspielung verstehen. Er nahm sie mit einem höflichen Grinsen zur Kenntnis und erwiderte:

»Wir bewegen uns hier absolut im Rahmen der Legalität, Madame Corrigan ...«

Der Ton war deutlich strenger als bei ihrer ersten Begegnung. Jetzt ging es nicht mehr ums Abtasten.

»Das haben die französischen Polizisten 1942 auf dem Vél d'Hiv auch behauptet! ›Die Razzia des Wintervelodroms‹, sagt Ihnen das etwas? *Does it ring a bell?*«

»... und das ist im Übrigen der von Staatsanwältin Le Cam ausgestellte Durchsuchungsbeschluss, der uns berechtigt, hier tätig zu werden«, fuhr er fort, ohne auf die Beleidigung einzugehen.

Er schwenkte das Dokument vor ihrer Nase, ehe er es rasch wieder in die Innentasche seiner Leinenjacke steckte. Sofort schwärmten die Beamten im Park des Herrenhauses aus, als wäre die Geste ein Befehl gewesen. Maggie musste hilflos zusehen, wie sie ihre Blumenbeete und Kieswege zertrampelten. Sie klammerte sich an ihren silbernen Knauf wie an eine Boje.

Derweil baute sich Yann Guesnet, der vor Nervosität und Verärgerung schier platzte, vor dem Leiter der Polizeiwache von Saint-Malo auf. Die drei Reihen Musiker hinter ihm hatten zu spielen aufgehört, als die Uniformierten erschienen. Erschrockenes Murmeln war zu hören.

»Darf man erfahren, was Sie hier zu suchen haben? Wir sind mitten in einer wichtigen Probe und treten in weniger als vier Stunden im Schloss auf. Wenn Sie dafür bezahlt werden, unser Konzert zu versauen, sagen Sie das doch gleich! Es reicht schon, dass …«

Dass mein erster Dudelsackspieler tot ist, hätte er beinahe gesagt, als wäre es eine eher persönliche Angelegenheit als eine Tragödie, die sie alle betraf.

»Dass was?«

»Das wissen Sie ganz genau!« Der kleine, vierschrötige Mann errötete.

»Stimmt«, antwortete Guilloux kaltblütig. »Und genau deshalb sind wir hier. Ich muss Sie und einige Ihrer Kollegen übrigens um eine DNA-Probe bitten.«

Zwei Männer betraten mit Aktenkoffern in der Hand den Gemüsegarten. Gekleidet in die weißen Overalls der Spurensicherung, sahen sie aus wie von einem anderen Stern und warteten offenbar nur auf ein Zeichen des Kommissars, um mit ihren Untersuchungen zu beginnen. Die Probe von Solène Le

Tohic lag bereits gut gekühlt und für die vergleichende Analyse bereit in ihren Koffern.

»Mich?«, schrie Guesnet entrüstet. »Warum sollte ich etwas mit der ganzen Sache zu tun haben? Ich wohne nicht einmal im selben Gästehaus wie Paul!«

Er hatte das Kunststück vollbracht, sich selbst zu entlasten, ohne das Wort »verdächtig« in den Mund zu nehmen. Ebenso wenig wie »Mord« oder »Opfer«.

»Reine Routine«, wich Guilloux aus. »Wir versuchen, falsche Spuren am Tatort auszuschließen.«

»Ich habe Ihnen schon erzählt, was passiert ist! Und in welchem Zustand ich an jenem Abend war! Wie können Sie auch nur eine Sekunde lang auf die Idee kommen, ich wäre zurück und in Pauls Zimmer gegangen?«

»›Zurückgegangen‹? Dann waren Sie also vorher schon einmal dort?«

» Das meinen Sie doch wohl nicht im Ernst! Natürlich nicht! Im Leben nicht. Hören Sie um Himmels willen auf, mir die Worte im Mund herumzudrehen!«

»Nein, Sie hören jetzt auf«, konterte der Kommissar ruhig und bestimmt. »Sie mögen vielleicht Ihren Bagad herumkommandieren ...«

Und in den Ruin führen, fuhr Guilloux in Gedanken fort, ohne es auszusprechen.

»... aber im Rahmen dieser Untersuchung bestimme ich die Spielregeln. Falls Sie sich weiter gegen unsere Anweisungen wehren, beenden wir diese kleine Diskussion in einer Zelle, Sie und ich. Vor allem Sie.«

Die Drohung schien zu wirken, denn Guesnet schluckte seine Wut sofort herunter. Sein Gesicht war dunkelrot angelaufen, aber er sagte kein Wort mehr. Die Musiker, die bis dahin wie versteinert auf ihren Plätzen verharrt hatten, schienen nicht unglücklich darüber zu sein, dass ihr Dirigent in die Schranken verwiesen worden war.

Präzise wie ein Laserstrahl wies Christophe Guilloux mit dem Zeigefinger auf die vier für die beiden Kriminaltechniker infrage kommenden Personen: Yann, Loïc, Maël und Arwen.

Letztere klimperte mit den Wimpern und spielte mit ihren Haaren, als hätte sie bereits ungeduldig auf ihren Auftritt gewartet. Trotz der allgemeinen Anspannung genoss sie es sichtlich, eine der Hauptrollen zu spielen. Vielleicht war es tatsächlich das, worum es ihr ging. Vielleicht war die kalte (und stumme) Wut, die sie bei Pauls Nachricht über die Trennung empfunden hatte, nur eine banale Verletzung ihres Stolzes gewesen.

Aber würde man dafür töten? fragte sich Guilloux, der die junge Frau aus den Augenwinkeln beobachtete. Löschte man ein Leben aus, weil einem nur ein Klappsitz zugewiesen wurde, obwohl man sich um einen Orchestersessel bemüht hatte? Dass ihr Smartphone in einer weit vom Tatort entfernten Funkzelle geortet worden war, entlastete sie nicht vollständig.

Einer der weiß gekleideten Kriminaltechniker riss den Kommissar aus seinen Gedanken.

»Monsieur le Commissaire?«

»Ja …«

»Die DNA-Abstriche können wir nur im Labor analysieren. Aber die Fingerabdrücke können wir hier an Ort und Stelle sofort überprüfen, wenn Sie möchten. Wir haben alles dafür im Wagen.«

»Ausgezeichnet. Legen Sie los.«

Nach weniger als zehn Minuten kam das Ergebnis.

»Wir haben zwei Treffer«, raunte der Kriminaltechniker, nachdem er Guilloux beiseitegenommen hatte.

»Wen?«

»Einmal Yann Guesnet. Auf der gesamten Spielpfeife finden sich unvollständige Abdrücke von ihm.«

»Neueren Datums?«

»Nein, älteren Datums.«

»Okay, das ist nicht verwunderlich. Er ist derjenige, der alle Instrumente der Gruppe stimmt und aufeinander abstimmt. Und wer ist der andere?«

»Der Trommler. Loïc. Wir haben deutliche Papillarspuren auf der Flasche Plancoët vom Nachttisch gefunden.«

»Das beweist auch nicht viel«, schlussfolgerte Guilloux missmutig. »Loïc hat ausgesagt, dass er und Paul zur gleichen Zeit in der Küche des Beauregard waren, um Wasser zu holen, ehe sie nach oben in ihre Zimmer gingen. Loïc könnte durchaus die Flasche genommen und sie an Le Tohic weitergereicht haben.«

Kaum hatten sie ihre ergebnislosen Überlegungen beendet, als der schnurrbärtige Maël auf sie zutrat.

»Entschuldigen Sie, Monsieur le Commissaire«, stammelte er. »Ich würde gerne kurz mit Ihnen sprechen.«

»Bitte sehr«, antwortete Guilloux und bedeutete dem Techniker mit dem Blick, zu gehen.

»Wegen der DNA-Proben ...«

»Nun, was ist damit?«

»Das Rohrblatt in Pauls Dudelsack gehört eigentlich mir.«

»Aha. Und wieso?«

»Normalerweise hat er immer mehrere Mundstücke dabei. Aber dieses Mal muss er mit den Gedanken woanders gewesen sein, denn er hatte vergessen, seine Ersatzteile mitzunehmen.«

»Ist es wirklich wichtig, zusätzliche Rohrblätter dabeizuhaben ?«

»Ja, auf jeden Fall. Man kann ein komplettes Konzert nicht mit einem abgenutzten Rohrblatt spielen. Also bat er mich, ihm eins zu leihen. Nicht unbedingt ein neues, aber eines, das noch nicht oft benutzt worden war. Unsere Instrumente haben dieselbe Größe.«

»Wann hat er Sie darum gebeten?«

»Kurz bevor wir zum Essen gegangen sind. Und ich habe ihm das Rohrblatt sofort gebracht.«

»Verstehe ... Sie gehen also davon aus, dass Ihr Speichel auf Pauls Instrument zu finden sein könnte, richtig?«

»Genau.«

Christophe Guilloux dankte dem Dudelsackspieler für seinen Eifer, der allerdings vermutlich nur der Hoffnung entsprang, eventuelle Verdachtsmomente gegen ihn auszuräumen. Tatsächlich jedoch machte ihn das nicht unschuldiger, als wenn er sie nicht vorgewarnt hätte. Im Gegenteil. Den Ermittlern spontan ein paar Körnchen Wahrheit zu liefern erwies sich manchmal als ultimative List des Täters.

So hatte auch Maggie Corrigan, die auf einer Bank in der Nähe einen kurzfristigen Schlummer vortäuschte, gleich bei ihrem ersten Treffen mit dem attraktiven Kommissar sehr bewusst ihre Narkolepsieanfälle erwähnt. Man konnte diesen eleganten alten Damen mit ihrem singenden Akzent gegenüber gar nicht misstrauisch genug sein.

22

8. Juli, Saint-Malo, Manoir des Corrigan, anschließend Schlosshof, 14:00 Uhr

Lilybeth befand sich auf der D301 in Richtung Innenstadt. Maggie fuhr wie üblich schneller als die am Stadtrand erlaubten 50 km/h. Beide Seiten der in der Hochsaison häufig von Touristen genutzten Straße waren gesäumt von Firmensitzen einiger wichtiger Unternehmen der lokalen Wirtschaft, zum Beispiel dem der briocheartigen Backspezialität Craquelin de Saint-Malo oder dem des in ganz Frankreich bekannten Textilkonzerns Beaumanoir.

Auf dem Rücksitz eines in die Ferien fahrenden SUVs freuten sich Kinder über Maggies außergewöhnliches Gefährt und winkten.

»Ist denn überhaupt sicher, dass Guilloux zum Konzert kommt?«, fragte Louise vom Beifahrersitz.

Es war unklar, ob ihr ängstlicher Gesichtsausdruck eher auf diese Ungewissheit oder auf die Kamikaze-Fahrt zurückzuführen war, die ihre Mutter ihnen wieder einmal zumutete. Wahrscheinlich eine Mischung aus beidem. In einem Kreisverkehr, den Maggie wie einen weichen Butterklumpen einfach durchpflügte, hupten drei Autos gleichzeitig. Im Bauch ihrer Tochter, der Lehrerin, grummelte es.

»Absolut sicher«, erwiderte Maggie, ungeachtet der lautstarken Mahnungen. »Guesnet hat ihn höchstpersönlich eingeladen, das hat er mir erzählt.«

»Er versucht eindeutig, sich beim Kommissar anzubiedern.«

Während der gesamten Probe, die nach dem Unruhe stiftenden Auftritt der Spurensicherung wieder aufgenommen worden war, hatte der Penn-Soner tatsächlich versucht, Christophe Guilloux zu umgarnen und sich plötzlich so süßlich wie ein Glas *Chouchen* gegeben.

Énora saß auf dem Rücksitz, die Augen fest auf ihr Telefon gerichtet – ihre Diskussion mit Fanny per SMS hatte sich zu einer handfesten Auseinandersetzung entwickelt. Um sie dazu zu bringen, noch einmal für den BB tätig zu werden, musste sie sowohl Verführungskünste anwenden als auch Überzeugungsarbeit leisten – das beinhaltete eine ausgeklügelte Mischung aus Versprechungen und Erpressung.

»Und wie sieht es bei deinem ›Schätzchen‹ aus?«, warf Maggie heuchlerisch ein. »Ist sie bereit, die Tür unseres Playboys noch einmal für uns zu öffnen?«

»Ich arbeite daran, Granny, ich arbeite daran.«

Jede von ihnen wusste bereits, welche Mission sie für den Rest des Tages zu erfüllen hatte. Der Bagad hatte sich erst um kurz vor vierzehn Uhr im Garten aufgelöst. Und weil keine Zeit mehr für ein richtiges Mittagessen blieb, hatte die kurze Besprechung der drei Corrigans in Maggies Büro stattgefunden.

Dort hatten sie die Informationen, die sie ohne Guilloux' Wissen erhalten hatten, reflektiert und die Aufgaben untereinander aufgeteilt. Maggie durfte wie geplant das Konzert besuchen, wo sie weiter die Hauptverdächtigen der Polizei, Yann, Maël, Arwen und Loïc, beobachten sollte. Énora würde sich währenddessen hinter den Kulissen des Festivals umsehen. Dank eines Freundes von Malo, der als Roadie arbeitete, würde sie Zugang zum Backstage-Bereich bekommen. Sie wollte die anderen Bagad-Mitglieder über Loïc und seine Aktivitäten am vorigen Morgen befragen.

Louise hatte, nicht ohne das Gesicht zu verziehen, die undankbarste Rolle zugewiesen bekommen, nämlich die einer Spionin, in Zusammenarbeit mit Fanny.

»Ich verstehe euch nicht!«, rebellierte sie kleinlaut. »Warum soll ich und nicht Nono bei Guilloux herumschnüffeln? Fanny ist deine Freundin, nicht meine!«

»Eben! Wenn wir beide zusammen sind, machen wir immer irgendwelchen Lärm. Du bist wenigstens diskret.«

Louise war bis zu den Ohren errötet, und Maggie hatte losgeprustet. Und dabei war es dann geblieben. Zumindest fast.

»Oh, beinahe hätte ich es vergessen«, fügte Maggie hinzu. »Guilloux verlangt von Yann Guesnet, dass alle Musiker des BBB mindestens bis zum 13. Juli in Saint-Malo bleiben.«

»Warum bis zum 13.? Das ist ja noch ewig!«

»An dem Tag wird Paul in Saint-Briac beerdigt.«

#

Eine Stunde später, hinter den Kulissen.

»Ist Loïc ein guter Trommler?«

Énora war so clever gewesen, gleich zu Beginn die Anfängerin Arwen madig zu machen. Die Sympathien der anderen Frauen des Bagad waren wohl kaum auf der Seite der Ex-Geliebten von Le Tohic, die wie eine braun gebrannte Puppe aussah. Und nichts ist besser geeignet, einen Kontakt herzustellen, als das Lästern über ein leichtes Ziel.

Die Bombardespielerin, die Énora gerade befragte, erwies sich darin als schier unermüdlich.

»Er ist noch ein bisschen unerfahren. Aber sehr vielversprechend. Ich denke, das liegt an seinen langen Armen. Er hat eine super Amplitude.«

»Das ist sicher sehr praktisch ...«, gab sich Énora interessiert. Die Frau, eine ergraute Fünfzigerin, wohnte in einem Gästehaus in Saint-Coulomb. Daher konnte sie leider nichts über Loïcs Kommen und Gehen seit ihrer Ankunft in Saint-Malo berichten.

»Dann ist er also innerhalb der Gruppe akzeptiert, nehme ich an?«

»Es tut mir leid, das sagen müssen, vor allem jetzt ...«

»Was denn?«

»Loïc war ein bisschen Pauls Liebling.«

Sieh mal einer an.

»Weil er so gut trommelt?«

»Ja, aber nicht nur. Ich nehme an, dass es auch an Julie lag.«

»Julie? Ist sie auch Musikerin?«

Ihre Gesprächspartnerin kniff plötzlich misstrauisch ihre braunen Augen zusammen. Mit einem Mal schien ihr klar zu werden, dass sie sich einer völlig fremden Person hemmungslos öffnete. Aber glücklicherweise gab es in Paul Le Tohics engerem Umfeld mehr als eine Julie.

»Nein, die andere Julie. Seine Adoptivtochter. Die Tochter von Solène.«

»Ach so, *die* Julie«, gab Énora sich informiert. »Ich wusste nicht, dass sie mit Loïc zusammen ist.«

Die Bombardebläserin nickte bestätigend.

Der lange Lulatsch von Stiefelverbrenner hatte sich bei seiner Befragung in der Küche im Beauregard natürlich gehütet, diesen Umstand gegenüber Guilloux zu erwähnen. »Ich habe in aller Ruhe mit meiner Freundin gechattet«, hatte er gesagt, ohne deren Vor- oder Nachnamen zu nennen.

Warum hatte er verschwiegen, dass er über diese Freundin eine so direkte Verbindung zu Paul hatte? Wer weiß, vielleicht wäre er eines Tages Pauls Schwiegersohn geworden. Das war durchaus von Bedeutung, ebenso wie sein Schweigen zu diesem Thema.

»Die Musiker des Briac Breizh Bagad ... Ich wiederhole, die Musiker des Briac Breizh Bagad. In zwei Minuten auf die Bühne! Zwei Minuten!«

Die Durchsage beendete ihr Gespräch abrupt. Der Trubel des Konzerts nahm seinen Lauf. Hinter dem schwarzen Vorhang war das Publikum zu hören, das sich auf den halbrunden Tribünen versammelt hatte. Der Hof des Schlosses von Saint-Malo, die Place Chateaubriand und die gesamte Umgebung würden bald von dem musikalischen Gewitter widerhallen, dessen Vorgeschmack dem Herrenhaus bereits zuteilgeworden war. Von der Spitze des Gros Donjon, der noch immer von den Geistern der zweihundert Jahre zuvor dort inhaftierten Gefangenen heimgesucht wurde, bis hin zu den Türmen Générale und Quic-en-Groigne würde das rebellische Saint-Malo im Rhythmus bretonischer Musik pulsieren.

Eine Stunde später, im Publikum.

Mit ihrem Gehstock als Zielfernrohr suchte Maggie die Zuschauerränge mit dem Blick ab. Ihr Platz an der Seite auf halber Höhe bot ihr einen guten Blick über das gesamte Publikum.

Sie ärgerte sich, dass sie ihren alten Feldstecher, ein Geschenk von Constant, in der Schublade ihres Sekretärs vergessen hatte.

Zunächst visierte sie den Kommissar an, der ihr höflich zuwinkte – er saß genau da, wo sie ihn erwartet hatte. Darauf folgten einige andere Bekannte, sie entdeckte unter anderen den tollpatschigen Alain Le Divellec, der am Fuß der Bühne vor dem Rathaus stand und wahrscheinlich von Le Pays malouin geschickt worden war, um über das Highlight des Festivals zu berichten. Maggie war froh, dass die Zeitung noch nichts über Pauls Tod veröffentlicht hatte und damit der gemeinsamen Aufforderung von Christophe Guilloux und Fabienne Leroy folgte.

Maggie setzte ihre Betrachtung der Zuschauer fort.

Solène Le Tohic, deren Gesicht sie von Alains Fotos kannte, war weder im Publikum noch in der Nähe des Bagad zu entdecken. Wollte sie nicht an dem Konzert teilnehmen, bei dem ihr verstorbener Mann die Hauptrolle hätte spielen sollen? Das wäre durchaus verständlich …

»Überraschung!«, ertönte plötzlich eine Männerstimme.

Der ungelegene Gast, der sich in Maggies Blickfeld drängte, war niemand anderes als Jacques Gaillard. Was hast du hier zu suchen?, hätte Maggie beinahe gerufen, hielt sich aber im letzten Moment zurück.

»Ich habe die Sitznummern deiner Tickets gesehen, die auf der Konsole lagen, und einfach den Platz direkt daneben gebucht. Und wem haben wir das zu verdanken?«

Er war offenbar sehr stolz auf seine Strategie. Und zudem wild entschlossen, ihr während ihres ganzen heiligen Geburtstags nicht von der Seite zu weichen.

»*Well*, ich weiß nicht. Vielleicht der Software, die die Buchungen verwaltet?«, schlug sie arglistig vor.

»Die funktioniert einwandfrei, wie man unschwer erkennen kann. Sind die Mädchen nicht hier?«

»Nein, sie arbeiten. Ich übrigens auch. Nicht jeder hat das Glück, in Rente zu sein.«

»Schreibst du einen Artikel für die Zeitung?«, fragte er, ohne auf ihre Stichelei einzugehen.

Tatsächlich hatte Maggie ihre gelegentliche Tätigkeit als Reporterin für die Tageszeitung schon vor langer Zeit aufgegeben. Aber die Ausrede konnte ihr vielleicht helfen, den aufdringlichen Verehrer mundtot zu machen.

»Wenn du mir gestattest, mich zu konzentrieren, vielleicht schon, *Darling dear. Speech is silver, silence is golden.*«

Sie richtete ihren Stock wieder auf die Zuschauer und setzte ihre Suche fort. Das Publikum ringsum wurde immer ungeduldiger. Salvenartig brandete Applaus auf, der den Beginn der Show forderte. Trotz des Tumults konnte Maggie die Fetzen eines beunruhigenden Dialogs verfolgen, der zwischen zwei ihr unbekannten, schütteren Schädeln eine Reihe unter ihr stattfand:

»Glaubst du, dass du dieses Jahr beim FIL eine Chance hast?«

»Mit Paul im Wettbewerb hätte ich mit ›Nein‹ geantwortet. Aber jetzt ... alles ist möglich.«

»Dann kannst du dich also bei seinem Mörder bedanken?«, scherzte sein Gesprächspartner.

»Hm, du hast recht. Wenn ich den ersten Preis abräume, sollte ich unbedingt daran denken, ihm Blumen zu schicken!«

Diese Musiker, die zu einem anderen Bagad gehörten, unterhielten sich ganz ungezwungen, wie man es eben tut, wenn man sich vor neugierigen Ohren geschützt glaubt. Ihr Scherz war zwar geschmacklos, aber er machte sie nicht zu Verdächtigen. Wer an ihrer Stelle hätte so etwas nicht gesagt?

Obwohl die beiden nur witzelten, eröffnete ihre Diskussion der Breizh Brigade eine neue Spur, die sie bisher übersehen hatten: Was, wenn es sich lediglich um eine ganz gewöhnliche Rivalität zwischen Bagads und Sonneurs handelte, die aus dem Ruder gelaufen war? Wenn der oder die Schuldigen sich irgendwo unter den Hunderten von Zuschauern und nicht auf der Bühne befanden? Und ob Maël, der zweite Dudelsackspieler des BBB, diese Meinung teilte, die man eigentlich nicht äußern durfte?

Laut dem Programm würden in diesem Sommer Dutzende von Gruppen im Rahmen des Festivals Folklores du Monde in Saint-Malo auftreten. Gut die Hälfte davon waren Bagadou, darunter insbesondere der Bagad de Quic-en-Groigne, das bedeutendste Ensemble bretonischer Musik in der näheren Umgebung. Wie sollte man in einer solchen Menge überhaupt etwas finden?

Maggie hielt sich lieber an die statistische Wahrheit, die man aus jeder Krimiserie zur Genüge kannte. In 80 Prozent aller Fälle stammte der Mörder aus dem unmittelbaren Umfeld des Opfers. Das allerdings beschränkte die Möglichkeiten auf zwei Bereiche: Pauls Familie und den BBB.

23

8. Juli, Saint-Malo, Wohnung von Christophe Guilloux, 15:15 Uhr

»Den Pilo machen«. So bezeichnet man im Jargon von Saint-Malo einen Spaziergang innerhalb der Stadtmauern von der Porte Saint-Vincent zur Porte de Dinan über die kleine Place du Pilori. Letztere war einst Schauplatz öffentlicher Bestrafungen und hatte sich in der Neuzeit zum Epizentrum des Massentourismus in der Korsarenstadt gewandelt. Ein Übel jagte das andere. Ganze Trauben von Urlaubern mit Strandtaschen in der Hand tummelten sich vor Straßenmusikern oder standen in einer endlos scheinenden Schlange vor der Eisdiele Sanchez.

Für Einheimische hatte das einen Vorteil: In diesem geradezu uniformiert wirkenden Menschenstrom erkannten sie einander auf den ersten Blick.

»Wartest du schon lange?«, erkundigte sich Louise fast entschuldigend, als sie Fanny entdeckte.

»Nein, nein, ich bin gerade erst gekommen. Guilloux ist doch auf dem Konzert?«

»Laut der SMS von Mama ja. Darüber brauchen wir uns keine Sorgen zu machen.«

»Gut. Dann lass uns gehen«, drängte Fanny.

Louise wagte es nicht, die junge Frau – die Freundin meiner Tochter, dachte sie mit einem Rest fröhlichen Erstaunens – zu fragen, aus welchen Gründen sie ihre Meinung geändert hatte. Wer weiß, welche Argumente Énora verwendet hatte, um sie dazu zu bringen, erneut als Spionin tätig zu werden.

Sie betrieben Small Talk über das schöne Wetter und die Touristeninvasion, während sie bewusst die weniger überfüllten Gassen benutzten: Passage de la Lancette, Place aux Herbes, Rue Saint-Joseph, Placître. In der Altstadt war es möglich, mit nur wenigen Schritten vor den Menschenmassen in völlig menschenleere Gassen zu entfliehen. Das war die Magie eines verwinkelten Stadtplans.

Obwohl sie die Verbindung zwischen den Freundinnen aus Kindertagen seltsam fand, freute sich Louise darüber. Sie hatte schon immer echte Zuneigung für die Adoptivtochter der Horvais' empfunden, die zudem eine ihrer ehemaligen Schülerinnen war. Sie, die seit Alain kein neues Leben begonnen hatte, freute sich, dass ihre Tochter die glücklichen, von der Vorsehung geschenkten Jahre nicht töricht verstreichen ließ. Und zum Teufel mit dem, was die Leute darüber sagen mochten.

»Hier ist es«, hauchte Fanny und blieb zwei Schritte vor einer kleinen königsblauen Tür mit goldenen Beschlägen stehen. Das Haus mit der Nummer 1 in der Rue de la Clouterie lag leicht zurückgesetzt in einer sehr engen Fußgängergasse und schien eine Zwergenfamilie zu beherbergen. Der Türsturz aus Granit maß sicher weniger als einen Meter achtzig. Und da passt er durch?, wunderte sich Louise stumm.

Die Haustür war mit einem elektrischen Türöffner und einem elektronischen Türschloss ausgestattet, ließ sich aber auch mit einem herkömmlichen Schlüssel öffnen. Im Treppenhaus hing ein Duft nach Politur und Suppe. Vom Treppenabsatz im zweiten Stock ging es zu zwei Wohnungen. Rechts stand der Name »C. GUILLOUX« auf einem weißen Schildchen.

Entgegen aller gängigen Vorstellungen über die Unterkünfte alleinstehender Männer erwies sich die Wohnung als sauber und ordentlich. Die auf dem Couchtisch perfekt aufgereihten Zeitschriften ließen sogar einen Hauch von Pedanterie erkennen.

»Woher wissen wir, dass er noch mehr Material mit nach Hause genommen hat?«, murmelte Fanny, während sie den Hauptraum mit den Augen absuchte. »Ich bin doch vor weniger als vierundzwanzig Stunden gerade erst hier gewesen …«

Louise stand im Flur und antwortete lediglich mit einem lang gezogenen Knurren aus ihrem Bauch, auf das sofort ein weiteres folgte. Ein Eis oder ein Stück des bretonischen Butterkuchens *Kouign-amann* wäre ihr jetzt gerade recht gewesen. Plötzlich jedoch ließ das Geräusch von Schritten im Treppenhaus die beiden Frauen erstarren. Jemand rannte die Treppe hinauf und stand schließlich keuchend, vom Laufen außer Atem, auf der Fußmatte auf der anderen Seite der lackierten Holztür.

Psst, signalisierte Fanny mit einem Zeigefinger über den Lippen. Wie bei einem Versteckspiel verharrten sie so reglos es eben ging auf der Stelle.

Der Besucher auf der anderen Seite rührte sich auch nicht mehr. War er ebenfalls im Besitz eines Schlüssels? Louise stand dem Eingang am nächsten. Ihre Gesichtszüge entgleisten, als ihr Magen erneut knurrte. Glücklicherweise schob der Unbekannte genau in diesem Moment einen großen Umschlag unter der Tür hindurch. Offenbar hatte er nicht vor, in die Wohnung einzudringen. Der Umschlag war so dick, dass es mehrere Versuche brauchte, bis er hindurchkam. Das Knistern des braunen Papiers übertönte Louises Magenknurren. »Von Emma für Chris« stand in Handschrift auf der Vorderseite.

Die Schritte entfernten sich wieder und waren bald kaum noch zu hören. Die beiden Eindringlinge wagten wieder, sich zu bewegen.

»Jetzt weiß ich, warum ich Lehrerin und nicht Geheimagentin geworden bin«, seufzte Louise.

»Kann ich verstehen.« Fanny lächelte erleichtert.

»Glaubst du, das war seine Stellvertreterin?«

Louise hob den Umschlag auf und deutete auf den ersten der beiden Namen.

»Gut möglich«, antwortete Fanny. »Es ist gar nicht so abwegig, ihr den Code des elektronischen Türschlosses von seinem Wohnhaus anzuvertrauen, damit sie ihm eilige Informationen bringen kann. Er muss schließlich einer Menge Verstöße nachgehen …«

»Du hast recht. Abfotografieren und Rückzug?«

»Ich denke, wir sollten es erst einmal in Ruhe durchlesen und dann fotografieren. Das Konzert hat vor noch nicht einmal einer halben Stunde angefangen. So können wir auch vermeiden, Emma Lobo über den Weg zu laufen, falls sie sich noch in der Nähe herumtreibt.«

Louise stimmte Fannys gesundem Menschenverstand zu und begann stehend im Flur die Dokumente zu lesen – zum Glück war der Umschlag nur eingesteckt und nicht zugeklebt.

Die Leute von der KTU in Rennes hatten, zweifellos auf Druck von Christophe Guilloux, doppelt so schnell gearbeitet wie sonst. Weniger als drei Stunden nach der Entnahme der Proben in der Pension hatten sie einen vollständigen Analysebericht erstellt. Das war eine beachtliche Leistung, vor allem für einen Sonntag im Juli, an dem vermutlich nur wenig Personal zur Verfügung stand.

Die DNA-Abgleiche bestätigten die Vermutung der Breizh Brigade: Das Haar auf Pauls Kleidung gehörte Solène (was nicht ungewöhnlich war, da sie zusammenlebten).

Die Speichelprobe auf dem Rohrblatt des Dudelsacks stammte hingegen von Maël.

Die Fingerabdrücke auf der Spielpfeife waren von Yann, die auf der Wasserflasche von Loïc.

Maggie hatte Guilloux im Gespräch mit einem der Techniker sagen hören, dass keines der Ergebnisse einen der Verdächtigen mehr als einen anderen belastete. Die fremden biologischen Spuren auf Paul Le Tohics Leiche und seinen persönlichen Gegenständen waren gewohnheitsmäßigen Beziehungen innerhalb der Gruppe zu verdanken und nicht etwa kriminellen Handlungen. So lautete auch die Schlussfolgerung der Experten der Kriminalpolizei.

Die letzten Seiten des Vernehmungsprotokolls von Solène Le Tohic zeichneten jedoch ein komplexeres und dunkleres Bild. Die Ehefrau des Verstorbenen schilderte darin insbesondere den Grund für den Konflikt zwischen Paul und Yann. Beim BBB geht es um Geld und Ehrgeiz, wie leider so oft im zwischenmenschlichen Bereich, dachte Louise leicht verbittert. Aber der Streit schien sich nicht auf die Beziehung zwischen zwei schlecht gelaunten Hähnen zu beschränken. Obwohl sie es in ihren Äußerungen unterschlagen hatte, war ziemlich offensichtlich, dass auch Solène ihren Teil zu dieser unheilvollen Konstellation beigetragen hatte, wenn auch nur dadurch, dass sie so lange die Augen vor Yanns Unterschlagungen verschlossen hatte. Aber so war ein Dreieck aus sich überschneidenden, meist gegensätzlichen Interessen entstanden, das ihre Ermittlungen in eine völlig neue Richtung lenkte.

Paul, Yann, Solène …

Nachdem sie alles fotografiert und den Umschlag an seinen ursprünglichen Ort zurückgelegt hatten, verließen die beiden Frauen die Wohnung von Christophe Guilloux, nicht ohne vorher sorgfältig zu überprüfen, dass sie keine Spuren hinterlassen hatten.

»*Clean?*«, fragte Fanny.

»*Clean.*«

Unten spähten sie zunächst durch den Türspalt, um sich zu vergewissern, dass die Straße menschenleer war, ehe sie nach draußen stürmten. Zwar wären Kinder auf dem Heimweg vom Strand, bewaffnet mit Schaufeln und Eimern, keine besonders belastenden Zeugen, aber man konnte ja nie wissen. Sie waren bereits auf dem Weg zurück in die Rue Saint-Sauveur, um sich so schnell wie möglich in das sommerliche Touristengetümmel zu mischen, als Fanny besorgt einen Blick über die Schulter warf:

»Scheiße!«

»Was ist denn?«

»Da oben …«

Von der Bastion de la Hollande, einer Esplanade, die diesen Teil der Stadt dominierte, hatte man einen tiefen Ausblick auf die Rue de la Clouterie. Dort oben bemerkten sie etwas, das man vom Gebäude aus nicht hatte erkennen können.

»Das ist sie, oder?«, keuchte Fanny.

Die Gestalt einer dunkelhaarigen Frau mit Kopfhörern entfernte sich mit langsamen Schritten auf der Stadtmauer. Selbst aus dieser Entfernung und obwohl nur ihr Rücken zu sehen war, sah sie Capitaine Emma Lobo zum Verwechseln ähnlich. Die gleiche schlanke Statur. Die gleichen braunen Locken, die ihr bis auf die Schultern fielen.

Ob sie die ganze Zeit dort gewesen war? Hatte sie die »Zwergentür« im Auge behalten, nachdem sie selbst das Haus verlassen hatte?

24

8. Juli, Saint-Malo, Fotostudio von Alain Le Divellec, 16:00 Uhr.

Wieder nichts. Noch einmal rief Louise ihre Mutter und ihre Tochter an, jedoch ohne Erfolg, wie all die Male zuvor. Warum gingen die beiden nicht ans Telefon? Hatten sie sich auf den Tribünen des Schlosses getroffen?

Manchmal fühlte sich Louise ausgeschlossen. Die Persönlichkeiten ihrer Tochter und ihrer Mutter ähnelten sich zu sehr. Ihr selbst blieb nur der undankbare Platz des Schinkens im Sandwich der Generationen. Maggie und Énora waren so vertraut miteinander ... Louise hatte eine derartige Innigkeit weder mit der einen noch mit der anderen je erlebt. Manchmal schien es ihr, als hätten die Herzensbande eine genealogische Stufe übersprungen. Die einzigen Menschen, bei denen sie mit ihren vierzig Jahren einen gewissen Eindruck hinterlassen konnte, waren die Kinder ihrer Vorschulklasse. Durchschnittsalter: vier Jahre. Alle anderen schienen sich nicht um ihre Meinung zu scheren. Nicht einmal ihre nächsten Verwandten ...

Sie und Fanny hatten sich in der Rue de Dinan getrennt. Logisch wäre gewesen, gleich zum Schloss zu gehen, um dort ihre Mutter und ihre Tochter zu treffen. Aber Louise war durch ihre jüngsten Entdeckungen und den Nervenkitzel, den sie bei der Durchsuchung von Guilloux' Wohnung empfunden hatte, so aufgedreht, dass sie ihre Nachforschungen über den Briac Breizh Bagad unbedingt fortsetzen wollte. Doch ihr altes Smartphone konnte einige der aufgerufenen Seiten nicht richtig öffnen.

Sie brauchte eine stabile Internetverbindung. Und zwar sofort! Lilybeth stand zwar auf dem Parkplatz La Galère gleich am Eingang zur Altstadt, aber die Schlüssel waren bei Maggie. Auch an einen Fußmarsch zum Herrenhaus war nicht zu denken, denn die Rue du Puits-Sauvage lag fast eineinhalb Stunden Fußweg von der Porte Saint-Vincent entfernt.

Alain!, dachte sie, wie ungefähr zwanzig Mal am Tag.

Das Fotostudio Le Divellec befand sich nur drei Minuten entfernt, in der Rue Sainte-Barbe, einer der beiden Durchgangsstraßen der Ville Close, gegenüber einem Pub, der den ganzen Tag über gut besucht war. Im Schaufenster des Ateliers standen einige vom Besitzer persönlich fotografierte, wunderschöne Ansichten von Saint-Malo versteckt zwischen traditionellen Hochzeitsfotos. Nie hätte der Künstler gewagt, seine Arbeiten mehr in den Vordergrund zu stellen. Und er hatte auch noch nie einen Anspruch auf eine Einzelausstellung in der Chapelle Saint-Sauveur oder anderswo erhoben.

Alain eben.

Er stand über seinen Tresen gebeugt und studierte einen Schnappschuss, als er den Lavendelduft seiner Ex-Frau genau in dem Augenblick wahrnahm, als die Türglocke läutete.

»Lou… Louise? Bist du nicht beim Konzert?«

»Du doch auch nicht. Solltest du nicht für die Zeitung darüber berichten?«

»Ich ... Ich habe nur die erforderlichen Fotos gemacht«, rechtfertigte er sich. »Hier ist es einfach ruhiger als in diesem To... Tohuwabohu.«

Tohuwabohu, das war genau die Art veraltetes Vokabular, das er gern benutzte. Das hatte Louise bei ihrem ersten Treffen berührt, an jenem Tag, als Alain wegen der Klassenfotos in die Schule Saint-Joseph gekommen war.

»Könntest du mir einen kleinen Gefallen tun?«

»Natürlich«, stimmte er zu und hob seine buschigen Augenbrauen. Seine Neugierde war plötzlich geweckt.

Alain würde ihr *jederzeit* jeden Gefallen tun. Umgekehrt galt das Gleiche. Sie waren jetzt seit achtzehn Jahren getrennt, aber seit achtzehn Jahre waren sie auch die besten Freunde der Welt. Von außen betrachtet schien ihre zerbrochene Beziehung stärker zu sein als die meisten bestehenden Partnerschaften. Und nur sie beide hüteten eifersüchtig das Geheimnis dieses Mysteriums.

»Was brauchst du?«

Sie fühlte sich ebenso verlegen, wie er schüchtern war, und blinzelte kurz, ehe sie wagte zu sagen:

»Einen Computer mit Internetanschluss. Und vielleicht auch einen Drucker.«

»Kein Problem. Du kannst mein Büro benutzen.« Was er hochtrabend so bezeichnete, war ein winziger, durch einen grauen Vorhang vom Laden getrennter Raum. Alain war so nett, dass er Hilfe anbot, ohne eine Gegenleistung zu verlangen. Er wollte nicht einmal eine Erklärung für das, worum man ihn bat. So hatte er Louise zum Beispiel alle seine Fotos aus dem Palais du Grand Large zur Verfügung gestellt, ohne ihr Fragen zu stellen.

»Danke, perfekt«, sagte Louise und nahm auf dem Hocker vor dem alten LCD-Monitor Platz.

In der nur von einer Deckenlampe erhellten Rumpelkammer hing der penetrante Geruch von Chemikalien. Alain war wahrscheinlich der letzte Fotograf in der ganzen Region, der einige seiner Bilder noch selbst entwickelte.

»Brauchst du sonst noch etwas?«, erkundigte er sich zuvorkommend. »Möchtest du et… etwas zu trinken?«

»Nein danke. Aber … kannst du auch von diesem Gerät mithilfe deiner Zugangsdaten aus auf die Archive des Pays malouin zugreifen?«

Es war das erste Mal, dass sie ihn um einen solchen Gefallen bat. Als regelmäßiger freier Mitarbeiter der Lokalzeitung hatte er uneingeschränktes Nutzungsrecht für die Einsicht in alte Ausgaben bis zurück zur Gründung der Zeitung im Jahr 1946.

»Ja, kann ich«, bestätigte er, obwohl ihn die Bitte etwas verunsicherte.

Trotzdem beugte er sich über Louises duftendes Haar und öffnete mit wenigen Klicks die entsprechende Seite. Es war seine Art, ihr ein Geschenk zu machen. Nüchtern und wortlos.

Als ein Kunde nach seiner Anwesenheit im Laden verlangte – es kamen nicht so viele, dass er sich hätte leisten können, sie zu vernachlässigen –, überließ Alain Louise ihren Recherchen. Sehr schnell war ihre Suche von einem Erfolg gekrönt, der sogar Louises Erwartungen übertraf.

In einem Artikel von vor drei Jahren wurde berichtet, dass der Verein BBB in Saint-Briac-sur-Mer Insolvenz angemeldet hatte. »BBB: Der letzte Auftakt?« lautete die etwas reißerische Überschrift des Artikels. Ohne den oder die Verantwortlichen für diese katastrophale finanzielle Situation zu nennen, wurden die Namen von Yann Guesnet als Präsident und Solène Le Tohic als Schatzmeisterin erwähnt. Als sich Louise die öffentlichen Konten des Vereins vornahm – für alle Unternehmen, die jährliche Zuschüsse von mehr als 153.000 Euro erhielten, war die Möglichkeit einer Einsichtnahme gesetzlich vorgeschrieben –, bekam sie die Bestätigung für das Desaster. Zwar konnte der BBB dank der außergewöhnlichen Unterstützung der Gemeinde bereits im folgenden Jahr wieder aus der Asche auferstehen, aber es stellte sich heraus, dass die Konten schon bald wieder in die roten Zahlen gerutscht waren. Eine Endlosspirale.

»Er benutzt das Bagad-Konto schon lange ganz so, als wäre es sein Privatkonto«, hatte Solène bei ihrer Anhörung über den Penn-Soner ausgesagt.

All das bestätigte eine flüchtige Intuition, die Louise bereits bei der Durchsicht der Protokolle bei Guilloux empfunden hatte. Solène wusste alles. Solène hatte Yanns finanzielle Machenschaften gedeckt, bis sie die Fehlbeträge nicht mehr vertuschen konnte und alles ans Tageslicht kam. Und zwar nicht nur *vor*, sondern offenbar auch noch *nach* der Insolvenz.

Aber warum? Warum hatte sie sich so entschieden gegen die Interessen ihres Mannes gestellt, den Dudelsackspieler Paul, der sich das Dach der Welt erträumt hatte?

Neugierig gab Louise die Worte FIL + Briac Breizh Bagad in das Suchfeld des Archivs ein. »Sein Traum war, beim FIL zum besten Dudelsackspieler gewählt zu werden«, hatte Solène bei der Polizei ausgesagt.

Ein erst drei Wochen alter Artikel in der Rubrik Kultur sprang ihr ins Auge: »Der berühmte Bagad de Saint-Briac hat seinen diesjährigen Auftritt in Lorient abgesagt. Als Grund wurden die finanziellen Schwierigkeiten des Musikensembles angegeben. Zweifellos eine Enttäuschung für die Fans seines ersten Dudelsackspielers, des quirligen Paul Le Tohic.«

Es hätte also auch dieses Jahr keine Trophäe für Paul gegeben, und für diese Enttäuschung war Yann offensichtlich der unmittelbar Verantwortliche. Aber welche Rolle hatte Solène dabei gespielt? Hätte sie den Leiter des Bagad nicht daran hindern können, ihrem Mann zu schaden, wenn sie ihn im Vorfeld angezeigt hätte?

Es sei denn ... Es sei denn, sie hatte seine Karriere absichtlich ruinieren wollen!

War Solène Le Tohic wirklich nur ein Opfer, als betrogene Ehefrau und hintergangene Schatzmeisterin? Wer verbarg sich wirklich hinter dem Blendwerk einer ängstlichen, zerbrechlichen und trauernden Frau?

Louise betrachtete den Bildschirm und dachte eine geschlagene Minute lang nach. Es schien, als müssten sie genau an dieser Stelle genauer nachforschen. Tiefer graben, als sie es bisher getan hatten.

Sie brauchten auch mehr Informationen. Maggie, Énora und sie würden ein derart dichtes Geflecht nicht mit einer Handvoll alter Artikel und ein paar hellsichtigen Gedankenblitzen entwirren können.

Plötzlich kam ihr eine verrückte Idee. Verrückt und doch ausgesprochen logisch. Da sie dank Fanny Zugang zu den Akten von Christophe Guilloux hatten, könnten sie durch die gezielte Förderung der polizeilichen Ermittlungen auch ihre eigenen Nachforschungen vorantreiben. Sie mussten schließlich nicht um jeden Preis auf entgegengesetzten Positionen verharren. Die Handlungsfähigkeit der Breizh Brigade würde derjenigen der Polizei ohnehin immer weit unterlegen sein. Warum also sollten sie nicht zusammenarbeiten?

Sie öffnete ein leeres Dokument, kopierte verschiedene Links hinein und fügte Screenshots ein, die sie mit möglichst neutralen Kommentaren versah. Hier ging es darum, in aller

Bescheidenheit den Weg für Guilloux und seine Leute zu ebnen.

Sie druckte die beiden Seiten aus, streifte Handschuhe über – in Alains Atelier lagen immer Latexhandschuhe herum – und steckte die Ausdrucke in einen Umschlag.

Dann stürmte sie aus dem Laden, ohne sich von Alain, der noch immer von zwei englischen Touristen belagert wurde, zu verabschieden oder sich auch nur zu bedanken. Wohin? Zur Polizeiwache von Saint-Malo. Dreißig Minuten hin und zurück, wenn sie sich beeilte. Soweit sie sich erinnerte, war an der Straßenfront in der Fassade aus schokoladenbraunem Blech ein Briefkasten angebracht, dort brauchte sie ihren an »Monsieur le Commissaire« adressierten Brief nur einzuwerfen.

Monsieur der schöne (oh, so schöne) Commissaire, seufzte sie innerlich. Ach, wäre sie doch nur nicht so lächerlich unbeholfen!

Ob es an den Schuldgefühlen darüber lag, dass sie seine Privatsphäre verletzt hatte? Oder war es der Wunsch, ihm ein weiteres Rätsel darzubieten, das er sich auf der Zunge zergehen lassen konnte wie ein anonymes Geschenk? Als sie jedenfalls den Brief in den Umschlag hatte stecken wollen, hatte sie kurz innegehalten und lächelnd eine seltsame Unterschrift in Großbuchstaben hinzugefügt: LA BREIZH BRIGADE.

25

8. Juli, Saint-Malo, Place Chateaubriand,
Esplanade du Château, 17:20 Uhr

»*Oh … my … gode*!«, rief Maggie aus und betonte dabei bewusst ihren Akzent, wodurch das stumme »e« am Ende deutlich zu hören war. »Sag das noch mal, wenn du den Mut dazu hast. Los, *shoot*, wir hören!«

»Kein Problem! Schließlich ist es eine Tatsache, dass die Männer, mit denen du schläfst, nie alt werden. Erst dein Mann, jetzt dein Liebhaber … Willst du etwa behaupten, dass das reiner Zufall ist?«

Der Mann, der ihr inmitten der aus dem Schloss strömenden Zuschauer und vor jeder Menge Urlauber diese Ungeheuerlichkeit ins Gesicht schleuderte, war kein Geringerer als Guy Le Divellec. Ihr Erzfeind. Der Betreiber des Repaire des corsaires. Er trug ein violettes Polohemd, und sein aufgedunsenes Gesicht hatte den gleichen Farbton angenommen.

Niemand wusste zu sagen, wie es zu der Auseinandersetzung gekommen war. Es war schon erstaunlich, dass sich die beiden, die sich sonst wie die Pest mieden, an diesem Spätnachmittag in der Menschenmenge überhaupt über den Weg gelaufen waren.

Und doch war es passiert. Die Schaulustigen, die sich um sie herum versammelt hatten, hielten den Eklat mit Vergnügen auf ihren Smartphones fest. Einige schienen zu glauben, dass es sich um ein von der Stadtverwaltung genehmigtes Straßentheater handelte, ebenso öffentlich wie die Karikaturisten und Straßenmaler, die nur wenige Schritte entfernt arbeiteten.

Würde sich einer von ihnen den Spaß machen, die Szene zu skizzieren?

»Blimey O'Riley!«, schimpfte Maggie in ihrem rauesten Irisch. »Du wird ja sehen, ob diejenigen, die es ausprobieren, es überleben!«

Dabei schwang sie angriffslustig ihren Gehstock. Sie war so aufgebracht und konzentrierte sich so sehr auf den erlittenen Affront und darauf, wie sie sich rächen könnte, dass sie nicht einmal ihre Enkelin und ihre Tochter bemerkte, die ein paar Schritte entfernt aus dem Schatten der riesigen Platanen traten. Eine am Turm Quic-en-Groigne angebrachte Gedenktafel verkündete: »Chateaubriand, der Zauberer« – die Szene jedoch, die ihnen die Matriarchin der Corrigans in diesem Moment bot, war alles andere als bezaubernd.

Louise hielt sofort Abstand, als fürchtete sie, einen verirrten Schlag abzubekommen.

Jacques, der gerade von seiner fassförmigen Frau eingeholt worden war, flüchtete schleunigst und leugnete jede Verbindung zu dieser »hysterischen Bande«.

Énora konnte ein amüsiertes Lächeln nicht unterdrücken, als sie sich zwischen die beiden Streithähne stellte.

»Granny, Schluss damit, verdammt!«

Obwohl sie noch immer auf Rache sann, schien Maggie plötzlich aus ihrer Wutblase zu entkommen.

»Halt dich da raus, Nono. Das ist eine Sache zwischen mir und diesem Wichser.«

»Hör auf deine Oma, Lesbe! Geh dich woanders amüsieren!«, raunzte Guy kampfbereit.

Normalerweise hätte eine derart offen homophobe Bemerkung bei Énora einen Wutausbruch ausgelöst, so groß wie der ihrer Großmutter. Es wäre nur allzu verlockend gewesen, zu antworten: »Rate doch mal, mit wem ich mich amüsiere, du Blödmann! Mit deiner kleinen, sauberen Angestellten! Das haut dich um, was?« Dem Kerl wäre die Spucke weggeblieben. Aber sie dachte an Fanny, und im Bruchteil einer Sekunde wurde ihr klar, wie sehr ein derart brutales Outing ihrer Freundin schaden könnte. Die Eltern Horvais würden wahrscheinlich alles andere als gut auf eine so unerwartete Enthüllung reagieren; aber auch Guy war dumm und reaktionär genug, um die sexuelle Orientierung seiner Mitarbeiterin gegen sie zu verwenden. »Schlecht für das Image, schlecht für das Geschäft«, würde sein Fazit wahrscheinlich lauten, frei von Gewissensbissen.

Daher beschloss Énora, sich würdevoll und still zurückzuziehen.

Sie wandte ihrem Gegner den Rücken zu und führte die bis in die letzte Faser angespannte Maggie von ihm fort. Die Menschenmenge auf der Place Chateaubriand löste sich bereits auf. Der von den Aasgeiern erhoffte Kampf war ausgeblieben, und das Spektakel erwies sich plötzlich als nicht mehr so interessant. Die Gespräche auf den umliegenden Caféterrassen, die schwarz vor Menschen waren, kamen wieder in Gang. Die Leute bestellten Getränke. Der Vorfall war vorbei.

»Was ist passiert?«, fragte Énora. »Wie konnte es so weit

kommen? Ich weiß zwar, dass das zwischen euch nie die große Liebe war … Aber trotzdem!«

Maggie wich der Frage mit einem zornigen Kopfschütteln aus und trat einen Schritt zur Seite, um Kleidung und Frisur zu richten.

»Es ist schon lange her«, erklärte Louise, die jetzt neben ihrer Tochter aufgetaucht war. »Als Beauregard zum Verkauf stand, hat dein Großvater als Erster dafür geboten. Fast den geforderten Preis. Aber Guy hatte mit dem Makler vereinbart, dass er den Zuschlag bekommt, obwohl er denselben Preis bot. Wir gehen davon aus, dass er den Makler bestochen hat.«

»Ich kann mich dunkel erinnern. Aber dann wären es doch wir, die sich ärgern müssten. Warum also ist er so aggressiv gegenüber Granny?«

»Der Streit war damit nicht zu Ende. Ein paar Jahre später stand das kleine Wäldchen zwischen unseren beiden Anwesen zum Verkauf. Und wieder hat Guy Constant reingelegt, um das Gelände zu bekommen. Dein Großvater hat ihm das besonders übel genommen, weil er der Familie Le Divellec geholfen hatte, Le Repaire des corsaires ans Laufen zu bringen.«

»Im Grunde hat er die Schlange gefüttert, die ihn dann gebissen hat.«

»So ist es.«

»Verstehe. Trotzdem erklärt das nicht, warum ausgerechnet Guy einen solchen Hass auf uns hat, vor allem nach so vielen Jahren noch?«

Als Maggie sich wieder zu ihnen gesellte, warf sie ihrer Tochter einen strengen Blick zu. Ohne ein Wort laut auszusprechen, mahnte sie: Sag ihr nichts!

»Also, was hat der Abstecher zu Guilloux gebracht?«, wechselte sie hastig das Thema.

Erleichtert ging Louise sofort darauf ein und fasste in wenigen Worten zusammen, was sie in der Wohnung des Kommissars und anschließend mit Alains Hilfe herausgefunden hatte.

Die beiden anderen Mitglieder der BB lauschten aufmerksam. Vor allem Maggie teilte Louises Eindruck, dass Solène Le Tohic in dieser Geschichte eine weit weniger passive Rolle spielte, als sie zugeben wollte. Ihr fiel auf, wie sehr Solène sich bei ihrer Vernehmung als Opfer darzustellen versucht hatte.

»Bist du ihr mal begegnet, als du mit Paul zusammen warst?«

»Solène? *Good lord*, nein. Er hat sie erst nach unserer Trennung kennengelernt. Bis vorgestern Abend wusste ich nicht einmal von ihrer Existenz.«

Sie redeten weiter, während sie durch kleine Straßen mit vereinzelten Spaziergängern schlenderten. Nachdem sie eine Treppe hinaufgestiegen und dann nach links in die Rue du Pélicot abgebogen waren – eine der am besten erhaltenen Straßen von Intra-Muros –, erreichten sie den Vorplatz der imposanten Kathedrale Saint-Vincent. Wasserspeier aus Granit, die wie steinerne Kanonen aus der Fassade ragten, bedrohten die wenigen Touristen, die sorglos daran vorbeigingen.

»Aber du hast Alain doch hoffentlich nichts davon erzählt?«, erkundigte sich Maggie beunruhigt.

»Nein, nein ... Du kennst ihn doch. Weniger neugierig und viel diskreter kann man nicht sein.«

»Und du hast den Suchverlauf auf seinem Computer bestimmt gelöscht, oder?«

»Klar. Ich habe mein Bestes gegeben, und das alles so schnell wie möglich.«

»Warum hast du dann so lange gebraucht? Nach eurem Ausflug zu Guilloux warst du fast anderthalb Stunden verschwunden.«

»Tja, also ...«

Mit der Miene eines Kindes, das mit der Hand im Bonbonglas erwischt wird, berichtete Louise von ihrer jüngsten Initiative und erwähnte den für Christophe Guilloux bestimmten Umschlag, der inzwischen auf dem Schreibtisch des Kommissars liegen sollte.

Maggie explodierte:

»*Fuck me!* Mein Gott! Wie kann man nur so doof sein! Was hast du dir bloß dabei gedacht?«

»Ich weiß es nicht … Ich dachte, dass wir ihre Hilfe brauchen könnten, um weiterzukommen.«

»Hilfe von der Polizei?« Maggie schrie fast. »Muss ich dich daran erinnern, wer auf ihrer Liste der Verdächtigen ganz oben steht? Und wer ihren Boss ausspioniert? Mit wessen Hilfe? Willst du, dass wir alle drei im Knast landen?«

Theatralisch streckte sie ihre Hände aus, als steckten sie in imaginären Handschellen. Ein ausländischer Passant erfreute sich an dem Bild, ohne dessen Dramatik zu verstehen.

26

8. Juli, Saint-Malo, Hôtel de l'Univers, 17:45 Uhr

Immer noch zornig und schäumend vor Wut eilte Maggie mit martialischem Schritt über das Kopfsteinpflaster von Saint-Malo. Ein paar verblüffte Touristen ließen der alten Dame, die ihren Gehstock wie einen Majorettenstab schwang, ohne Widerrede den Vortritt. Wehe denen, die mir zu nah kommen, signalisierte sie.

Wenige Minuten zuvor hatte sie ihre Tochter und ihre Enkelin weggeschickt: »Ihr braucht mich nicht zu begleiten. Ich komme an der Rezeption ganz gut allein zurecht. Schließlich bin ich kein Kind mehr!«

Damit drehte sie sich um und ging in die Richtung, aus der sie gekommen waren: zur Place Chateaubriand mit ihrem spätnachmittäglichen Gedränge. Das Hôtel de l'Univers an der Ecke der gleichnamigen Straße und direkt gegenüber dem Schloss war eines der besten Häuser in der gesamten Innenstadt.

Sieh mal einer an, die lässt es sich aber gut gehen, dachte Maggie, als sie die gläserne Doppeltür aufstieß. Für eine Frau, die die übermäßigen Ausgaben ihres Vereins beklagte, hatte Solène ein ziemlich teures Zimmer gewählt. Es war Énora gewesen, die dies hinter der Bühne auf der Suche nach Informationen herausgefunden hatte. Ebenso die vermutliche Dauer des Aufenthalts der Witwe in Saint-Malo:

»Man hat uns gebeten, bis einschließlich 13. Juli hierzubleiben«, hatte ein Musiker der BBB ihr anvertraut. »Bis zu Pauls Beerdigung.«

Der Typ hinter dem altmodischen Holztresen der Rezeption sah stark nach Ferienjobber aus. Er war kaum älter als zwanzig, und in seinem Lächeln blitzte ein Rest von Schüchternheit auf. Die schlecht sitzende Krawatte milderte den Eindruck von Dilettantismus nicht gerade.

»Guten Tag, Madame, was kann ich für Sie tun?«

»Hello«, erwiderte sie ein wenig unfreundlich. »Ist Solène Le Tohic bei Ihnen abgestiegen?«

»Einen Moment bitte ...«

Er beugte sich über seine Tastatur und tippte den Namen ein.

»Ja, das ist sie«, bestätigte er nach einigen Sekunden nickend.

»Könnten Sie sie bitten, nach unten zu kommen?«

»Wen darf ich melden?«

»Die Ex-Geliebte ihres verstorbenen Mannes« wäre die einzig wahre Antwort gewesen, aber so konnte sie sich natürlich nicht vorstellen. Als sich ihre Wege vor der Kathedrale getrennt hatten, hatten Énora und Louise noch versucht, Maggie von ihrem Vorhaben abzubringen. »Du behauptest, wir wären nicht diskret genug, aber jetzt willst du die Frau des Opfers höchstpersönlich befragen! Wenn Guilloux das erfährt, leuchten bei ihm sämtliche Alarmlampen auf.«

Verärgert darüber, dass ihr ihre eigenen Widersprüche

vorgehalten wurden, war Maggie richtig wütend geworden. Obwohl sie sich inzwischen Vorwürfe machte, Louise so hart angegangen zu sein, musste sie zugeben, dass ihr die Persönlichkeit ihrer Tochter ein Rätsel blieb. Wie war es möglich, dass Louise und sie so unterschiedlich tickten? Durch welche genetische Anomalie hatte sie ein derartig zerbrechliches, manchmal sogar inkonsequentes Kind zur Welt gebracht, während sie selbst entschlossen wie ein Bulldozer durch ihr Leben pflügte?

»Sagen Sie einfach, dass ich eine Freundin ihres Mannes war.«

»Dass Sie eine Freundin waren?«, wunderte er sich.

»Dass ich es bin«, korrigierte sie sich verärgert. »Ich bin eine Freundin ihres Mannes.«

Er wählte eine Kurzwahlnummer. Nachdem es mindestens zehnmal ohne Antwort geklingelt hatte, verkündete er:

»Tut mir leid, sie ist offenbar ausgegangen. Möchten Sie ihr eine Nachricht hinterlassen?«

Erneut zögerte Maggie. Welche Nachricht hätte sie Solène hinterlassen können: »Ihr Mann hat in Erinnerung an gute alte Zeiten versucht, mich zu bespringen, und zwar unmittelbar vor seinem Tod. Küsschen!«?

»Nein, nein«, murmelte sie, »schon gut. Ich frage mich nur … Als sie gestern ankam, für wie viele Tage hat sie da ihr Zimmer gebucht?«

Würde auch Solène bis zum Tag der Beerdigung in Saint-Malo bleiben? Würde sie die Zeremonie vom Hotel aus organisieren?

»Entschuldigen Sie, Madame, aber ich bin nicht befugt, Ihnen diese Art von …«, sagte der junge Mann den ihm eingetrichterten Text auf.

»*Come on!*«, rief Maggie und schenkte ihm ein strahlendes Lächeln. »Ich will doch gar nicht wissen, wer sie nach Mitternacht in ihrem Zimmer besucht. Auch nicht, wie viele es sind und ob sie Lärm dabei machen. Ich möchte nur wissen, wie viel Zeit mir bleibt, um sie doch noch zu besuchen. Was soll daran falsch sein?«

Das anzügliche Funkeln in den Augen der Siebzigjährigen verunsicherte die arme Aushilfe.

»Das hier ist übrigens ein sehr schönes Hotel«, lenkte Maggie ihn mit einem Lob ab. »Und ich weiß, wovon ich rede, ich bin vom Fach.«

Der Widerstand des jungen Mannes brach. Sein Blick flüchtete zum Bildschirm, und er tippte auf der Tastatur herum.

»Sie hat für sieben Nächte reserviert.«

»Sieben Nächte? Ganz sicher?«

»Ja, bis zum 13. morgens. Das sind sieben Nächte. Vom 6. bis 13. Juli.«

»Sie hat am 6. abends hier eingecheckt?«, rief Maggie und versuchte sofort, ihre Verblüffung durch das Schütteln ihres grauen Bobs zu verbergen. »Bitte überprüfen Sie das noch einmal.«

Sie stützte sich mit beiden Ellbogen auf das lackierte Holz und beugte sich zu ihrem Gesprächspartner hinüber, bis sich ihre Nasen fast berührten. Vehement wiederholte sie:

»*Check, check!*«

»Ich ... ja«, stammelte er, längst bereit, ihr alles zu verraten. »Zunächst hatte sie nur für eine Nacht gebucht. Am späten Nachmittag des nächsten Tages, am 7., kam sie zurück, dieses Mal für sechs Nächte.«

Im Klartext: Erstens, Solène war in der Nacht, in der ihr Mann ermordet wurde, in Saint-Malo gewesen. Zweitens, sie hatte zunächst nur einen kurzen Aufenthalt geplant, dann aber verlängert, als die Polizei sie über Pauls Tod informierte.

»Um wie viel Uhr hat sie am Morgen des 7. ausgecheckt?«

»Das ist seltsam ...«, rief der junge Mann, nachdem er nachgeschaut hatte.

»Was?«

»Nun, hier steht, dass sie ihren Schlüssel am 6. abends, kurz vor Mitternacht, abgegeben hat.«

»Wollen Sie damit sagen, dass sie ihr Zimmer in der Nacht vom 6. auf den 7. gar nicht bewohnt hat?«

Das wurde ja immer seltsamer.

»Das System hat es so protokolliert. Ich selbst hatte in dieser Nacht keinen Dienst – ich übernehme nur Tagesschichten.«

»Wer hat die Nachtschicht gemacht?«

»Die Frau vom Chef.«

Maggie verzog das Gesicht. Ihr war klar, dass die Dame wahrscheinlich viel schwieriger weichzukochen war.

»Sonst war kein anderes Personal anwesend? Keine Ahnung, vielleicht ein Zimmermädchen?«

»So spät nicht mehr. Um diese Zeit befanden sich die einzigen noch anwesenden Angestellten im Restaurant, um nach Dienstschluss aufzuräumen.«

Streichen Sie den Gedanken, schien der Ausdruck des jungen Mannes zu sagen, der wieder in die Defensive gegangen war. Er fand diese Besucherin wohl allmählich sehr (zu) neugierig für eine angebliche »Freundin der Familie«.

Aber keine drei Minuten später erschien ein pakistanischer Küchenjunge an der Rezeption, der recht gut Englisch sprach. Maggie wechselte von ihrem Magglish zu einem Englisch mit irischem Akzent und konnte ihn ganz entspannt befragen.

»Yeah, yeah, I saw this lady leaving the hotel«, sagte er beim Anblick eines Fotos von Solène auf Maggies Handy. *»I was taking my last break outside.«*

»Was she alone?«

»No, there was a girl waiting for her.«

»Here in the lobby?«

»Down the square. She was hiding under the trees. But she waved at the lady.«

»This girl – do you remember what she looked like?«

Der Junge zuckte ratlos mit den Schultern. Ebenso beim Betrachten eines Fotos von Arwen Caroff, das Maggie bei Alains Aufnahmen gefunden hatte.

»I can't really say … It was dark, I was tired.«

Die alte Dame Corrigan lächelte ihm ermutigend zu. Der Rezeptionist schien mit dem Austausch in einer Sprache, die er offenbar kaum beherrschte, überfordert zu sein. Sein Blick wanderte zwischen den beiden hin und her, als verfolgte er ein Tennisspiel, das für seine Aufmerksamkeitsspanne zu schnell ablief.

»*I think she was younger*«, beendete der Junge seinen Bericht. »*More like a teenager. Her shoes, her outfit. And with lighter hair, too.*«

Wer mochte das gewesen sein? Etwa Julie, die Tochter von Solène und Adoptivtochter von Paul, was Énora in ihren vertraulichen Gesprächen herausgefunden hatte?

Lieber hätte sich Maggie die Zunge abgebissen, als zuzugeben, dass Louise zumindest in einem Punkt recht hatte: Es fehlte ihnen an Möglichkeiten. Zum Beispiel war nur die Polizei in der Lage, ein Mobiltelefon zu orten. Die Breizh Brigade konnte nicht überprüfen, wo sich Solène Le Tohic oder auch nur ihr Telefon in den vergangenen zwei Tagen aufgehalten hatte.

Vor Enttäuschung seufzte sie laut auf und wandte sich noch einmal an den tapferen Jungen mit der schief sitzenden Krawatte:

»Wissen Sie, ob Madame Le Tohic … ob Solène mit dem Auto nach Saint-Malo gekommen ist?«

»Ich kann Ihnen nur sagen, dass sie einen Parkplatz gebucht hat.«

»Als sie am 7. zurückkam, oder beide Male?«

»Offenbar beide Male.«

Hatte sie ihre nächtliche Abreise also gar nicht vorgesehen? Oder schlimmer, war sie überstürzt aufgebrochen?

27

8. Juli, Saint-Briac-sur-Mer, Haus der Familie Le Tohic, 19:00 Uhr und später Abend

Also wirklich, diese Louise!

Sie war vielleicht nicht die Mutigste von ihnen. Und auch nicht immer die Weitsichtigste. Aber ganz eindeutig und vor allen anderen verdiente sie den Preis für die Aufmerksamste. Beim Verlassen des Herrenhauses hatte sie die noch immer nicht ausgepackten Geburtstagsgeschenke ihrer Mutter in Lilybeths vorne liegenden Kofferraum geladen.

Ausnahmsweise hatte Maggie ihre Enkelin ans Steuer gelassen. Nun saß sie auf dem Rücksitz und packte die Pakete aus. Ihr verschlossener Gesichtsausdruck zeugte von Emotionen, die sie nur ungern laut aussprechen wollte. Sie hätte es nie im Leben zugegeben, aber das alles bewegte sie zutiefst. Die Banalität der erhaltenen Präsente war ihr egal – ein weiterer Schal, ein paar Bücher oder ein ihr noch unbekannter irischer Whiskey. Aber jede einzelne dieser Aufmerksamkeiten enthielt einen kleinen Teil Liebe, und das war das Allerwichtigste.

Louise saß auf dem Beifahrersitz und knabberte an einem Stück *Far aux Pruneaux*, das sie in der Stadt gekauft hatte, ehe sie das Auto vom Parkplatz La Galère holte. Ihr Magen, der kein Mittagessen bekommen hatte, knurrte nun etwas leiser.

Mit einem glühenden Himmel begann sich der Tag langsam dem Ende zuzuneigen. Zwar würde es erst in mindestens drei Stunden richtig dunkel werden, doch die Lichttemperatur hatte sich bereits um einige Kelvinwerte erwärmt. Die schnurgerade nach Westen führende Straße D603, die Saint-Malo mit Saint-Briac-sur-Mer verband, wirkte in der ländlichen Umgebung wie eine lange goldene Schnur. Schnell erreichten sie die kleine Gemeinde am Meer, die wie alle anderen hier aus alten bretonischen Granithäusern und neueren weißen Bungalows mit blauen Fensterläden im Stil der Île de Ré zusammengewürfelt war.

»Und wo genau müssen wir jetzt hin?«, fragte die Fahrerin.

Nachdem sie ihren Backpflaumenkuchen aufgegessen hatte, übernahm Louise mit dem Smartphone in der Hand die Rolle der Copilotin. An der nächsten Kreuzung befand sich eine Grundschule. Louise lotste Énora auf eine rechts abzweigende Straße, die nordöstlich um das Stadtzentrum herumführte. Nach einigen Spitzkehren erreichten sie eine Sackgasse, die in eine Siedlung aus identischen Häusern führte. Chemin de la Souris.

»Nummer 4, wir sind da.«

»Alter«, kommentierte Énora, während sie den blauen Käfer fast genau gegenüber auf der anderen Straßenseite parkte. »Keine Ahnung, ob Paul es verdient hätte, Dudelsackweltmeister zu werden, aber man kann ganz sicher nicht behaupten, dass es ihn reich gemacht hat.«

Das Haus schien zwar recht neu zu sein, war aber in der Tat

von eher bescheidener Größe und Bauweise. Vor allem aber … war es nicht leer. Aus einem halbgeöffneten Fenster im Obergeschoss drangen die Flüche eines Rappers, der in Gossensprache seinen Unmut herausbrüllte. Diejenige, die solche Musik hörte, konnte nur die Tochter des Hauses sein.

»Was sollen wir jetzt machen?«, fragte Louise etwas hilflos.

»Was glaubst du wohl? Wir warten, bis sie weggeht. Eine Jugendliche, die an einem Sonntagabend allein zu Hause ist, geht garantiert irgendwann aus. Ansonsten wäre sie nicht normal …«

Zwanzig Minuten später erfüllte sich Maggies Prophezeiung. Eine junge blonde Frau trat im Trainingsanzug und mit einer Sporttasche aus dem Haus und trabte geradewegs auf sie zu. Julie Le Tohic. Die drei Frauen kauerten sich instinktiv im Fahrgastraum zusammen.

Nachdem die Gefahr vorüber war, atmeten sie auf.

»Das war knapp!«

»Zumal Lilybeth kaum zu übersehen ist …«, sagte Énora.

»Was schlägst du jetzt vor?«

»Als Erstes sollten wir für unseren Versuch, in diesen Palast einzudringen, ein Zeitfenster festlegen. Und bis dahin vielleicht ein besseres Versteck ausmachen.«

Hatte Maggie gerade einen Einbruch vorgeschlagen?

»Und wo?«

»Ich weiß nicht … Doch, da zum Beispiel!«

Énora deutete auf einen riesigen schwarzen Plastikcontainer nur wenige Schritte entfernt. Mit freier Sicht auf das Haus der Le Tohics. »Kompostierte Algen – Bitte keine Zigaretten oder Streichhölzer einwerfen«, warnte ein Schild auf dem Container.

»Soll das ein Witz sein?«, empörte sich Maggie und lief dunkelrot an.

»Hast du eine bessere Idee? Wenn wir hierbleiben, dauert es keine Stunde, bis ein Nachbar die Polizei ruft.«

»Und du glaubst ernsthaft, dass drei dusselige Kühe, die ihren Arsch in eine Müllhalde stecken, diskreter sind?«

»Schon gut, entspann dich, ich wollte dich auf den Arm nehmen. Wartet hier auf mich.«

Sie sprang aus dem Wagen und klingelte an der zweiten Tür des Doppelhauses mit der Nummer 4. Fast sofort öffnete ihr eine kleine, gebrechlich wirkende Frau in den Sechzigern.

»Guten Abend, Madame!«, stellte sich Énora vor. »Ich bin Nolwenn, eine Freundin von Julie. Ich wollte sie besuchen, aber bei den Le Tohics macht niemand auf. Sie wissen nicht zufällig, wann sie nach Hause kommt?«

»Um diese Zeit ist sie beim Training, wie fast jeden Tag. Das dauert mindestens zwei Stunden.«

»Oh je, wie dumm von mir! Ihr Training, natürlich.«

»Macht doch nichts.«

»Es findet doch jetzt an einem anderen Ort statt, nicht wahr?« bluffte Énora.

»Woanders? Davon weiß ich nichts«, antwortete die Nachbarin mit einem misstrauischen Blick. »Eigentlich war es immer im Club nautique in Lancieux.«

»Sie haben sicher recht. Sehen Sie, es sind nicht immer die Jüngeren, die das bessere Gedächtnis haben!«

Der Scherz schien das Misstrauen ihrer Gesprächspartnerin zu zerstreuen, die ihr einen guten Abend wünschte und die Tür mit einem breiten Lächeln schloss.

»Der Club nautique de Lancieux ist zu Fuß mindestens eine halbe Stunde von hier entfernt«, verkündete Énora, als sie zum Auto zurückkehrte. Das hatte sie rasch auf ihrem Smartphone überprüft. »In Anbetracht der Uhrzeit könnte ich mir vorstellen, dass ihr Training um acht beginnt. Wenn man zwei Stunden Training hinzurechnet und der Rückweg ebenso lang dauert wie der Hinweg, dürfte sie frühestens um halb elf zu Hause sein. Vielleicht sogar erst um elf.«

»Super, nur dass es in dieser Jahreszeit nicht vor zehn oder Viertel nach zehn dunkel wird«, gab Louise zu bedenken. »Wie war das noch mit der Diskretion?«

»Na, ist doch perfekt! Wir müssen uns nur sehr beeilen, wenn wir einmal drin sind. Und bis dahin haben wir noch zwei Stunden Zeit, um am Hafen einen Happen zu essen. Gab es heute nicht etwas zu feiern?«

Nachdem Maggie dem Plan freudig zugestimmt hatte, bewältigte Lilybeth den Weg zur Strandpromenade mit so viel Elan, als dürfte auch sie an dem Festmahl teilnehmen. In Butter gebratener Petersfisch, Seehecht in Salzkruste und für die Jüngste blauer Hummer – die Gerichte, die sie auf der Halbinsel Nessay mit Blick auf den Sonnenuntergang genossen, verwöhnten ihre Augen und ihre Gaumen gleichermaßen. Nach der Anspannung der letzten beiden Tage taten ihnen diese Momente des Genießens unendlich gut. Ein leichter Wind streichelte sie und blies die Krumen von ihrem Tisch. Jedem goldenen Strahl schien es nur um ihr Behagen zu gehen. Und es gab immer noch Leute, die behaupteten, die bretonische Sonne sei schüchtern und kalt!

»*Sláinte* auf den armen Jacques, der jetzt seine Meeresfrüchte in trauter Zweisamkeit mit seiner *fuckin'* Spießerin isst«, grinste Maggie und hob ihr Glas.

»*Sláinte*!«, stimmte Énora ein. »Und *fuck* die *fuckin'* Spießer!«

Sie lachten und genossen die leichte Trunkenheit eines Sommerabends.

Als sie jedoch zum Chemin de la Souris zurückkehrten,

verspürte Louise nicht nur Ernüchterung, sondern auch das erneute Aufflammen ihrer Ängste. Natürlich verbarg die Dunkelheit sie weitestgehend. Außerdem war die Straße menschenleer und die Straßenbeleuchtung nicht sehr hell. Es war ihnen sogar gelungen, sich durch einen defekten Zaun in den Garten hinter dem Haus zu schleichen.

Aber trotzdem ...

»Was, wenn die Kleine früher heimkommt als erwartet?«

»*Darling dear*, du nervst mit deinem ständigen ›Was wäre wenn‹«, flüsterte ihre Mutter. »Was, wenn wir einfach mal große Mädchen sind? Was, wenn wir Guilloux und seine Komiker nicht brauchen, um unsere Ermittlungen durchzuführen? Und was, wenn ...«

Sie ergriff ihren Stock, dessen Knauf mit einem eben erst geschenkt bekommenen Tuch umschlungen war, und schlug kurz und kräftig gegen die nächst gelegene Fensterscheibe. Offenbar die der Küche.

»Was, wenn ich das hier tun würde?«

Ihre Dreistigkeit machte die beiden anderen Frauen sprachlos.

Sie hielten den Atem an, doch als Antwort auf das Zerbrechen des Glases war keinerlei Tumult zu hören. Die Nachbarn rührten sich nicht, sie waren viel zu intensiv damit beschäftigt, die x-te Wiederholung von Louis de Funès im Fernsehen zu verfolgen, wie der Geräuschkulisse ringsum zu entnehmen war.

In ein Haus ohne Alarmanlage einzudringen war ein Kinderspiel. In früheren Zeiten war die Breizh Brigade nur ein Clübchen von Ermittlern gewesen, das die Presse und ein paar hier und da aufgetriebene Akten durchforstete. Inzwischen aber standen die drei Corrigans den großen Privatermittlern aus ihren geliebten Büchern, Sherlock Holmes und Hercule Poirot, in nichts nach.

Die Küche, in die sie eingedrungen waren, lieferte keine bedeutsamen Anhaltspunkte. Julie hatte ihr Geschirr in der Spüle zurückgelassen, und in einer Ecke stand ein ganzer Turm mit Mineralwasserflaschen. An der Kühlschranktür bemerkte Maggie zwischen Grußkarten und Magneten einen Kalender, der augenscheinlich als Terminplan für Pauls Reisen mit dem BBB diente. Die Daten von Folklores du Monde, 6. bis einschließlich 9. Juli, waren markiert, ebenso war die Unterkunft notiert, die Solène für ihren Mann gebucht hatte. Beauregard, Dependance des Repaire des corsaires. Die vier Tage des FIL in Lorient jedoch waren mit einem wutroten Filzstift durchgestrichen worden.

Das Trio teilte die Suche unter sich auf. Maggie übernahm das Erdgeschoss, Énora und Louise die Räume im Obergeschoss. Da die Rollläden des Hauses offen waren, vereinbarten sie per Zeichen, die Taschenlampen ihrer Telefone nur einzuschalten, wenn es absolut notwendig war. Ansonsten würden sie sich mit dem diffusen Licht der Straßenlaternen begnügen.

Im oberen Stockwerk gab es zwei Schlafzimmer und ein kleines Duschbad. Énora durchsuchte das, was sie für Julies Zimmer hielt. An einer Pinnwand aus Kork hingen Dutzende Fotos von ihr in einem einteiligen Badeanzug. Auf manchen trug sie eine Medaille um den Hals oder einen Pokal in den Händen. Wie in allen Zimmern junger Sportler standen die Trophäen auf einem Regal über dem Bett. Auf dem Schreibtisch fanden sich kaum Schulbücher, sondern ein pyramidenförmiger Stapel Metalldosen, auf deren Etikett »Proteinzusatz« stand. An der Wand über dem Schreibtisch hing ein Foto von Julie und Loïc am Strand, wie sie fröhlich und unbeschwert eng umschlungen aus dem Wasser stiegen. War es der

Junge, der so schmächtig wirkte, oder lag es an seiner Freundin, die vor Kraft zu strotzen schien? Ihre Schultern wirkten doppelt so breit wie die des jungen Trommlers. Ihres Liebsten.

Ein Detail überraschte Énora. Auf dem Nachttisch lag ein Exemplar der Ouest-France, Ausgabe der Region Saint-Malo, mit dem Datum vom 30. Juni. Seit wann las eine 15- oder 16-jährige Hardcore-Rap-Fanatikerin die regionale Presse? Énora überflog das Blatt, fand aber kein Thema, das Julie dazu veranlasst haben könnte, es acht Tage lang aufzubewahren. Nicht einmal ein Schwimmwettkampf wurde im Sportteil erwähnt oder beschrieben. Aber wer weiß, vielleicht wollte sie das Papier als Füllmaterial für ein Paket aufbewahren.

Louises Erkundung von Solènes Zimmer ergab nicht viel. Nur, dass nichts in diesem Zimmer einem Mann gehörte. Die Witwe Le Tohic führte ein einfaches Leben, das man nach dem Zustand ihrer Garderobe und den billigen Kosmetika sogar als genügsam bezeichnen konnte. Louise bemerkte lediglich, dass Solènes Schuhe ebenfalls sehr klein waren, vermutlich etwa Größe 37. Natürlich konnte sie die im Zimmer aufgereihten Schuhe nicht mitnehmen, um sie mit den Spuren im Polizeibericht zu vergleichen.

»Die beiden schliefen getrennt«, schlussfolgerte Maggie eine Etage tiefer genau zur gleichen Zeit. Das Schlafzimmer in diesem Stockwerk wies alle Merkmale eines reinen Männerzimmers auf. Es war ziemlich unordentlich und nicht besonders sauber. An den Wänden hingen Poster von Konzerten und Festivals, eine Art Galerie zu Ehren seines Instruments. Auf einem der Plakate konnte man sogar das blonde, halblange Haar des Dudelsackspielers mit den vorstehenden Zähnen erkennen. *Starring Paul Le Tohic* war dort auf Englisch zu lesen – die Veranstaltung, die bereits zehn Jahre zurücklag, hatte in Irland stattgefunden, in der Grafschaft Cork, die Maggie so gut kannte. Bei der Vorstellung, dass sie ihren ehemaligen Liebhaber im Land ihrer Vorfahren hätte auftreten sehen können, überkam sie ein Schauder. Aber sie war nicht hier, um als siebzig Jahre alte Tussi emotional zu werden. Sie durchforstete den Inhalt aller Schubladen und stieß auf eine Mappe mit Gummiband, auf deren Einband sie Pauls chaotische Handschrift erkannte. »Schottland«, entzifferte sie.

Im Inneren befanden sich mehrere bedruckte und zusammengeheftete A4-Blätter.

Das erste war eine Reservierung für einen Direktflug von Nantes nach Edinburgh, ohne Rückticket, für den 3. September, also in etwa zwei Monaten und damit knapp einen Monat nach dem FIL.

Das zweite Dokument war ein in englischer Sprache verfasster Mietvertrag mit einer örtlichen Immobilienagentur für ein möbliertes Studio im Herzen der schottischen Hauptstadt. Der Vertrag lief über einen Zeitraum von mindestens sechs Monaten. Um eine gewöhnliche Konzertreise im Rahmen einer Tournee konnte es sich hier nicht handeln. Paul wollte umziehen.

Wichtiger noch: Als letztes Blatt im Papierstapel fand Maggie den Vertrag über ein langfristiges Engagement von Paul Le Tohic bei der Scottish Power Pipe Band in Edinburgh. Im Briefkopf des offiziellen Schreibens stand: *Eight times winner World's Pipeband Championship*. Der Beginn der Einstellung war laut Arbeitsvertrag ebenfalls auf die ersten Septembertage datiert.

Für den Normalbürger verständlicher ausgedrückt: Kurz nach dem berühmten FIL, bei dem er dieses Mal mit einem Triumph rechnete, wollte Paul Frau und Kind verlassen, um sich einem der besten Ensembles der Welt anzuschließen, der Crème de la Crème der keltischen Musik. Yann und seine schäbigen Diebstähle, die abgesagten Konzerte und wahrscheinlich noch viele andere Beschwerden wären für ihn kein Thema mehr gewesen. Wusste Solène, dass Paul bereit war, sie und Julie auf dem Altar seines verrückten Ehrgeizes zu opfern? Maggie hatte nicht mehr als ein paar Minuten gebraucht, um die belastenden Papiere in die Finger zu bekommen. Warum also nicht auch Pauls eigene Frau?

Hatte Solène ihn lieber umgebracht, als von ihm verlassen zu werden?

28

8. Juli, Lancieux, Club nautique, 22:20 Uhr

Ermittlungen in einem Kriminalfall bestanden nicht darin, eine einzelne Spur zu finden und ihr dann zu folgen, das wurde ihnen nun klar. Oftmals musste man herumlavieren, Erkenntnisse verwerfen oder eine frühere Gewissheit infrage stellen und sich erneut auf die Suche nach der Wahrheit begeben.

Nachdem sie zunächst alles darangesetzt hatten, Julie zu Hause nicht zu begegnen, stand nun ein Zusammentreffen mit der Tochter Le Tohic ganz oben auf ihrer Prioritätenliste. Es gab eine Menge Themen, die sie mit ihr besprechen wollten: Loïc und sein verdächtiges Verhalten am Tag nach dem Mord, Paul und sein Plan, sich nach Schottland abzusetzen, dazu noch die Frage, ob Julie in der Mordnacht vielleicht bei ihrer Mutter in Saint-Malo gewesen war.

»Mit dem Auto können wir in weniger als zehn Minuten am Club nautique sein«, sagte Maggie, als sie Lilybeth erreichten. »Das ist doch besser, als hier herumzuhängen, oder?«

Sie hatten das Haus ebenso reibungslos verlassen wie sie

eingedrungen waren. Trotzdem war es immer noch möglich, dass ein Nachbar darauf reagierte.

»22:22 Uhr«, stellte Énora fest. »Einen Versuch ist es wert. Lange ist ihr Training sicher noch nicht vorbei.«

»Was, wenn …«

Was, wenn Julie einen anderen Weg nach Hause wählt als den, den wir nehmen?, hatte Louise einwenden wollen. Was, wenn wir sie übersehen?

»Wie wäre es, einfach mal die Klappe zu halten, *my love*?«, warf Maggie ein, ohne sie ausreden zu lassen.

Unterwegs schmollten sie beide. Als sie den mit Pinien gesäumten Parkplatz erreichten, riefen sie im Chor: »Da!«

Sie hatten Julie gleichzeitig entdeckt.

Die jungen Schwimmerinnen kamen gerade von ihrem täglichen Training, die Taschen über die Schultern geworfen und die nassen Haare zu einem Dutt hochgesteckt. Im Hintergrund war die weiße Traglufthalle zu sehen, die das Außenbecken überspannte. Weil es so spät war, wurden einige von ihren Eltern mit dem Auto abgeholt. Nicht so Julie, und das aus gutem Grund. Sie verließ das Gelände mit einer kleinen Gruppe von Mitstreiterinnen. Sie schubsten und kabbelten sich und lachten laut über Nichtigkeiten. Typische Jugendliche eben.

Wie schon bei der Nachbarin am Chemin de la Souris trat Énora als Erste vor, dabei setzte sie auf ihr jugendliches Aussehen, um das Mädchen nicht zu erschrecken.

»Julie?«, rief sie ihr aus wenigen Schritte Entfernung zu. »Kann ich dich kurz sprechen?«

Sie hatte mit einem unfreundlichen »Wer bist du?« oder vielleicht sogar mit einer Beleidigung als Begrüßung gerechnet. Nicht aber mit der Reaktion eines verängstigten Tieres.

Julie drehte sich auf dem Absatz um und rannte den Boulevard de la Mer am Strand von Saint-Sieu entlang.

Énora folgte ihr ein Stück, gab dann aber schnell auf. Zwar befand sie sich in einer recht guten körperlichen Verfassung, aber mit einer durchtrainierten Athletin konnte sie nicht mithalten.

»Und jetzt? Sollen wir sie mit dem Auto verfolgen?«

»Zu gefährlich«, meinte Maggie. »So wie sie abgehauen ist… *God only knows*, wie sie reagieren würde.«

»Und außerdem …«, quäkte Louise und wies auf die Eltern und Kinder, die den Vorfall verwirrt beobachtet hatten. Einige schienen die Corrigan-Frauen bereits als potenzielle Bedrohung zu betrachten.

»… brauchen wir wirklich noch mehr Öffentlichkeit?«

Sie wollten sich schon zurückziehen und das Gelände verlassen, als ihnen jemand vom Parkplatz etwas zurief.

»He, Sie da! Nicht einfach abhauen!«

Ein sportlicher, glatzköpfiger Mann in den Vierzigern trabte in einem knallblauen Jogginganzug auf sie zu. Seine Augen hatten den gleichen Farbton wie seine Kleidung, doch seine Sprache wirkte noch um einiges explosiver:

»Dürfte ich erfahren, wer Sie sind, dass Sie meine Mädchen wie Diebinnen verscheuchen?«, stellte er sie grußlos zur Rede.

Maggie verkniff sich die Antwort, dass nur Schuldige sich auf diese Weise aus dem Staub machten.

»Wir sind Freunde ihres Vaters Paul Le Tohic«, sagte sie stattdessen souverän. »Ich nehme an, Sie wissen, was mit ihm passiert ist?«

»Oh, entschuldigen Sie …« Sofort senkte er die Stimme. »Ja, natürlich. Wir reden hier über nichts anderes. Das Gerücht war sogar schneller als die Presse. Wissen Sie, Paul Le Tohic ist so etwas wie *die* Berühmtheit von Saint-Briac und Umgebung.«

»Dann weiß Julie also auch Bescheid?«

»Ja. Also, ich meine, wir haben nicht direkt darüber gesprochen. Aber so, wie sie heute drauf ist, besteht daran kein Zweifel.«

»Hat es Sie nicht überrascht, dass sie trotzdem zum Training gekommen ist?«

»Doch, ein bisschen schon. Aber sie ist tatsächlich nicht erst seit gestern ein bisschen seltsam.«

»Wie meinen Sie das?«

»Nun, ihre Trainingszeiten sind schon länger rückläufig, sie befinden sich sogar im freien Fall, würde ich sagen. Ebenso wie schulische Leistungen sind auch sportliche Leistungen bei Kindern oft ein ausgezeichnetes Barometer für Stimmungen.«

»So schlimm?«

»Oh ja! In den letzten sechs Monaten ist sie bei jedem Wettbewerb, an dem sie teilgenommen hat, auf dem letzten Platz gelandet.«

»Und früher?«

»Früher stand sie ab und zu auf dem Siegertreppchen. Nichts Herausragendes, aber auch nicht der Mist, den sie jetzt abliefert.«

»Wie erklären Sie sich das?«

»Tja, ich kann es nicht wirklich erklären. In der Pubertät sind Jugendliche sehr empfindlich. Da kann sich schon ein Fliegenfurz auf ihre Leistung auswirken. Besonders bei einem so anspruchsvollen Schwimmstil wie dem Schmetterling.«

Der Schmetterling. Die körperlich anstrengendste der vier offiziellen Schwimmlagen. Das erklärte auch die Möbelpacker-Schultern der Tochter von Paul Le Tohic.

»Hat Julie Ihnen nichts erzählt, das Ihnen irgendeinen Hinweis hätte geben können?«

»Nein. Wir arbeiten hier, müssen Sie wissen, wir erzählen

uns nicht unser Leben. Womit ich nicht sagen will, dass ich nicht auch mal ein offenes Ohr für die Kinder habe. Aber Julie ist ohnehin nicht der Typ, der gern über sich spricht.«

»Haben Sie eine Idee, wem sie sich anvertraut?«

»Sarah Benech«, erwiderte er wie aus der Pistole geschossen. »Sie ist ihre beste Freundin. Ihre Spezialdisziplin ist auch der Schmetterling. Sie ist eine deutlich bessere Schwimmerin als Julie, aber behalten Sie das für sich.«

»War sie heute Abend hier?«

Ein kurzer Blick zeigte Maggie, dass der Parkplatz inzwischen menschenleer war. Besagte Sarah hatte sich wohl schon vor einigen Minuten in Luft aufgelöst.

»Ja«, sagte er, und mit einem Mal schien er misstrauisch zu werden. »Aber was wollen Sie eigentlich von meinen Schützlingen?«

»Wie schon gesagt, wir sind Freundinnen von Paul. Und wir haben allen Grund zu der Annahme, dass Julie in seinen Tod verwickelt sein könnte.«

»Verwickelt?«

»Als Zeugin«, mischte sich Louise ein, um ihn zu beruhigen. »Nur als indirekte Zeugin.«

»Okay. Aber ist das nicht eher Sache der Polizei?«

»*Good lord!*«, rief Maggie. »Sind Sie etwa der Meinung, dass die Polizei ihren Job macht?«

Alles oder nichts. Wenn der Mann einen Bruder oder Cousin bei der Polizei hatte, würde er sie sofort zum Teufel jagen. Doch alle drei Frauen meinten, in dem plötzlich weniger besorgten Blick ihres Gesprächspartners so etwas wie ein »Das ist nicht ganz falsch« zu erkennen. Énora sprang in die Bresche, die ihre Oma geschlagen hatte.

»Ach, eines noch, kennen Sie Julies Freund Loïc?«

»Nur vom Sehen.«

»Glauben Sie, dass er einen Grund gehabt haben könnte, sich mit Paul anzulegen?«

»Wie bitte?«, rief der Mann. »Nein, nein, nie im Leben!«

Dennoch zeigte sich ein Hauch von Verlegenheit auf seinem glatt rasierten Gesicht.

»Aber vor etwa drei Wochen«, fuhr er schnell fort, »hat Paul seine Tochter hier abgeholt. Das ist mir besonders aufgefallen, weil das noch nie vorher passiert ist. Ich glaube, er war nicht ein einziges Mal hier, um ihr beim Schwimmen zuzugucken.«

»Auch nicht bei wichtigen Wettkämpfen?«

»Nein. Ihre Ergebnisse schienen ihm egal zu sein.«

Paul Le Tohic hat wirklich nur für seinen Dudelsack gelebt, dachten die drei Frauen übereinstimmend.

»Und was passierte an diesem Tag?«

»Als Julie gerade aus dem Becken stieg, kam Loïc dazu und griff Paul an.«

»Körperlich?«

»Nein, nicht, dass ich wüsste. Er hat ihn nur angeschrien.«

»Und weshalb?«

»Keine Ahnung. Ich habe nicht gehört, was er zu ihm gesagt hat. Ich saß schon im Auto und wollte mich nicht einmischen.«

Schließlich bin ich Trainer und kein Sozialarbeiter, schien er mit einem wissenden Grinsen zu sagen, ohne es auszusprechen.

»Trotzdem hat Loïc im Bagad den Ruf, Pauls Schützling zu sein«, kommentierte Louise.

»Ich weiß, dass man das in der Stadt sagt. Genau aus diesem Grund habe ich es ja auch nicht verstanden ...«

»Wie hat Julie reagiert? Hat sie versucht, dazwischenzugehen?«

»Überhaupt nicht! Auch das ist mir aufgefallen. Sie hat gelächelt. Sie schien fast zufrieden darüber, dass sie sich stritten. Ich schwöre, es sah fast so aus, als ob sie es toll fand, dass ihr Freund ihren Vater in aller Öffentlichkeit niedergemacht hat.«

29

8. Juli, Saint-Malo, Manoir des Corrigan,
Spielzimmer, 23:15 Uhr

»Whiskey?«

»Whiskey.«

»Unbedingt! Whiskey!«

Nach einigen Minuten und ebenso vielen Schlucken, tauchte zwischen den drei Clubsesseln, in denen sie sich zur Beratung zusammengefunden hatten, die gleiche Frage noch einmal auf:

»Whiskey?«

»Whiskey.«

»*Oh yeah!* Whiskey!«

Wieder füllte Maggie die Gläser mit der bernsteinfarbenen Flüssigkeit. Dreifach destilliert. Der torfige und doch milde Nektar war dringend nötig, um die Ärgernisse dieses schier endlosen Tages zu zerstreuen. Bei einem solchen Tempo würde die Flasche, die Maggie als Geschenk erhalten hatte, die Nacht allerdings nicht überstehen.

Da Sophie in der Bar bediente, konnten die drei Corrigans

ihre Drinks ohne Verpflichtungen oder Skrupel genießen. Die Stimmung unter den Gästen des Hauses war bedrückt. Wahrscheinlich würden an diesem Abend nur wenige neben Constant am Tresen sitzen. Jetzt, nachdem der Stress des Konzerts abgeklungen war, schienen die Mitglieder der BBB die Tragödie erst in vollem Umfang zu begreifen. Schlimmer noch, unter ihnen kursierten Gerüchte. Man überlegte rund um den einen, verdächtigte einen anderen. Kurzum, das Gift des Misstrauens durchtränkte den schönen Zusammenhalt, den sie noch vor wenigen Stunden auf der Bühne demonstriert hatten.

»Nun, was meint ihr, wer bleibt noch übrig?«, überlegte Maggie mit leicht schludriger Stimme.

In Anbetracht der späten Stunde und der Umstände stand eine detaillierte Bilanz ihrer Ermittlungen außer Frage. In dieser ruhigen Stunde würde die Breizh Brigade den Fall sicher nicht lösen. Es ging vielmehr um einen informellen Plausch.

Sicher war: Nie zuvor war das, was sich ihrem Scharfsinn wie eine kriminelle Landschaft darbot, so vernebelt gewesen. Es gab Verdächtige wie Sand am Meer – Yann, Arwen, Maël, Loïc, Solène und Julie – und ungefähr genauso viele Motive. Mit ziemlicher Sicherheit gab es Komplizen – die beiden deutlichen Fußabdrücke und die kleinen Schuhgrößen hatten sie nicht vergessen. Einige Alibis wackelten, andere waren einfach nicht überprüfbar.

Aber es gab keine entscheidenden Beweise.

»Was zum Beispiel garantiert uns, dass Loïc nicht noch einmal zu Paul gegangen ist, nachdem du weg warst?«, fragte Louise ihre Mutter.

Die Frage erschien ihnen wegen der Zeugenaussage aus Lancieux zentral.

»Und dabei soll er die verdreckten Schuhe noch einmal angezogen haben? Schuhe, die ihm nicht einmal gehörten? Das macht absolut keinen Sinn. Es wäre sogar ziemlich idiotisch!«

»Wie erklärst du dir dann, dass er am nächsten Morgen versucht hat, zwei Paar Schuhe zu zerstören?«

Maggie hielt ihre Antwort einige Augenblicke zurück, bevor sie sie in einem schleppenden, nach irischem Whiskey klingenden Tonfall von sich gab:

»*Maybe* ist er über diese Stiefel und Wanderschuhe gestolpert und wollte verhindern, dass der Verdacht auf ihn fällt. Die Größe seiner Füße ist ja etwas *strange*, es wäre also verständlich.«

»Oder *maybe* er weiß, wem die beiden Paare gehören, und er wollte die betreffenden Personen decken!«, schlug Énora vor. »Wer weiß, vielleicht kennt er die Mörder.«

Selbst Louise, die nur wenig Englisch sprach, ließ sich auf das Spiel der Vermutungen mit Versatzstücken in der Sprache Shakespeares ein:

»*Maybe* ist er selbst der Mörder! Er könnte durchaus mehrere Paare in seinem Gepäck gehabt und von Anfang an geplant haben, sie zu verbrennen.«

»Du gehst also davon aus, dass er absichtlich zwei verschiedene Spuren hinterlassen hat, um den Eindruck zu erwecken, dass es sich um ein kriminelles Duo handelt? Das ganze Theater, einschließlich der SM-Inszenierung, soll geplant gewesen sein?«

»Warum denn nicht?! Das würde erklären, warum sich die beiden Spuren im Flur zwar räumlich, aber nicht zeitlich überschneiden.«

Die Hypothese mochte zwar etwas weit hergeholt sein, erschien ihnen aber auch nicht besonders abwegig.

»Diese Sache mit den zwei Komplizen, die getrennt voneinander am Tatort auftauchen, fand ich schon immer zweifelhaft«, stimmte Maggie zu, ehe sie zum x-ten Mal die Whiskey-Frage stellte.

Doch die beiden anderen Frauen, müde und erschöpft vom Alkohol, lehnten nahezu unisono ab.

»Nicht für mich, ich habe genug«, sagte Louise.

»Ich auch. Ich gehe nach oben und lege mich ins Bett. Gute Nacht, Granny.«

Von Schlaf aber konnte bei Maggie Corrigan keine Rede sein. Jedenfalls nicht, solange die verrückten Pferde der Vermutungen noch so laut in ihrem Kopf wieherten (ganz zu schweigen vom Whiskey natürlich).

Wie jedes Mal, wenn sich die Schlaflosigkeit ankündigte, versuchte sie, im Garten auf andere Gedanken zu kommen. Die Luft war noch sehr mild. Sie legte sich nur einen Schal über die Schultern und machte sich dann an verschiedene Arbeiten im Gewächshaus. Die Mondsichel reichte, um das mächtige Glasdach zu erhellen. Nur hinter einem Stapel von Terrakottatöpfen und unter dem Laub der Zitronenbäume blieben ein paar Stellen dunkel.

»Unanständige Geburtstagsfeier in deinem Zimmer? Mitternacht im Bett?«, hatte Jacques in einer SMS vorgeschlagen, die sie etwas zu spät entdeckte. Mitternacht war schon seit mehreren Minuten vorbei. Hatte ihr Geliebter sie am Tor des Herrenhauses belauert? Ein Dutzend unbeantworteter Anrufe deutete in der Tat darauf hin.

Manchmal, wenn auch nie lange, fühlte sie sich wegen ihrer Haltung gegenüber dem armen Mann ein wenig schuldig. Immerhin bereitete er ihr Lust und verwöhnte sie mit Präsenten, ohne je Aufhebens um seine Mühe, seine Zeit oder gar sein Geld zu machen. Konnte sie das auch von all ihren ehemaligen French Lovers behaupten? Ganz sicher nicht von Paul, der zwischen den Laken zwar ein Experte gewesen war, aber leider auch selten verfügbar und fürchterlich geizig.

Sie beschäftigte sich konzentriert mit dem Umtopfen einer Pflanze, was ihre ganze Aufmerksamkeit erforderte, und bemerkte zunächst nicht die Gestalt, die durch die einzige Tür des Wintergartens geschlüpft war. Sie spürte auch nicht, wie sich diese Person näherte.

»Guten Abend, Maggie.«

Vor Schreck ließ sie ihre Kreuzhacke fallen. Instinktiv trat sie einen Schritt zurück und tastete nach ihrem Gehstock, der ihr entglitt und zu Boden fiel.

»*Holy* Scheiße *feckin' Christ*! Wer sind Sie? Und was zum Teufel haben Sie hier zu suchen?«

Der Mann – aufgrund seiner Statur nahm sie an, dass es sich um einen Mann handelte – trug einen schwarzen Overall und eine schwarze Sturmhaube. Seine Augen waren hinter einer dunklen Brille verborgen, und seine Worte kamen aus einem kleinen elektronischen Kasten, den er vor seinen maskierten Mund hielt.

Eher eine albtraumhafte Erscheinung als ein Besucher. Einen Moment lang fragte sie sich, ob der viele Whiskey ihr Bewusstsein getrübt hatte, oder ob sie gerade einen ihrer narkoleptischen Anfälle durchlitt und es sich vielleicht nur um eine von einem seltsamen Gespenst heimgesuchte Episode von Schlafparalyse handelte. Sie fühlte sich jedenfalls außerstande, sich zu bewegen.

»Sie haben nichts zu befürchten«, erklärte die Roboterstimme.

»Da bin ich ja beruhigt!«

»Ich bin hier, um Ihnen zu helfen.«

»*Really?*«, rief sie und fand plötzlich zurück zu ihrer naturgegebenen Unverfrorenheit. »Weil Sie nicht nur als Vogelscheuche auftreten, sondern auch Experte im Umtopfen sind?«

»Ich meine es ernst. Ich habe wichtige Informationen für Sie. Für Ihre Ermittlungen.«

Woher konnte dieser Kasper von der Breizh Brigade wissen?

Blitzschnell ging Maggie einige Namen durch. Alain? Unmöglich. Zumal die elektronische Verfremdung seiner Stimme sein Stottern nicht beseitigt hätte. Jacques? Sie konnte sich nicht vorstellen, dass dieser nette Kerl von einem anzüglichen Vorschlag nahtlos zu einer Vorstellung à la John le Carré überging.

Guilloux?!

Doch die Statur des Eindringlings erschien ihr weniger athletisch als die des lebhaften Kommissars. Gedrungener. Wahrscheinlich älter.

»Paul litt an einer Herzinsuffizienz.«

»*What?!*«

»Herzstillstand, vermutlich als Folge von Ersticken«, hatte im Obduktionsbericht gestanden.

»Ich nehme an, dass er Ihnen nie davon erzählt hat. Er redete nicht gerne über seine Gesundheit. Ich kann Ihnen aber sagen, dass sein Arzt ihm von heftigen oder längeren Anstrengungen abgeraten hatte.«

»Aber ... was ist mit der *music*?«

Einen Dudelsack zu blasen erforderte eine Menge Ausdauer. Was das entsprechende körperliche Anforderungsniveau betraf, konnte man Paul Le Tohics Kunst fast als Hochleistungssport betrachten.

»Ihm wurde empfohlen, weniger zu üben. Ich würde sogar sagen, deutlich weniger. Aber Sie kennen ja Paul ... Da könnte man ihm auch gleich das Herz herausreißen. Sein Instrument hätte er nie aufgegeben.«

»Woher wissen Sie das alles?«

»Ich habe meine Quellen.«

»Und warum erzählen Sie es mir und nicht der Polizei? Sie wissen doch sicher, dass wir in dieser Stadt einen Kommissar haben? *Right?*«

Doch das schwarze Gespenst zuckte nur mit den Schultern. Maggie konnte sein Gesicht nicht sehen, aber sie hätte schwören können, dass der Typ sie anlächelte. Dann verschwand er so unauffällig, wie er gekommen war, in der Dunkelheit. Ein Nachtvogel zurück in der Nacht.

Gezeitentabelle
für Saint-Malo

9. Juli	
Flut	02:51 Uhr
Ebbe	09:44 Uhr
Flut	15:34 Uhr
Ebbe	22:25 Uhr

30

9. Juli, Saint-Malo, Kommissariat, 8:30 Uhr

»Der bretonische Mozart wurde ermordet« titelte die Zeitung Le Pays malouin, als sie endlich auf die Empathiedrüsen drücken durfte. Und das tat sie zugegebenermaßen ziemlich heftig. Das dazugehörige Foto zeigte einen strahlend lächelnden Paul Le Tohic mit seinem imposanten Dudelsack unter dem Arm.

»Hast du den Aufmacher in der PM gesehen?«, rief Emma Lobo mit der Zeitung in der Hand schon vom Flur aus, ihr Tonfall schwankte zwischen Bestürzung und Heiterkeit.

»Wie hat meine Pflegemutter doch immer gesagt: Sie haben sich nicht lumpen lassen.«

Guilloux bedeutete Emma, sein Büro zu betreten. Der Kommissar sprach selten über seine Kindheit, aber bei einigen Gelegenheiten hatte er den Schleier über seinem, wie Emma vermutete, nicht gerade geradlinigen Lebenslauf ein wenig gelüftet. Anonyme Geburt, abgebrochene Adoption, Unterbringung in Pflegefamilien und so weiter. Für jemanden, der Guilloux' Hartnäckigkeit und seinen außerordentlichen Arbeitseifer nicht kannte, grenzte es an ein Wunder, dass er es überhaupt so weit gebracht hatte. Nicht so für Emma.

»Wie auch immer. Auf jeden Fall«, fuhr sie fort, »dürfte diese Miss Leroy erleichtert sein. Die Saison ist gerettet. Das Festival ist fast vorbei, und die Zuschauer sind nicht in Scharen geflohen.«

»Weder die Zuschauer noch die Spinner. Schau mal, was in der Post war.«

Mit diesen Worten reichte er ihr zwei Blätter und einen anonymen Umschlag, der bereits auf dem Schreibtisch auf ihn gewartet hatte, als er eine Stunde zuvor gekommen war.

»Was ist das denn für ein Quatsch?«, fragte Emma vorsichtig.

»Da hat eine mitfühlende Seele offenbar nicht auf die heutige Tageszeitung warten müssen, um Bescheid zu wissen und eigene Ermittlungen anzustellen.«

»Die Breizh Brigade! Also wirklich! Warum nicht gleich der Bagad des Verbrechens, wenn man schon mal dabei ist?«

»Diese Leute haben anscheinend überhaupt keine Angst davor, sich lächerlich zu machen. Andererseits ist das, was sie herausgefunden haben, nicht uninteressant. Sieh es dir an.«

Mit geschürzten Lippen überflog Emma schnell die beiden auf Vorder- und Rückseite bedruckten Blätter.

»Ja und? Das bestätigt doch nur, was uns Solène Le Tohic bei der Anhörung gesagt hat: Der Verein schreibt seit Langem rote Zahlen, und das hat Paul wütend gemacht.«

»Okay. Aber wenn du die Konten *vor* und *nach* dem Konkurs und der Rettung durch die Stadtverwaltung von Saint-Briac-sur-Mer vergleichst, stellst du fest, dass die Entnahmen weitergingen, als wäre nichts geschehen.«

»Du meinst …?«

»Als hätte Solène die Bilanz des Vereins absichtlich belastet, indem sie sich darauf verließ, dass Yann weiter in die Kasse greift. Und wenn ich den Sinn dahinter richtig verstehe, versucht uns unser freundlicher anonymer Rächer in diese Richtung zu lenken.«

»Was schließt du daraus?«

»Dass Solène genau wusste, was sie tat«, antwortete Guilloux und hielt den Artikel hoch, der den Rückzug der BBB vom Festival interceltique ankündigte. »Kein Geld, kein FIL. Und ohne FIL keine internationale Karriere für Paul. Der Mann wäre in der Versenkung verschwunden.«

»Er redete sich ein, dass sich mit einer FIL-Trophäe in der Tasche bislang verschlossene Türen öffnen würden«, hatte Solène bei der Anhörung angedeutet.

»Das passt zusammen«, sagte Emma. »Wir müssen dringend noch einmal mit ihr reden.«

»Genau. Lädst du sie vor? Am liebsten ... jetzt gleich?«

Emma nickte, salutierte zum Scherz und eilte aus dem Büro.

Fast im gleichen Moment meldete sich die Rezeption auf Guilloux' Festnetztelefon.

»Ja bitte? ... Okay ... Okay, schicken Sie ihn nach oben.«

Kaum zwei Minuten später erschien die große Gestalt von Loïc dem Trommler im Türrahmen. Ein uniformierter Beamter folgte ihm wie ein Schatten. Der Polizist war von eher bescheidener Statur, und der Gebrüder-Dalton-Effekt entlockte dem Kommissar ein flüchtiges Lächeln.

»Danke«, sagte er zu seinem Kollegen. »Sie können uns jetzt allein lassen. Und schließen Sie bitte die Tür hinter sich.«

Der lange Lulatsch mit den kleinen Füßen blieb schweigend stehen.

»Bitte, setzen Sie sich. Sie wollten mich sprechen?«

»Ja«, hauchte Loïc und setzte sich, wenn auch nur mit dem

halben Hinterteil, als wäre er hin- und hergerissen zwischen Angst und dem unbändigen Drang, sich zu offenbaren.

»Das hier ist ein informelles Gespräch. Kein Verhör. Wir schreiben kein Protokoll. Mit anderen Worten: Was Sie sagen, bleibt zwischen Ihnen und mir. Nichts wird schriftlich festgehalten.«

»Einverstanden. Also, als wir das erste Mal im Beauregard miteinander geredet haben, habe ich vergessen, Ihnen etwas zu erzählen. Etwas Wichtiges. Zumindest glaube ich, dass es wichtig ist.«

»Ach, wissen Sie, das kommt vor. Man erinnert sich nicht immer auf Anhieb an alles. Vor allem nicht nach dem Schock über eine solche Entdeckung.«

»Das stimmt wohl ...«

»Und was ist das für ein Detail, das Sie dazu gebracht hat, mich aufzusuchen?«

Guilloux wusste aus Erfahrung, dass es nur drei Arten von Menschen gab, die von sich aus als Zeuge aussagten. Erstens: professionelle Denunzianten, zweitens: Menschen, die ihr Gewissen erleichtern wollten, und zu guter Letzt drittens: Schuldige, die versuchten, die Polizei reinzulegen. Da die erste Kategorie in diesem Fall von vornherein ausgeschlossen war – Loïc hatte sich in seiner anfänglichen Erzählung sehr nüchtern geäußert –, blieb die Frage, ob der junge Mann ein Befreier oder ein Mörder war.

»Erinnern Sie sich, dass ich Ihnen erzählt habe, dass ich am Freitag nach unserer Ankunft den späten Nachmittag damit verbracht hatte, in meinem Zimmer zu chatten?«

»Ja.«

»Nun, ich habe etwas anderes gemacht. Ich meine, bevor wir zum Essen aufgebrochen sind.«

»Und zwar?«

»Paul hat mir eine Nachricht anvertraut, die ich bei jemandem abgeben sollte.«

»Bei wem?«

»Bei der Besitzerin des Manoir des Corrigan nebenan.«

»Maggie Corrigan?«

»Genau die.«

»Wussten Sie, was in dieser Nachricht stand?«

Der große Mann blickte auf seine winzigen Schuhe hinunter, wie ein Kind, das in die Ecke gestellt worden war. Aber wer hätte einer solchen Versuchung schon widerstehen können?

»Er hat sie eingeladen, nach dem Abendessen auf sein Zimmer zu kommen«, gestand er nach kurzem Schweigen. »Das Cézembre.«

»Verstehe. Hat er eine Uhrzeit angegeben?«

»Ja. Neun Uhr. Er wusste, dass wir früh zum Essen gehen und danach wahrscheinlich gleich zurückkommen würden.«

»Ich hatte eher den Eindruck, dass er zu einer bestimmten Uhrzeit zurück sein wollte. Als ob ihn jemand erwartete«, hatte Yann Guesnet über die überstürzte Rückkehr in ihre jeweiligen Unterkünfte berichtet. Dieser Jemand hatte nun einen Namen und ein Gesicht.

Maggie Corrigan.

»Neun Uhr? Sind Sie ganz sicher? Nicht später am Abend?«

»Um neun Uhr«, bestätigte Loïc.

Neun Uhr abends entsprach dem Beginn des vom Gerichtsmediziner festgelegten Zeitfensters. Hatte Dodik Cadiou ihnen nicht erzählt, dass die alte Irin um diese Zeit heimlich durch die Hintertür ihres Anwesens aus dem Haus gehuscht war? Der Spaziergang, um den milden Sommerabend zu genießen, wie die Frau berichtet hatte, war damit zu einem Rendezvous geworden.

Zu einem mörderischen Rendezvous?

»Wann genau haben Sie Madame Corrigan den Brief übergeben?«

»Ich würde sagen, so gegen sechs. Ich habe nicht so genau darauf geachtet.«

»Ich nehme an, Sie wissen nicht, was sie später damit gemacht hat?«

Nahezu jeder an Maggies Stelle hätte das Papier vernichtet. Damit stünde das Wort dieses jungen Mannes gegen das der schnell aufbrausenden Schlossherrin.

»Nein ... Wir haben kaum miteinander gesprochen. Sie nahm den Zettel an sich, sie schien etwas überrascht. Vielleicht sogar gerührt, was bei Leuten wie ihr schwierig zu sagen ist.«

»Und weiter?«

»Sie bedankte sich, und ich ging zurück zum Beauregard. Das war alles.«

»Sind Sie im Herrenhaus außer ihr noch jemandem begegnet?

»Nicht, dass ich mich erinnern könnte. Als ich die Glocke am Tor gezogen habe, hat sie mir selbst geöffnet. Ich habe nicht einmal den Hof betreten.«

Guilloux wiederholte seine Anweisung, Saint-Malo in den nächsten vier Tagen nicht zu verlassen, dann entließ er seinen Besucher, auf dessen Gesicht die Erleichterung deutlich zu erkennen war.

Sobald er in seinem Reich wieder allein war, griff der Polizist zu seinem Telefon:

»Kannst du mich bitte mit Staatsanwältin Le Cam verbinden? Wir brauchen einen Durchsuchungsbefehl für Madame Margaret Corrigan, genannt Maggie Corrigan. Möglicherweise müssen wir sie in Gewahrsam nehmen. Ach ja, wichtig wäre auch das Protokoll der Durchsuchung ihrer Wohnung. Nein, nein, nicht morgen! Jetzt sofort!«

31

9. Juli, Saint-Malo, Manoir des Corrigan, Maggies Büro, 9:00 Uhr

Maggie Corrigan hatte viele Liebhaber gehabt und ihnen allen eine schöne Zeit außerhalb ihrer ehelichen Routine beschert. Seither fühlten sich viele ältere Herren der Umgebung Maggie gegenüber verpflichtet (jeder auf seine Weise). Selbst dann, wenn sie diejenige gewesen war, die ihren Lover verlassen hatte. In dieser Hinsicht brauchte man allerdings nicht lange zu suchen – sie war immer diejenige, die verließ.

Auf diese Weise war es ihr trotz der chronischen finanziellen Schwierigkeiten gelungen, ihr Anwesen in einem nahezu ordentlichen Zustand und ihr Geschäft über Wasser zu halten. Diejenigen, die nicht durch freiwillige Arbeit dazu beitrugen, machten es sich zur Aufgabe, Löcher in der Kasse zu stopfen, Maggie dann und wann einen nützlichen Kontakt zu vermitteln oder ihr einen kleinen wichtigen Tipp zu geben. Die meisten dieser Gentlemen waren nicht in der Lage, Maggie etwas zu verweigern, auch Jahrzehnte nach dem Ende ihrer Affäre nicht.

»Roland, *my man*, könntest du dir vielleicht einmal meine Dachrinnen ansehen?« Und Roland kam.

»Yves, *darling dear*, du kennst dich doch so gut mit dieser wunderbaren Kettensäge aus, hättest du zufällig Zeit, meine Bäume zu schneiden?« Und auch Yves eilte zum Herrenhaus. Es verging keine Woche, in der nicht einer von ihnen in der Rue du Puits-Sauvage auftauchte und unwissentlich das Klatschmaul Dodik Cadiou mit Gesprächsstoff fütterte.

Unter diesen fleißigen Herren befanden sich auch mehrere Ärzte, von denen einer in einer Praxis in Saint-Briac-sur-Mer im Gesundheitszentrum Armordoc praktizierte. Drei Allgemeinmediziner und ein halbes Dutzend Fachärzte verteilten sich auf zwei Etagen des nagelneuen Gebäudes, das zum Teil von der Stadtverwaltung finanziert worden war. Dank seiner langen Zugehörigkeit und seiner achtundfünfzig Jahre hatte Ludovic Abgrall dort die komfortabelsten Behandlungsräume erhalten, einen schönen Glaswürfel, an einer Ecke gelegen.

»Ludo, *my love!*«, begann Maggie am Telefon. »Hast du unter deinen Patienten vielleicht zufällig einen Paul Le Tohic?«

»Der Name sagt mir gar nichts. Und selbst wenn: Dir ist sicher bekannt, dass wir der ärztlichen Schweigepflicht unterliegen?« Ludo Abgrall war der bisher jüngste Liebhaber, mit dem Maggie je zusammen gewesen war. Daher erlaubte sie sich bei ihm einen Ton, der noch freizügiger war als bei ihren anderen »Beziehungen«:

»*Right*! Genau wie ich meiner Schweigepflicht über die Größe deines Schwanzes unterliege, nicht wahr?«

Der Mann hatte zwar keinen Mikropenis, lag aber, taktvoll ausgedrückt, im unteren Mittelfeld, was auch der Grund für einen belastenden Komplex war. Oft genug hatte er Maggie deswegen absolute Diskretion schwören lassen.

»Ehrlich, Maggie, du nervst ...«, schnaufte er. »Gedulde dich zwei Minuten, ich schaue kurz die Patientendaten durch.«

Ein paar Tastaturklicks später meldete er sich:

»Ja, den haben wir tatsächlich im Angebot. Paul Le Tohic, dreiundsechzig Jahre alt. Aber sag mal, ist das der Paul Le Tohic, über den heute Morgen was in der Zeitung stand?«

»Ich fürchte schon«, gab Maggie bekümmert zu. »Könntest du eine Kleinigkeit für mich überprüfen?«

»Eine Kleinigkeit ...?«

»In seiner Krankenakte, *Darling.*«

Eine Art erstickter Schrei erklang im Hörer.

»Versuchst du etwa, mich zu einem Dienstvergehen zu überreden?«

»Nein, nein, nicht dich. Nur deinen Mini-Schwanz!«

Er nahm die scherzhafte Drohung offenbar ernst, denn es dauerte höchstens ein paar Dutzend Sekunden (und ebenso viele gegrummelte Flüche), bis er den Hörer wieder in die Hand nahm:

»Was willst du wissen?«

»Hatte er Herzprobleme?«

»Ja. Eine ziemlich ausgeprägte Insuffizienz, die erst vor zwei Jahren festgestellt wurde ... Auf den ersten Blick nichts allzu Kritisches, aber immerhin so, dass er seine Aktivitäten hätte anpassen und sich regelmäßig hätte untersuchen lassen müssen. Aber woher weißt du das?«

»Du kennst mich doch. Die Leute vertrauen sich mir gerne an. Vor allem, wenn ich ihre intimsten Stellen recht freundlich darum bitte.«

»Ganz schön clever ...«, grummelte er. »Hast du mit ihm geschlafen?«

»*I pass, old story.*« Sie seufzte. »Nur noch eine Frage: Konnte Paul seinen Zustand vor seiner Familie geheim halten?«

»Denkst du an jemand Bestimmten?«

»Seine Frau, seine Tochter ...«

»Natürlich. Wenn ein Patient seinen Gesundheitszustand vertraulich behandelt sehen möchte, braucht er seinem Umfeld nichts davon zu erzählen. Für uns ist es nicht immer leicht, das einzuhalten, aber es ist eine Entscheidung, die wir praktischen Ärzte respektieren müssen.«

»Und wie war das bei ihm? Kannst du herausfinden, wie er das gehandhabt hat?«

»Nicht wirklich. Das war eine Sache zwischen ihm und seinen Angehörigen … Moment mal.«

Er brach ab, und Maggie hörte nur noch die Tastatur.

»Er kam immer allein zur Sprechstunde. Ach, sieh mal an … das hier ist nicht alltäglich. Hier steht, dass er darum gebeten hat, ihm die Untersuchungsergebnisse nicht per Post nach Hause zu schicken, sondern immer nur an seine private E-Mail-Adresse. War dein Kumpel eine Art Mitterrand, oder was? Der hat auch jahrelang seine Krebserkrankung verheimlicht.«

»Nein«, antwortete Maggie nachdenklich. »Aber ganz falsch liegst du nicht. Auch für ihn kam nicht infrage, dass die Krankheit ein Hindernis für seine Ziele darstellt.«

Louise und Énora hatten den Frühstücksservice übernommen, und so beschloss Maggie, dass es Zeit für ein morgendliches Granitbad war. Die Informationen von Ludovic drehten sich in Endlosschleife in ihrem noch von Alkoholdünsten geplagten Schädel.

Hatte Paul seinen angeschlagenen Gesundheitszustand bewusst vor Solène verheimlicht? Hatte sie die belastenden Untersuchungsergebnisse dann doch in die Hände bekommen? Vor allem aber: Kannte der Mörder, wer auch immer das war, diese Schwäche seines künftigen Opfers?

Das Meer, der Wind, die Felsen … Maggie musste den Kopf

frei bekommen, und zwar schnell! Sie ging zum Parkplatz hinter dem Anwesen und stieg in Lilybeth, die bei der Aussicht auf eine Spritztour sofort wohlig schnurrte. In weniger als einer Viertelstunde würde Maggie mit dem Gehstock in der Hand über die Mole des Noires schlendern. Nach ihrem rituellen Spaziergang auf der Promenade würde sie zum Strand hinuntergehen, auf ihren Lieblingsfelsen steigen, der um diese Uhrzeit trocken war, und sich darauf ausstrecken. Mit gekreuzten Armen. Wie fast immer, würden sich einige Sommerurlauber gegenseitig anstupsen und sich über diese verrückte alte Frau amüsieren, die mit Mineralien kommunizierte.

Dabei ahnte sie nicht, dass die Urlauber sie an diesem Morgen weniger für ein Original als vielmehr für eine Gefahr halten würden. Schuld daran würden uniformierte Polizisten sein, die zwischen Strandtüchern hindurch auf die mit geschlossenen Augen daliegende Frau zustürmen würden.

32

9. Juli, Saint-Malo, Kommissariat, 10:00 Uhr

Würdevoll, so schien es dem Kommissar, betrat Maggie Corrigan sein Büro, obwohl ihre Handgelenke mit Handschellen gefesselt waren. Ebenso würdevoll und gleichzeitig stoisch nahm die Angeklagte die Aussage von Emma Lobo zur Kenntnis, dass ihr Telefon am Mordabend gegen neun in der Funkzelle von Beauregard eingeloggt gewesen war.

Würdevoll blieb sie auch, als Christophe Guilloux sie ohne Umschweife fragte:

»Am späten Nachmittag des 6. Juli schrieb Paul Le Tohic eine SMS an seine Geliebte Arwen Caroff, in der er mit ihr Schluss machte. In dieser SMS gestand er ihr, ich zitiere, dass es da ›jemand anderen‹ gebe. Diese andere waren Sie, nicht wahr? Waren Sie es, die er in der Nacht in seinem Zimmer empfangen wollte?«

Die Siebzigjährige verdrehte ihre schönen blauen Augen. Es kam ihr vor, als berichtete man ihr von einer etwas unausgegorenen Teenagerschwärmerei. Wären der Polizist und die misslichen Umstände nicht gewesen, hätte sie gerne zugegeben, dass es ihr durchaus nicht unangenehm war, Pauls Gedanken noch so lange nach der Trennung zu beschäftigen. Wäre sie ohne Erinnerung an schöne Gefühle sonst zu dem nächtlichen Treffen gegangen, um das ihr früherer Liebhaber sie gebeten hatte?

»Weigern Sie sich, meine Frage zu beantworten, Madame Corrigan?«

»So ist es«, erklärte sie souverän. »Erstens, weil ich nicht in der Lage bin, alle Liebesabenteuer eines notorisch untreuen Mannes wie Paul im Gedächtnis zu behalten. Eines Mannes, den ich, wie ich Sie erinnern darf, seit ungefähr fünfzehn Jahren nicht mehr gesehen habe. Und zweitens, weil ich an jenem Abend ohne mein Telefon unterwegs war. Es hat das Gästehaus nicht verlassen. Und wenn Sie Ihren Job richtig gemacht hätten, wüssten Sie das.«

Aus technischer Sicht war es unmöglich, dass Maggies Telefon in Pauls Zimmer geortet worden war. Guilloux' Stellvertreterin hatte geblufft und das Spiel verloren. Das gehörte zu den Risiken, wenn man einen Verdächtigen verhörte, ohne vorher alles kontrolliert zu haben.

Der Kommissar funkelte Emma wütend an. Nichts ärgerte ihn mehr als solche Ungenauigkeiten.

Solène Le Tohic hatte sie ebenfalls an der Nase herumgeführt, als sie kurz zuvor im selben Büro erneut verhört worden war.

Sie hatte zwar zugegeben, sich in Bezug auf Yanns schlechte Angewohnheiten zu lange zu nachgiebig gezeigt zu haben – bis der BBB Konkurs hatte anmelden müssen und auch darüber hinaus noch. Aber sie hatte sich sofort auf ihre alte Freundschaft mit dem notorischen Alkoholiker und depressiven Penn-Soner berufen und sich geweigert, ihn noch mehr zu belasten. Ihr zufolge hatte die ganze Sache nichts mit irgendeiner Rache zu tun, die sie an ihrem Ehemann hätte nehmen wollen. Und als Emma Lobo sie mit der – in diesem Fall nachgewiesenen – Funkzellenabfrage ihres Handys am Abend des 6. Juli konfrontierte, der zufolge sie sich nach neunzehn Uhr in Saint-Malo an der Place Chateaubriand aufgehalten hatte, zog sich die Witwe auf ihre Rolle als betrogene Ehefrau zurück.

»Ich wusste, dass Arwen kommen sollte und wollte die beiden überraschen. Das bestreite ich nicht. Es war wirklich an der Zeit, mit Paul über seine Seitensprünge zu reden.« Bei ihrer ersten Anhörung hatte sie ihnen das jedoch verschwiegen.

»Aber als ich in Saint-Malo ankam, fehlte mir dann doch der Mut, und ich blieb in meinem Zimmer im Hôtel de l'Univers. Wenn ich doch nur gewusst hätte …«

Ein paar Tränen liefen zur rechten Zeit über ihr ausgemergeltes Gesicht.

»Darauf deutet auch die Funkzellenabfrage Ihres Telefons hin«, stimmte Guilloux ihr zu. »Ich kann mir allerdings nicht erklären, warum Ihre Nummer kurz vor Mitternacht aufgehört hat zu senden …«

»Ich habe das Telefon vor dem Schlafengehen ausgeschaltet. Das ist alles.«

»Verstehe. Allerdings ist unser System in der Lage, Handys auch dann zu orten, wenn sie ausgeschaltet sind. Die einzige Möglichkeit, sie unauffindbar zu machen, besteht darin, die SIM-Karte zu entfernen. Und so etwas tut niemand zufällig oder gar aus Versehen.«

»Das wusste ich gar nicht«, sagte sie ohne Überzeugung.

»Sie bleiben also dabei, dass Sie Ihr Zimmer, nachdem Sie es bezogen hatten, den ganzen Abend und die ganze Nacht nicht mehr verlassen haben?«

»Ich … Ja«, stotterte sie. »Ich habe nur in der Brasserie des

Hotels noch eine Kleinigkeit gegessen und bin dann wieder nach oben gegangen.«

Wie es das Gesetz erlaubte, nahm Christophe Guilloux Maggie für zunächst vierundzwanzig Stunden in Gewahrsam und teilte ihr dies vorschriftsmäßig mit. Diese Aussicht schien die Franko-Irin aber nicht mehr zu beunruhigen als alle vorherigen Versuche, sie zu verunsichern. Sie verlangte nicht einmal nach einem Anwalt, der ihr laut Gesetz zustand, sondern schien sich fast größere Sorgen um den Verbleib ihres Gehstocks zu machen, den man ihr bei ihrer Festnahme abgenommen hatte.

»Keine Sorge, den bekommen Sie zurück, wenn Sie entlassen werden«, sagte der Kommissar in seiner Rolle als *Good Cop*.

»*Falls* Sie entlassen werden«, fügte Emma Lobo bewusst bedrohlich hinzu.

»*Feckin' Hell*! Darf ich wenigstens wissen, was genau mir vorgeworfen wird?«

In aller Ruhe berichtete Guilloux von der Aussage des jungen Loïc zu Pauls Einladung, die er Frau Corrigan am späten Nachmittag des 6. Juli überbracht habe.

»*Right*, ich habe den Zettel bekommen.«

»Was haben Sie damit gemacht?«

»Ich habe ihn weggeworfen. Vielleicht in den Kamin, das weiß ich nicht mehr.«

»Und Sie behaupten also, die Verabredung im Zimmer von Paul Le Tohic nicht wahrgenommen zu haben?«

»*Hell no!*«

»Aus welchem Grund?«

»Gehen Sie zu jedem miesen Date, das Ihnen irgendwelche früheren Lover vorschlagen?«

Die Frage entlockte Emma ein flüchtiges Lächeln, das sie jedoch sofort wieder zugunsten ihrer *Bad Cop*-Miene verdrängte.

»Nein, aber das ist nicht das Thema.«

»Und was ist dann das Thema?«, erkundigte sich Maggie herausfordernd.

Sie ist viel zu selbstbewusst, um ganz unschuldig zu sein, dachte Guilloux. Aber im Moment stützte sich die Spur zu ihr einzig auf die Aussage des BBB-Trommlers. Das jedoch war sehr dünn. Die alte Dame zuckte nicht einmal mit der Wimper, als er von Fingerabdrücken und einer DNA-Probe sprach, die im Anschluss an die Anhörung von ihr genommen werden sollten.

Er warf einen Blick unter den Tisch und fragte Maggie nach einem Detail, was sie zum ersten Mal zu verwirren schien:

»Darf ich wissen, welche Schuhgröße Sie haben?«

»Äh, ja ... 37. Manchmal auch 37,5, je nach Modell und Marke.«

»Also zwischen 37 und 38?«

»Ja, so könnte man sagen.«

»Sehr gut. In diesem Zusammenhang möchte ich Sie darauf hinweisen, dass wir während Ihres Gewahrsams eine Hausdurchsuchung bei Ihnen durchführen und alle Ihre Schuhe beschlagnahmen werden.«

Zum ersten Mal fiel Maggie keine Entgegnung ein. Mit der für sie typischen, etwas rauen Eleganz strich sie lediglich eine graue Strähne aus ihrer Stirn. Aber auch wenn die Leidenschaft, mit der sie sich am Vortag gegen die Polizisten gewehrt hatte, inzwischen weit weg zu sein schien, verlor sie keineswegs an Haltung. Was wusste sie, was die Polizei noch nicht wusste? Was war ihnen entgangen? Etwas, das Maggie Corrigan als Schutzschild diente, sodass sie ihre Fragen fast ohne mit der Wimper zu zucken abwehren konnte?

Guilloux war noch ganz mit seinen Überlegungen beschäftigt, als ein uniformierter Beamter ohne anzuklopfen in sein Büro stürmte.

»Tun Sie sich keinen Zwang an!«

»Entschuldigen Sie, Chef. Aber es ist dringend. Da ist ein Herr, der Sie sprechen möchte ... wegen der Dame.«

Er war auf der Türschwelle stehen geblieben und deutete mit dem Kinn auf Maggie.

»Ein Herr? Was für ein Herr?«

»Monsieur Gaillard, Jacques Gaillard.«

»Was hat er mit Ihnen zu tun?«, erkundigte sich Kommissar bei Madame Corrigan.

»Jacques? Oh, ganz einfach, er ist mein Liebhaber. Nicht unbedingt einer der besten. Aber Sie wissen ja selbst, wie das in einer nicht ganz so großen Stadt wie der unseren ist. Man muss mit dem verfügbaren Bestand auskommen. Und ich bin nun mal keine sechzig mehr ...«

Dieses Mal konnte Emma ein kurzes Lachen nicht unterdrücken.

Wie ein tapferer Ritter eilte ihr aktueller Verehrer Maggie zu Hilfe. In einem Nebenraum nahm Guilloux die Aussage von Jacques Gaillard auf, die seinen Eindruck bestätigte.

Als der Kommissar in sein eigenes Büro zurückkehrte, war er nicht mehr ganz bei der Sache. Hörbar verärgert sagte er:

»Also gut, Monsieur Gaillard behauptet, dass Sie sich nach Ihrem fünfzehnminütigen Spaziergang zwischen etwa 21:00 Uhr und 21:15 Uhr mit ihm in Ihrem Schlafzimmer getroffen haben, wo Sie die Nacht miteinander verbrachten und sich nicht mehr trennten. Können Sie seine Aussage bestätigen?«

»Das kann ich bestätigen«, erklärte Maggie mit triumphierendem Gesichtsausdruck, den sie vergeblich zu beherrschen versuchte.

»Sie wissen aber schon, dass dies für die Zeitspanne Ihres Spaziergangs kein ausreichendes Alibi darstellt?«

»If you say so.«

»Daher bleibt es bei der Entnahme der Proben, der Durchsuchung und der Beschlagnahme Ihrer Schuhe.«

»Be my guest.«

Entnervt von den snobistischen Anglizismen fühlte sich Guilloux versucht, ihr seinerseits ein ordentliches *Fuck off* entgegenzuschmettern, um ihr den Mund zu stopfen, als Maggie Corrigan ihn erneut verwirrte:

»Hat er Ihnen von Julie erzählt?«

»Wie bitte?«

»Nun, Loïc, der nette kleine Bote … oder besser gesagt, der nette kleine Denunziant.«

»Was denn?«

»Hat er Ihnen erzählt, dass er der Freund von Julie Le Tohic ist, der Tochter von Solène und Adoptivtochter von Paul?«

Überrumpelt starrten sich die beiden Polizisten an, ohne ein Wort zu sagen.

»Woher wissen Sie das?«

»*Well*, unsere Gäste plündern nicht einfach nur das Frühstücksbuffet. Sie reden auch mit uns, müssen Sie wissen.«

33

9. Juli, Saint-Malo, Manoir des Corrigan, Gewächshaus im Park, 13:00 Uhr

Ja, ihre Gäste redeten mit ihnen. Und selbst wenn das nicht der Fall war, hatten die drei Corrigans andere Möglichkeiten, ihnen Geständnisse zu entlocken. Zum Beispiel die Wachsfigur Constant am Tresen, die Énora und Malo gleich nach der ersten Bildersammlung wieder in Betrieb genommen hatten.

»Hast du sie dir noch einmal angesehen?«, fragte Louise, als sich die drei Corrigans im Hof des Herrenhauses trafen.

»Nein, noch nicht. Als Granny im Knast saß, stand mir nicht wirklich der Sinn danach …«

»Ich war nicht im Knast«, widersprach Maggie. »Ich war in Polizeigewahrsam. Und wie du siehst, haben die *silly* Bullen nichts gegen mich in der Hand.«

In der Tat hatten weder die Fingerabdrücke noch die DNA-Abgleiche sie belastet, ebenso wenig wie die bei der kurz zuvor erfolgten Hausdurchsuchung beschlagnahmten Schuhe. Als ob sie nie einen Fuß in das Beauregard-Anwesen gesetzt hätte. Den Rest hatte Jacques' unverhofftes Eingreifen erledigt – sie würde sich überlegen müssen, wie sie sich bei ihm bedanken konnte.

Damit war Maggie Corrigan vorläufig aus der Schusslinie und ihr Gewahrsam sofort aufgehoben worden. Die einzige Bedingung, die Guilloux für ihre sofortige Freilassung gestellt hatte, entsprach den Anordnungen für die Mitglieder des Bagad: Sie durfte Saint-Malo bis zur Beisetzung von Paul Le Tohic nicht verlassen.

Die meisten der Musiker kamen damit nicht gut zurecht.

Diejenigen, die sich, verängstigt durch die neuerliche Razzia im Herrenhaus, nicht in ihren Zimmern verkrochen hatten, liefen im Park im Kreis herum wie Ponys in einem Kinderkarussell. »Sie sollten nicht hierbleiben und Trübsal blasen«, riet ihnen Louise, wie sie es bei ihren Schülern getan hätte. »Machen Sie einen Spaziergang am Meer. Haben Sie schon unsere Felsskulpturen gesehen? Oder machen Sie einen Ausflug zum Strand von Chevrets. Dort ist es wunderschön!« Aber die Tonkünstler wollten lieber die neuesten Gerüchte über den Fall austauschen und spukten durch die Flure und Alleen des alten Anwesens.

»Kommt mit!«, forderte Énora die beiden anderen Frauen auf und zog sie mit sich. »Im Gewächshaus lassen sie uns wenigstens in Ruhe.«

»Im Gewächshaus? Bist du sicher?«

Das ängstliche Zögern passte so gar nicht zu Maggie. Doch ihre Enkelin überging diese Anwandlung, und bald darauf fanden sie sich unter der Glaskuppel wieder, wo sie vor herumpatrouillierenden Ohren und Blicken geschützt waren.

Die Jüngste im Bunde kramte ihr Tablet mit dem letzten Video hervor, das »Constant« am Abend zuvor mit seinem elektronischen Auge aufgenommen hatte. Aber man sah nur eine leere Bar und einen leeren Gemeinschaftsraum. Sophie saß hinter dem Tresen und langweilte sich, weil sie keine Gäste zu bedienen hatte.

»Toll, deine Spy-Cam«, ärgerte sich Maggie. »Sie hat eine Bar gefilmt, in der niemand auszuspionieren war!«

»Warte doch und hör vor allem zu!«

Aus dem Off, wahrscheinlich hinter dem Rücken der Wachspuppe, waren zwei Männerstimmen zu hören. Sie sprachen leise miteinander, aber bei aufgedrehtem Ton deutlich genug, um dem Inhalt der Diskussion folgen zu können.

»Klingt wie Yann Guesnet, oder?«, überlegte Louise.

»Ja. Und Loïc.«

»*Fuck me Jesus*! Haltet die Klappe! Bei eurem Gequatsche hört man ja nichts.«

Ohne auf die Beleidigung einzugehen, spulte Énora das Video wieder zum Anfang zurück, und dieses Mal konnten sie das Gespräch schon vom ersten Wortwechsel an verfolgen. Nicht alles war zu verstehen, plötzlich jedoch wurde einer der beiden lauter: »Verdammt! Aber ich musste mir doch etwas einfallen lassen! Ich konnte einfach nicht zulassen, dass die Polizei bis zu ihr vordringt, ich musste doch etwas machen!«

»War das der Junge?«, fragte Maggie besorgt.

»Ja, das ist zweifellos Loïc«, bestätigte Louise.

»Glaubt ihr, er weiß, dass wir ihn im Visier haben?«

»Gut möglich. Julie hat wohl gepetzt und ihm von unserem kleinen Besuch am Schwimmbad in Lancieux berichtet.«

Ein Besuch, der zur Flucht des jungen Mädchens geführt hatte – das hatten sie nicht vergessen.

»Er scheint zu spüren, dass sich die Schlinge um ihn und seine Komplizen zuzieht«, spekulierte Énora. »Das würde erklären, warum er dich an Guilloux verpfeifen wollte, Granny.«

»*That's right*. Aber wenn du genau hinhörst, drückt er sich nicht so aus, wie ein Mörder es tun würde. Er sagte ›bis zu ihr vordringt‹, nicht etwa ›bis zu mir zurückverfolgt‹.«

Alle drei schwiegen nachdenklich. Die Sonne stand im Zenit und traf das Gewächshaus mit voller Wucht. Unter den zerbrochenen Glasscheiben war es sehr heiß. Schweißtropfen standen ihnen auf der Stirn. Oder waren diese eine Folge ihrer Angst?

»Wen meint er wohl mit ›ihr‹?«, überlegte Maggie.

»Gute Frage ... Auf jeden Fall muss es sich um eine Frau handeln«, dachte Louise laut. Sie klang beunruhigt.

»Aber wer? Solène? Arwen? Ein anderes Mitglied des BBB?«

»Arwen? Das glaube ich nicht«, entschied Maggie.

»Und warum nicht?«, rief Louise. »Noch steht nicht fest, dass sie am Abend des 6. nicht in Saint-Malo war. In Guilloux' Protokollen steht nichts von einer Ortung ihres Telefons.«

»Ich weiß nicht recht ... Wenn du so süß wärst wie diese niedliche Maus, würdest du dann einen alten Bock wie Paul umbringen, nur weil er dich abserviert? Sie kriegt doch locker jeden, den sie haben will. Le Tohic wollte sie nicht mehr? *Big Deal, Bill!*«

Sie sprach mit einem Hauch Nostalgie. Auch sie selbst, in jungen Jahren ...

»Aber das ist es ja gerade«, mischte sich Énora ein. »Wenn du jeden haben kannst, muss es doch umso kränkender sein, wenn du von einem alten Knacker geschasst wirst. Verletzter weiblicher Stolz. Das Bedürfnis nach Rache.«

»Hm ... Als Motiv erscheint mir das etwas dünn. Was hingegen Solène angeht ...«

Maggie erzählte ihnen, was sie am Morgen über Pauls Herzschwäche herausgefunden hatte, kurz bevor sie an der Plage du Môle festgesetzt worden war.

»Gut«, sagte Louise. »Aber du hast uns gerade selbst erzählt, dass Paul alles getan hat, um seine Herzprobleme vor seiner Frau zu verbergen.«

»*Who knows* … Vielleicht hat das nicht so gut geklappt, wie er gehofft hatte. *Maybe* hat Solène Pauls Mails durchforstet, um mehr über seine Geliebten zu erfahren …«

»… Und *maybe* ist sie dabei auf seine Arztberichte gestoßen!«, schloss Énora an ihrer Stelle.

Da Solène bereits ein starkes Motiv hatte – einen untreuen Ehemann abzustrafen, der sie und ihre Tochter verlassen wollte –, wäre sie so vielleicht auf eine unverfängliche Möglichkeit gestoßen, das in die Tat umzusetzen: einen Herzstillstand herbeizuführen.

Dazu hätte ihr nur noch die passende Gelegenheit gefehlt …

»Okay, mal angenommen, es war so. Das würde aber nicht die Rolle von Loïc und Yann in dieser Sache erklären … und auch nicht die von Julie. Vergesst nicht, dass sie in der Mordnacht bei ihrer Mutter in Saint-Malo war.«

»Das stimmt«, stimmte Maggie zu. »Auch wenn ich bei Yann eine gewisse Vermutung habe.«

»Nämlich?«

»Nun, für wen würdest du angesichts all dieser Verfehlungen und Ausrutscher wohl die Augen verschließen – wenn nicht für deinen Liebhaber?«

»Yann und Solène? Ernsthaft?«

»Unwahrscheinlich«, mischte Nono sich ein. »Niemand im Bagad hat von Nähe zwischen den beiden gesprochen. Nach allem, was Alain uns über die abgebrochene Probe im Palais du Grand Large erzählt hat, ist sogar das Gegenteil der Fall. Sie hat ihn vor versammelter Mannschaft geohrfeigt!«

»Das beweist doch gar nichts. Vielleicht sind sie einfach nur diskreter und klüger als Paul mit seinen *bloody* Geliebten. Und *maybe* haben sie sich absichtlich vor Zeugen gestritten, um Spuren zu verwischen.«

Solène und Yann, die teuflischen Liebenden? Das klang sehr nach L. T. Meade.

34

9. Juli, Saint-Malo, Manoir des Corrigan, Pferdebecken, 13:45 Uhr

Für einen möglichen Komplizen in einem Mordfall zeigte sich Yann Guesnet wenig nervös. Er lag im duftenden Gras in der Nähe des Wasserbeckens für Pferde am Rande des Parks und nippte lässig und mit halb geschlossenen Augen an seiner Bierflasche. Drei, vier leere Flaschenleichen um ihn herum zeigten deutlich, dass dieses Bier nicht sein erstes Opfer war.

»*Kaoc'h!* Sie haben mich zu Tode erschreckt!«, rief er, als die drei Frauen sich vor ihm aufbauten.

»Aber, aber, wir dürfen doch sicher noch in *unserem* Garten spazieren gehen.«

Maggie hatte die Idee zu diesem Hinterhalt gehabt.

»Ich glaube, es ist *high time*, dass wir uns mal mit Freund Yann unterhalten«, hatte sie beim Verlassen des Gewächshauses in ihrem üblichen Volapük mit Fraggie-Soße gerufen.

Nun umzingelten die Corrigans den kleinen kahlköpfigen Mann. Er wurde ebenso schnell wieder nüchtern wie auf dem ersten Video und erhob sich, als wollte er sich ihnen entgegenstellen.

»Ich habe nichts Gegenteiliges behauptet!«, verteidigte er sich.

»Und was sagen Sie *dazu?*«, erkundigte sich Énora und spielte ihm das belastende Video vor.

»Aber ich musste mir doch etwas einfallen lassen! Ich konnte einfach nicht zulassen, dass die Polizei bis zu ihr vordringt, ich musste doch etwas machen!«, hörte man Loïcs Stimme. Und dann die von Yann, der antwortete: »Es gibt keinen Grund, hektisch zu werden. Von jetzt an hältst du die Füße still. Du bewegst dich nicht mehr von der Stelle, kapiert?«

»Ich ... ich bin Ihnen keine Rechenschaft schuldig«, stotterte Guesnet.

Er war bereits ein paar Schritte in Richtung des hufeisenförmigen Beckens zurückgewichen. Die jüngsten Regengüsse hatten es zu zwei Dritteln aufgefüllt, das trübe Wasser war mit Laub durchsetzt und gammelte vor sich hin.

»Wer ist diese ›sie‹, von der Loïc spricht?«

»Niemand! Wirklich, niemand!«

Ihren Gehstock wie eine Waffe schwingend, trat Maggie, gefolgt von ihrer Leibgarde, bedrohlich auf ihn zu.

»Wollen Sie uns weismachen, dass weder Sie noch Loïc wissen, wer Paul getötet hat?«, schimpfte sie.

Die Absätze des Penn-Soners hatten den steinernen Rand des Beckens erreicht. Noch ein Schritt, und er würde in das stinkende Wasser fallen. Sein Gesicht war von Panik gezeichnet. Zwar wirkte er längst völlig nüchtern, dennoch torkelte er wie ein Betrunkener. Seine Angst vor einem Sturz war offensichtlich.

»Es geht um Solène!«, rief er.

»Solène hat ihren Mann umgebracht?«

Wie von der Frage getroffen, kippte Yann rückwärts in Richtung Becken. Reflexartig hielt Maggie ihm ihren Gehstock hin, an dem er sich in letzter Sekunde festhalten konnte.

Als er wieder mit beiden Beinen auf dem Beckenrand aus Granit stand, flüsterte er:

»Nein, davon weiß ich nichts ... Sie haben mich gefragt, von wem Loïc gesprochen hat. Es war Solène, die er vor den Bullen beschützen wollte.«

»Und nicht vielleicht Sie?«, drängte Maggie.

»Auf keinen Fall! Nicht nach dem, was sie mir angetan hat!«

Die Theorie von den teuflischen Liebenden zerplatzte in der Sommerluft wie eine Seifenblase.

»Was meinen Sie damit?«

»Nichts, gar nichts ...«

Maggie hob den Knauf ihres Gehstocks genau über seinen kahlen Schädel. Der Rettungsanker wurde zum Damoklesschwert. Guesnet zitterte wie Espenlaub und war kurz davor, noch einmal nach hinten zu kippen. Schließlich platzte er hervor:

»Sie hat mich gezwungen, die Konten des BBB zu plündern. So! Sind Sie jetzt zufrieden?«

»Was?«, rief das Trio im Chor.

»Moment mal, behaupten Sie etwa gerade, dass Solène Sie angestiftet hat, die Kasse zu plündern?«

»Nein, das habe ich ganz gut ohne sie geschafft ... Aber als sie es herausgefunden hat, hat sie es den anderen Mitgliedern des Bagad nicht verraten, sondern mich stattdessen erpresst: Entweder ich sorge dafür, dass der Verein weiterhin zahlungsunfähig bleibt, oder sie erzählt es ihnen.«

»Vor allen Dingen Paul, vermute ich.«

»Sie vermuten richtig. Nur dass er nach der Absage unserer Teilnahme am FIL ganz von allein darauf gekommen ist.«

Das erklärte die Hartnäckigkeit, mit der Solène Le Tohic Yanns Verfehlungen deckte. Nein, sie hatte nicht aus Schwäche oder Barmherzigkeit gehandelt. Weit davon entfernt, beide Augen zuzudrücken, wie die Breizh Brigade zunächst angenommen hatte, hatte Solène die ungünstigen Neigungen des Penn-Soners instrumentalisiert, um den Traum ihres Mannes von Ruhm und Unabhängigkeit zu hintertreiben.

Alles, was Louise auf Alains Computer entdeckt hatte, ergab plötzlich Sinn.

»Aber Solènes Manöver haben offenbar nicht ausgereicht, Paul davon zu überzeugen, bei ihr zu bleiben?«, fragte sie.

»Offenbar nicht ... Allerdings hatte er schon lange von Schottland gesprochen. Das Einzige, was sich in den letzten Monaten geändert hat, war, dass er allein gehen wollte.«

Ohne Frau und Kind. Sie hatten bei seinen Unterlagen nur ein einziges Ticket von Nantes nach Edinburgh gefunden. Paul wollte sich nicht einfach nur eine weitere Auszeit gönnen. Er wollte für immer die Segel streichen, so wie Tausende Aussteiger, die jedes Jahr aus freiem Willen verschwanden.

»Glauben Sie, dass Solène so weit gegangen wäre, ihn für diesen Rückzug zu bestrafen?«

»Keine Ahnung... Weiß man jemals, was im Kopf und im Herzen einer verschmähten Frau vor sich geht?«

»Aber dieser Streit zwischen Ihnen und ihr neulich im Palais du Grand Large ... was sollte das? War der nur gespielt?«

»Ja. Ich nehme an, sie wollte einen eventuellen Verdacht aus dem Weg räumen und ihre Rolle als untröstliche Witwe voll ausspielen.«

Die Frauen der Breizh Brigade schwiegen verblüfft. Sie brauchten eine Weile, um diese Flut von Informationen zu verarbeiten. Der wilde Flug einer gerade flüggen Silbermöwe über ihren Köpfen zog ihre Aufmerksamkeit auf sich. Yann nutzte den Moment der Ruhe, um einige Schritte mehr zwischen sich und das Becken zu bringen.

Hatten sie in Solène Le Tohic tatsächlich die Schuldige gefunden? Es gab allerdings ein paar Details, die nicht passten. Zum Beispiel die (unnötige) SM-Inszenierung oder die Kraft, die es gebraucht hatte, um Paul die Dudelsackpfeife in den Hals zu stecken (eine Kraft, die der eher zarten Schatzmeisterin des BBB augenscheinlich fehlte).

»Apropos Komödie ...«, begann Énora erneut. »Was ist das für ein Trick mit dem Alkohol? Wie schaffen Sie es, so schnell wieder nüchtern zu werden?«

»Ach so, das ... Haben Sie schon mal was von Aldehyd-Dehydrogenasen in der Leber gehört?«

»Äh, nein. Was ist das?«

»Das sind Enzyme, die die Aufnahme von Alkohol im Blut steuern. Asiaten haben von Natur aus nur sehr wenige davon, weshalb sie alkoholische Getränke nur schlecht vertragen. Bei mir ist es genau umgekehrt. Ich habe vier- oder fünfmal so viele wie der durchschnittliche Bürger der westlichen Welt.«

So viel zu den Vorurteilen über die Fähigkeit der Bretonen, Alkoholexzesse zu verkraften.

»*Holy shit!* Haben Sie ein Glück!«, rief Maggie.

»Nicht wirklich ... Ich vertrage nicht nur mehr Alkohol als der Durchschnitt, sondern werde auch viel schneller wieder nüchtern.«

Das bewies die erstaunliche Szene von der rasanten Erholung, die Constants elektronische Augen auf dem ersten Video verewigt hatten.

»Was die moralische Seite betrifft«, fuhr Yann müde fort, »habe ich nicht die gleichen Schutzmechanismen wie die meisten Menschen. Ich kann nicht erkennen, ob ich Grenzen überschreite oder meine Gesundheit schädige. Und glauben Sie mir, ich schädige sie ununterbrochen!«

Voller Selbstmitleid berichtete er ihnen von seinen unzähligen Versuchen, vom Alkohol loszukommen.

»Aber die Kuren kosten ein Vermögen und werden kaum von der Kasse übernommen. Um sie zu finanzieren, habe ich angefangen, Geld vom Konto des Vereins abzuheben ... Und dann, Sie wissen vielleicht, wie schnell das geht, lief es aus dem Ruder. Ich habe immer mehr Geld genommen. Und nicht mehr nur für meine Entziehungskuren.«

»Haben Sie zufällig auch irgendwelche Enzyme für Ehrlichkeit?«, spöttelte Louise.

Guesnet zuckte verärgert mit den Schultern.

»Apropos Gesundheit ... Wussten Sie von Pauls Herzproblemen?«

»Herzprobleme? Paul?«

Er schien ehrlich überrascht zu sein. Wie ein Mensch, der etwas zum ersten Mal hört.

»Nein«, fuhr er fort. »Aber ich wusste von seinem Problem mit Chlor.«

»Was für ein Problem?«

»Paul war allergisch gegen Chlor. Eine richtig ausgeprägte Allergie, nicht nur eine kleine Unverträglichkeit.«

»Sie meinen ...?«

»Dass ein über den Normalwert hinausgehender Chlorgehalt, zum Beispiel im Leitungswasser, für ihn hätte tödlich sein können«, unterbrach er Maggie. »Aber ich bin ziemlich sicher, dass er so gut wie nie Leitungswasser getrunken hat.«

Maggie fiel sofort auf, dass Ludovic diese Besonderheit nicht erwähnt hatte. Aber ihr ehemaliger Arzt-Geliebter hatte schließlich auch nur ihre Fragen zu den Herzproblemen von

Paul Le Tohic beantwortet. Er hatte ihr nicht die gesamte Krankenakte des Dudelsackspielers enthüllt.

»Sprach er offen über diese Allergie?«, erkundigte sich Louise. »Wussten viele Leute davon?«

»Soweit mir bekannt ist, wusste nur seine Familie davon.«

»Und wie haben Sie davon erfahren?«

»Paul machte gern Witze darüber, dass er ein sehr schlechter Schwimmer war. Dass sein Vater es ihm als Kind nicht beigebracht hatte. Das gilt übrigens auch für mich. Wie überhaupt für viele Kinder von Seemännern.«

Plötzlich konnten sie die panische Angst ihres Gesprächspartners vor dem Pferdebecken besser verstehen.

Sie erinnerten sich auch an den Turm aus Mineralwasserpackungen in der Küche der Familie Le Tohic.

»Aber eines Tages«, fuhr Guesnet fort, »sah ich ihn am großen Strand von Dinard kraulen, um einen Jungen vor dem Ertrinken zu retten. Mir wurde klar, dass seine Abneigung gegen das Schwimmbad nichts mit seinen angeblichen Schwimmschwierigkeiten zu tun hatte. Ich fragte Solène danach, und sie erzählte mir die ganze Geschichte. Ich musste aber schwören, mit niemandem darüber zu sprechen.«

»Schämte er sich deswegen?«

»Nicht wegen der Allergie an sich, sondern wegen seines Ansehens in den Augen anderer. Paul war nicht der Typ, der gern Schwächen zugab, müssen Sie wissen.«

Maggie kam ein Gedanke.

»Dann war das also der Grund, warum er Julie nie beim Schwimmen zugesehen hat? Wegen des Chlors?«

»Ich nehme es an.«

Yann Guesnet schwor hoch und heilig, nicht zu wissen, wo Loïc war – er hatte ihn seit ihrem vertraulichen Gespräch am Abend zuvor in der Bar nicht mehr gesehen.

Die drei Corrigans nahmen ihren Spaziergang im Park wieder auf und stellten weitere Vermutungen an. Die flugunsichere Silbermöwe war mit Müh und Not auf dem Wipfel eines Kirschbaums gelandet.

»Apropos Chlorgehalt im Leitungswasser, fällt euch dazu etwas ein?«, warf Louise ein.

»Oh ja! Jacques hat mir zu dem Thema geradezu ein Ohr abgekaut.«

»Es stand vor zwei Tagen auf der Titelseite von Le Pays malouin.«

»Moment mal«, sagte Énora. »Wollt ihr etwa behaupten, dass Pauls Tod lediglich ein Unfall war? Dass er nur gestorben ist, weil das Wasserwerk von Saint-Malo auf die blöde Idee gekommen ist, dem Leitungswasser jetzt mehr Chlor zuzufügen? Und was ist mit dem Dudelsack in seiner Kehle? Und mit dem BDSM-Arrangement?«

»Picture this«, schlug Maggie vor. »Nachdem ich ihm eine Abfuhr erteilt habe, empfängt Paul seine derzeitige Geliebte in seinem Zimmer zu einem ... sagen wir mal *spicy* erotischen Spiel. Er bekommt Durst. Und weil seine Hände bereits auf dem Rücken gefesselt sind, gibt ihm seine Spielgefährtin ein Glas Leitungswasser zu trinken. Mit der erhöhten Menge an Chlor.«

»Warum hätte sie das tun sollen? Warum nicht ein Plancoët? Das stand doch in seinem Zimmer.«

Sie erinnerten sich gut an die kleine Wasserflasche auf dem Nachttisch, die Loïc Paul nach eigenem Bekunden überreicht hatte. Aber sie wussten nicht, ob sie noch versiegelt gewesen war, als Pauls Leiche gefunden wurde.

»Vielleicht kennen sie sich nicht so gut«, erwiderte Maggie.

»Sie weiß nichts von seiner Allergie. Und aufgedreht, wie Paul in solchen Momenten ist, passt er nicht auf. Er trinkt und erstickt an einem sofort auftretenden, heftigen Angioödem. Das Mädchen gerät in Panik. Schließlich greift sie zum ersten, was ihr in die Hände fällt: dem Dudelsack. Mit der Spielpfeife versucht sie, die Atemwege ihres Liebhabers zu befreien. Kurzum, ein völlig dummer Unfall!«

»Meine Güte, Granny, du hast einfach zu viel Fantasie! Du solltest besser Romane schreiben als ein Gästehaus zu leiten. Und die beiden Fußspuren im Flur und auf der Treppe? Was glaubst du, wo die herkommen?«

»*Well*. Als das *naughty girl* merkt, dass es aus ist, dass Paul tot ist, ruft sie eine Freundin zu Hilfe. Das war's. *Game over*.«

»Warum hat sie nicht stattdessen den Notarzt gerufen?«

»Weil sie gerade, wenn auch aus Versehen, einen nackten alten Mann mit einem Dudelsack in der Speiseröhre getötet hat. Mal ehrlich, wüsstest du an ihrer Stelle, wie du so etwas rechtfertigen solltest? Würdest du nicht einfach abhauen?«

Die rothaarige Énora starrte ihre Großmutter verblüfft an. Nach kurzem Überlegen fuhr sie fort:

»Und welche Rolle spielt dann Loïc in alledem? Glaubst du, dass er die Geliebte kennt? Dass es für ihn wichtig wäre, sie zu decken?«

»Gut möglich. Oder er versucht einfach nur, die Mutter seiner Freundin zu entlasten. Seine zukünftige Schwiegermutter, die, glaubt man Guesnet, ein starkes Motiv hätte. Das wäre doch verständlich, oder?«

Und schließlich, nach einem kurzen Schweigen, fügte Maggie strahlend hinzu:

»*You know what*? Ich glaube, unser Freund, der schöne Kommissar, verdient, dass wir ihm noch einmal ein bisschen unter die Arme greifen.«

35

9. Juli, Saint-Malo, Manoir des Corrigan und Kommissariat in Saint-Malo, 16:00 Uhr

Die Breizh Brigade …

Beim ersten Mal hatte Christophe Guilloux die Bezeichnung nur irgendwie lustig gefunden. Wie eine Art Pennälerscherz, ausgeheckt von Schülern.

Aber eine zweite Mitteilung dieser mysteriösen Gruppierung vorzufinden, noch dazu auf seiner eigenen Fußmatte, amüsierte ihn ganz und gar nicht. Erstens bedeutete es, dass jemand seine Privatadresse und den Code der Tür seines Wohnhauses kannte. Und zweitens bescherte ihm diese Aktion eine gewisse Verwundbarkeit, was er mehr als alles andere hasste. Offenbar arbeiteten gewöhnliche Amateurermittler schneller als er, und er war fast abhängig von den Hinweisen, die sie ihm tröpfchenweise lieferten.

Allerdings musste er zugeben, dass der Inhalt dieser neuen Nachricht – lediglich einige maschinengeschriebene Zeilen – nicht uninteressant war. Die anonymen Informanten gaben ihm darin insbesondere mehrere Hinweise auf Paul Le Tohics

Gesundheitszustand ante mortem: Er hatte an Herzinsuffizienz gelitten und allergisch auf Chlor reagiert. Auch ein Nichtmediziner wusste, dass ein anaphylaktischer Schock zu einem tödlichen Herzstillstand führen konnte, vor allem bei einer Person mit geschwächtem Herzmuskel.

Guilloux nahm das Telefon und wählte die Nummer der Rechtsmedizin in Rennes. Er hoffte inständig, dass der Gerichtsmediziner, der die Obduktion durchgeführt hatte, an diesem Tag Dienst hatte.

#

»Na, das muss ja ein verdammt dringendes Anliegen sein, wenn du mich am helllichten Nachmittag anrufst!«

Jacques Gaillard stand auf der Schwelle zu Maggies Büro. Sein Gesicht zeigte den triumphierenden Ausdruck eines Mannes, der glaubt, (endlich) erwünscht zu sein.

»Immer mit der Ruhe, Cowboy«, herrschte sie ihn an, wobei sie ein Lächeln unterdrückte. »Ich habe es nicht auf deinen Körper abgesehen.«

»Worauf denn dann?«

Mit einer Handbewegung forderte sie ihn auf, hereinzukommen und Platz zu nehmen. Jacques gefiel die Schiffskabinenatmosphäre dieses Raumes mit seinen mahagonigetäfelten Wänden. Ehrlich gesagt hätte er sich gerne selbst am Steuer eines solchen Schiffes gesehen.

Maggie Gaillard, das klang doch gut, oder?

»In deinem Job«, begann Maggie ohne Umschweife, »hast du doch ziemlich oft Chlor verwendet. Ist das richtig?«

»Ja, natürlich. Am Ende des Vorgangs zur Trinkwasseraufbereitung. Es ist der allerletzte Schritt zur Beseitigung eventuell verbliebener Viren und Bakterien. Warum fragst du?«

»*Well* … Angenommen, ich hätte einen Freund, der allergisch gegen Chlor ist.«

»Wer ist dieser Freund?«

»Ist doch egal. Konzentrier dich bitte. Es geht also um einen Typen, der allergisch auf Chlor reagiert. Wirklich extrem allergisch. Welche Möglichkeiten hat er, Chlor in seiner Nähe zu erkennen? Wie könnte er sich vor einem Kontakt schützen?«

»Ganz einfach: Das kommt auf die Umgebung an, in der sich das Chlor befindet.«

»Auf die ›Umgebung‹?«

»Ja. Ob du es glaubst oder nicht, aber Chlor an sich ist eine völlig geruchlose Substanz. Egal, ob in festem oder flüssigem Zustand. Nur im Kontakt mit bestimmten chemischen Stoffen, beispielsweise Wasser, bilden sich organische Verbindungen namens Chloramine. Erst die entwickeln den sogenannten ›Chlorgeruch‹, der typisch ist für öffentliche Schwimmbäder und den jeder kennt.«

»Wenn ich dich richtig verstanden habe, wäre reines Chlor, zum Beispiel ganz ohne Wasser, also im Prinzip nicht nachweisbar …«

Der kriminaltechnische Bericht hatte an dem Morgen, als Fanny die Leiche entdeckte, keinen spezifischen Geruch im Zimmer Cézembre in Beauregard erwähnt. Auch Fanny hatte nichts davon gesagt.

»Vom olfaktorischen Standpunkt aus gesehen hast du recht. Ansonsten ist Chlor eine chemische Substanz wie jede andere auch. Es gibt andere Mittel als die Nase, um es nachzuweisen.«

»Welche?«

»Teststreifen, ein Massenspektrometer oder auch ein Elektronenmikroskop für eine genauere Identifizierung.«

Nicht gerade die Art von Instrumenten, die man im Alltag

mit sich herumträgt. Tatsächlich war bei Paul Le Tohic oder in seinem Zimmer nichts dergleichen gefunden worden. Wenn er mit Chlor in Berührung gekommen wäre, hätte der arme Kerl es demnach nicht erkennen können – zumindest nicht, bevor er die ersten Auswirkungen verspürte. Anschwellen des Rachenraums. Blockierte Atemwege. Erstickungssymptome. Herzstillstand.

War der in seinem Hals steckende Dudelsack ein vergeblicher Versuch gewesen, ihn zu retten ... oder hatte sich da jemand bemüht, eine Vergiftung zu vertuschen?

#

»Hallo, hier ist Guilloux aus Saint-Malo. Ich wollte Sie fragen, ob Sie noch Zeit für weitere toxikologische Analysen an Paul Le Tohic haben? Okay, okay, sehr gut. Rufen Sie mich bitte an, sobald das Ergebnis vorliegt. Am besten auf meinem Handy. Ich gebe Ihnen meine Nummer.«

Der Anruf kam nach weniger als einer Stunde. In der Zwischenzeit hatte der Kommissar den Abstecher zum Hôtel de l'Univers gemacht, den er sich schon seit der letzten Anhörung von Solène vorgenommen hatte. Vor Ort hatte ihm ein pakistanischer Küchenjunge bestätigt, dass Solène in der Mordnacht kurz vor Mitternacht abgereist war.

»Ich habe das Telefon vor dem Schlafengehen ausgeschaltet«, hatte sie bei ihrer Vernehmung gesagt.

Sie ist vielleicht schlafen gegangen, aber offensichtlich nicht in ihrem Hotelzimmer, dachte Guilloux.

Es gab keinen Zweifel: Die Witwe hatte ihnen einen gewaltigen Bären aufgebunden.

Wie schon beim ersten Mal, als er zu der Angelegenheit befragt worden war, hütete sich der Küchenjunge, den Besuch der *old lady with a cane* zu erwähnen, berichtete aber von dem jungen blonden Mädchen, das er an der Seite von Madame Le Tohic gesehen hatte. Ihre Tochter, vermutete der Polizist, und nach Aussage von Maggie Corrigan offenbar die Freundin von Loïc dem Trommler.

»Wir haben tatsächlich gefunden, was Sie suchen«, sagte der Gerichtsmediziner am anderen Ende der Leitung.

»Ich höre ...«

Christophe Guilloux ging gerade am Quai Duguay-Trouin entlang, der an das gleichnamige Hafenbecken grenzte. Seit seiner Ankunft in der Stadt hatte er es sich zur Gewohnheit gemacht, die Wege in der Altstadt zu Fuß zurückzulegen. Das Kommissariat in der Polizeiwache lag nur einen Kilometer von den Stadtmauern entfernt.

In einiger Entfernung zeigte das schaumig brodelnde Heckwasser der Joseph Roty II, dem großen Fischtrawler der Compagnie des pêches de Saint-Malo, dass sein Auslaufen unmittelbar bevorstand.

»Wir haben Proben aus den wichtigsten Organen entnommen, in denen sich überschüssiges Chlor aus dem Trinkwasser festsetzen kann: Magen, Nieren usw.«

»Und?«

»Wir haben nichts wirklich Beweiskräftiges gefunden. Der Mann hat wohl nicht oft Leitungswasser getrunken. Auch in der angebrochenen Flasche Plancoët wurde nichts Verdächtiges festgestellt. Aber dafür erwies sich seine Lunge als umso gesprächiger.«

»Die Lunge?«, wunderte sich der Kommissar, vom Laufen leicht außer Atem.

»Ja. Wir haben im gesamten Atmungssystem Chlorablagerungen in beachtlicher Konzentration gefunden. Bis in die Alveolen. Ich muss zugeben, dass ich so etwas noch nie gesehen habe. Nicht einmal bei Personen, die mit solchen Substanzen arbeiten.«

»Könnte das bedeuten, dass er Chlor gesnifft hat?«

»Sieht ganz danach aus. Jeder versucht doch, so viel Spaß wie möglich zu haben, denke ich. Nicht wahr, Monsieur le Commissaire?«

#

Gift ist die Waffe der Frau.

Dies bestätigten unzählige Kriminalromane, die Maggie im Laufe ihres Lebens gelesen hatte. Außerdem erinnerte sie sich an eine BBC-Reportage, in der die Vorgehensweisen in den sechsundsechzig Romanen von Agatha Christie analysiert worden waren und die zu der Feststellung gelangte, dass es in der überwiegenden Mehrheit der Fälle weibliche Mörder waren, die Gift benutzten. Warum? Weil Giftmorde keine körperliche Kraft und keine direkte Konfrontation mit der Leiche erforderten. Mit Gift hielten die Damen alle unangenehmen und lästigen Aspekte auf Distanz, wie in Frank Capras Klassiker *Arsen und Spitzenhäubchen* so schön dargestellt wird.

Eine Waffe, zwei Frauen, korrigierte Maggie sich selbst und dachte an die beiden kleinen Fußspuren auf der Treppe und im Flur.

Zwei Frauen. Von denen eine kräftig genug war, um eine Dudelsackpfeife in den zugeschwollenen Hals des Opfers zu stoßen.

Zwei Frauen. Von denen eine nach der anderen am Tatort eingetroffen war.

Zwei Frauen ... Es sei denn, Loïc mit seinen winzigen Füßen, Loïc mit seiner hohen Statur, Loïc mit seinem offenkundigen Willen, »sie« – seine Komplizin – zu decken, war die trügerische Hälfte des mörderischen Duos.

Aber, ganz egal, ob Mann oder Frau – wer zum Teufel hatte die Idee gehabt, das scheinbar so harmlose Mittel Chlor als Waffe einzusetzen? Wer kannte Paul Le Tohic gut genug, um sich einen so genialen Plan auszudenken?

Allerdings gab es ein Detail an diesem Modell, das störte. Warum wählte man einerseits einen so diskreten Modus Operandi und stellte dann andererseits den nackten und gefesselten Paul mit einem Dudelsack in der Kehle auf derart sonderbare Weise zur Schau? Darin lag ein Widerspruch, den Maggie nicht verstand. Als wären bei der Durchführung des Verbrechens zwei gegensätzliche Tendenzen aufeinandergeprallt.

36

9. Juli, Saint-Malo, Manoir des Corrigan und Place Chateaubriand, 16:35 Uhr

Lange Zeit hatten die drei Corrigans geglaubt, dass es ausreichte, sich zu mögen und sich das große Herrenhaus zu teilen, um (wieder) eine Familie zu werden. Im Zuge ihrer Ermittlungen wurde den Frauen jedoch klar, dass nur das gemeinsame Handeln sie wirklich zusammenschweißte. Dass die Breizh Brigade ohne Zweifel der Kitt war, der ihnen gefehlt hatte.

Obwohl Maggie zumindest vorläufig nicht mehr unter Verdacht stand, dachten sie keine Sekunde daran, ihre Ermittlungen einzustellen. Zum Wetteifer kam nun auch noch der Rausch, eine Lösung des Falles in greifbarer Nähe zu haben.

Nach mehr als zwei Stunden getrennter Suche, in denen jede von ihnen eigenständig recherchierte, trafen sie sich in Maggies Büro.

»Ich habe gerade mit Julies Trainer telefoniert«, sagte Louise.

»Hat er dir seine Handynummer gegeben?«

»Nein«, antwortete sie und errötete. »Ich habe einfach das

Sekretariat des Schwimmvereins in Lancieux kontaktiert und vorgegeben, meine Tochter anmelden zu wollen.«

Die beiden anderen nickten lächelnd. Louise, die Diskrete, Louise, die Zurückhaltende, sie war dabei, sich zu verändern.

»Und? Was hat er gesagt?

»Er sagt, dass die Tochter Le Tohic seit unserem Erscheinen vor dem Schwimmverein nicht mehr aufgetaucht ist, zumindest laut Julies bester Freundin, Sarah Benech. Sie ist weder zu Hause noch auf ihrem Telefon zu erreichen.«

»Vermutlich ist sie bei ihrem Loïc«, spekulierte Énora.

Auch der war, wenn man Yann Guesnet glauben durfte, seit dem Vorabend verschwunden.

»Gut möglich ... aber wo?«

»All right, all right«, setzte Maggie an, ihre Tochter und ihre Enkelin zu motivieren. »Wir werden uns die Aufgaben folgendermaßen aufteilen. Passt auf.«

Das kleine Team wollte zwar demokratisch sein, aber hätte man eine Anführerin bestimmen müssen, wäre dafür natürlich nur eine infrage gekommen.

#

Maggie überließ Énora ausnahmsweise die Schlüssel für ihre Lilybeth, und Énora und Louise machten sich sofort auf den Weg in die Innenstadt. Ziel war das Hôtel de l'Univers. Während ihres nächtlichen Besuchs bei den Le Tohics hatte Nono mit ihrem Handy geistesgegenwärtig ein Porträt von Julie abfotografiert. Es wurde immer wichtiger herauszufinden, ob sie das junge Mädchen war, das sich in der Mordnacht mit Solène in Saint-Malo getroffen hatte.

Der pakistanische Angestellte, den man zu ihnen an die Rezeption des Hotels schickte, schwankte sichtlich zwischen Müdigkeit und Aufregung. Vermutlich war er noch nie in seinem Leben so gefragt gewesen.

»Yes, yes«, nickte er beim Betrachten von Julies Foto. *»As I already told the policeman, this is the girl I saw the other night.«*

»Policeman?«, hakte Louise sofort nach. *»What policeman?«*

Aber der kleine, freundlich lächelnde Mann konnte sie schnell beruhigen: Dem Kommissar, denn um den handelte es sich, hatte er nichts von den anderen Neugierigen erzählt, die sich so sehr für die Ereignisse in dieser besonderen Nacht interessiert hatten.

»Ist Ihnen sonst noch etwas an ihr aufgefallen?«, radebrechte Louise auf Englisch.

»You know, it was dark, I was tired ...«

»Anything?«, beharrte sie.

»Maybe ...«

»Maybe?«

»She looked quite sporty to me. Very large shoulders.«

Mit Gesten beschrieb er einen athletischen Körperbau und breite Schultern, die er selbst nicht besaß.

Ein kräftiges Mädchen, diese Julie. Wahrscheinlich hatte sie genug Kraft, um eine Dudelsackpfeife in eine verkrampfte Kehle zu stoßen.

Die beiden Corrigans sahen sich an und kamen zu demselben Schluss.

»Nothing else you can remember?«

»The opening of her sports bag ... It was loose.«

»Loose?«, stöhnte Louise. »Was bedeutet ›*loose*‹ bei einer Tasche?«

»Ich glaube, es heißt locker. Oder offen, wenn dir das lieber ist.«

Für ihr Telefonat wählte Maggie ihren stärksten irischen Akzent. Und brachte auch ihre beste schauspielerische Leistung. Nachdem sie von einer Abteilung zur nächsten weitergereicht worden war, landete sie endlich bei einer der Verantwortlichen für die Scottish Power Pipe Band in Edinburgh, einem der besten Dudelsackorchester der Welt.

»Als ich letzte Woche mit Monsieur Le Tohic sprach, behauptete er, derzeit kein Engagement zu haben. Nun habe ich gerade erfahren, dass er für die nächste Saison bei Ihnen unterschrieben hat. Sie können sich meine Überraschung sicher vorstellen!«

»Ich verstehe. Welchen Bagad vertreten Sie?«

»Die Baltimore Pipe Band. Aus der Nähe von Cork. Vermutlich kennen Sie sie nicht. Uns gibt es noch nicht sehr lange.«

»Haben Sie versucht, noch einmal direkt mit Paul darüber zu sprechen?«, schlug ihre Gesprächspartnerin am anderen Ende der Leitung vor.

»Natürlich. Aber er reagiert nicht mehr auf meine Anrufe. Deshalb wende ich mich jetzt an Sie.«

»Verstehe. Aber wenn es Sie ›beruhigt‹ ...« Die Anführungszeichen waren deutlich zu hören. »... Der Vertrag, den wir mit Paul Le Tohic geschlossen haben, beinhaltet eine aufschiebende Bedingung. Zum gegenwärtigen Zeitpunkt steht noch nicht fest, ob er tatsächlich im September bei uns anfängt.«

»Wie lautet die Bedingung, bitte?«

»Oh, das ist ganz einfach: Unsere Regeln schreiben vor, dass wir als ersten Spieler nur Musiker einstellen, die mit ihrem Instrument beim FIL den ersten Preis gewonnen haben. In diesem Fall ist das der Dudelsack.«

»Zweimal wurde er Zweiter. Er sagte immer: ›Ich bin der Poulidor des Dudelsacks‹«, hatte Solène bei ihrer ersten Anhörung bei Guilloux über Paul gesagt.

Da der BBB jedoch im August nicht am Festival interceltique teilnehmen würde, gab es für Paul keine Chance auf die begehrte Trophäe. Adieu Schottland …

Aber welchen Grund hätte Solène noch haben können, ihren feigen Ehemann umzubringen? War er nicht ohnehin schon zwangsläufig dazu verurteilt gewesen, bei ihr zu bleiben?

War sie so verrückt (oder verletzt), dass sie den Mann, den sie erfolgreich zum Bleiben gezwungen hatte, trotz allem bestrafen wollte?

#

Sie hatten bereits die kleine Place Vauban zwischen der Place Chateaubriand und der Stadtmauer erreicht, auf dem Weg zu dem Parkplatz, auf dem sie Lilybeth abgestellt hatten, als Énora ihrer Mutter zuflüsterte:

»Auf neun Uhr.«

»Neun Uhr? Es ist gerade mal fünf.«

»Verdammt, Mama, schau mal auf neun Uhr! Also nach links!«

Hundert Meter entfernt stieg die blonde, zerbrechliche Solène in einen kleinen Stadtwagen, der ebenso brandneu war wie der 206 ihres verstorbenen Mannes veraltet.

»Sollte sie nicht bis zum 13. in Saint-Malo bleiben?«

»Es gibt keinen Beweis dafür, dass sie die Stadt verlässt.«

»Aber auch keinen Beweis für das Gegenteil«, entschied Énora.

Mit diesen Worten rannte die Rothaarige auf das violette Auto zu. Sie und Solène waren sich noch nie begegnet. Nicht einmal bei der Probe des Bagad im Gemüsegarten des Gästehauses – da war Nono bei ihren Züchterfreunden gewesen.

»Entschuldigen Sie, Madame ...«

Solène Le Tohic saß bereits hinter dem Lenkrad und wollte gerade die Tür zuschlagen, blickte aber überrascht und ein wenig misstrauisch auf. Louise blieb vorsichtig einige Schritte entfernt stehen, außerhalb des Blickfelds der Fahrerin.

»Ich habe einen Platten«, log Énora mit breitem Lächeln, »aber keinen Ersatzreifen im Kofferraum.«

»Ich leider auch nicht.«

»Klar, natürlich ... Aber könnten Sie mich vielleicht mitnehmen? Ich werde dringend auf einem Bauernhof erwartet. Eine kalbende Kuh. Ich bin Tierärztin.«

Sie zog ihren Veterinärschülerinnenausweis aus der Tasche und hielt Solène das offizielle Plastikkärtchen unter die Nase. Glücklicherweise war das Dokument auf Énoras Familiennamen Le Divellec ausgestellt, den Namen ihres Vaters. Den Namen Corrigan hätte Solène Le Tohic sofort erkannt.

»Na gut«, murmelte sie widerwillig. »Wo müssen Sie denn hin?«

»Auf einen Hof zwischen Dinard und Saint-Briac«, bluffte Énora. »Und Sie?«

»Nach Saint-Briac.«

Kein Zweifel, Madame Le Tohic verstieß gegen die polizeilichen Auflagen. Der Grund für ein solches Delikt musste wirklich zwingend sein.

»Super!«, rief Énora und ging um das Auto herum zur Beifahrerseite.

Kurz bevor sie einstieg, gab sie Louise ein kleines Zeichen, ihnen unauffällig zu folgen.

Auf den ersten Kilometern herrschte eine Stille, die nur von den vergeblichen Versuchen der Anhalterin unterbrochen wurde, ihre barmherzige Samariterin aufzuheitern. Nach einigen unappetitlichen Details über das Kalben und andere Plattitüden bat Énora die Fahrerin um Erlaubnis, die Konsole des Armaturenbretts benutzen zu dürfen.

»Haben Sie ein Navi? Ich war noch nie auf diesem Hof und kenne den Weg nicht.«

»Ja, ich habe ein Navi. Aber haben Sie nicht auch eins auf Ihrem Handy?«

»Leider ist der Akku leer«, argumentierte die Beifahrerin. »Deshalb brauche ich doch Hilfe. Nochmals vielen Dank, ja?«

»Gern geschehen«, erwiderte Solène eisig.

Am Ortsausgang von Saint-Malo, genau an der Abzweigung zum Rance-Staudamm, tat Énora so, als gäbe sie die gewünschte Adresse ein. Glücklicherweise erinnerte sie sich an einen Bauernhof in der Gegend.

»Alles in Ordnung? Haben Sie den Hof gefunden?«, fragte Solène mit einem misstrauischen Seitenblick auf den Bildschirm.

»Vermutlich. Ich kenne mich mit diesem Modell nur nicht so sehr aus. Mein Auto ist längst nicht so modern wie Ihres.«

Sie erzählte weiter mehr oder weniger erfundene Anekdoten, um die Fahrerin abzulenken, deren Aufmerksamkeit an diesem sommerlichen Spätnachmittag durch den dichten Verkehr bereits stark beansprucht war. In dieser Zeit des Jahres war die Strecke von Saint-Malo nach Dinard eine der meistbefahrenen Strecken der Region, verband sie doch Badeorte wie Saint-Lunaire oder Saint-Jacut.

Den Blick auf die Straße gerichtet zu halten und dabei die Frau zu beobachten, die nur einen Meter von ihr entfernt saß, war nicht ganz einfach. Als Énora schließlich das Menü des Navis verließ, spürte sie Solènes Blick förmlich auf ihrer linken Gesichtshälfte. Hatte die Frau sie durchschaut? Hatte sie den wahren Grund für ihre Anwesenheit in ihrem Auto erkannt?

Also rief sie vorsichtshalber:

»Da ist es! Die nächste rechts. Sie können mich hier rauslassen. Von hier sind es höchstens noch dreihundert Meter. Den Umweg können Sie sich sparen.«

Kommentarlos hielt Solène an. Die schräg stehende Sonne tauchte ihre eingefallenen Züge in ein weiches, engelhaftes Licht.

Énora bedankte sich herzlich und vollendete ihre Lüge, indem sie zu Fuß in die unbekannte Straße marschierte. Sich nicht umzudrehen und nicht einmal einen Blick über die Schulter zu werfen verlangte ihr eine Selbstbeherrschung ab, die sie vor ein paar Tagen noch für unmöglich gehalten hätte.

Ein lautes Hupen hinter ihr ließ sie fast Stolpern.

Lilybeth hielt neben ihr, und durch das halb geöffnete Fenster sah sie die heitere Miene ihrer Mutter, die sofort nach einem Bericht verlangte:

»Und?«

»Ich kann dir nicht garantieren, dass sie am Steuer gesessen hat«, berichtete Énora, nachdem sie sich wieder gefangen hatte. »Aber sicher ist, dass ihr Auto am Abend des 6. Juli tatsächlich vom Parkplatz Vauban nach Saint-Étienne gefahren ist. Um 21.22 Uhr hat der Wagen auf einem Grünstreifen am Feldrand geparkt, etwa 200 Meter von Beauregard entfernt, also gerade mal zwei Minuten, nachdem Maggie Paul und die Dependance des Repaire des corsaires verlassen hatte. Genau im Zeitfenster der Tat.«

»Donnerwetter ...«, seufzte Louise. »Du warst gerade mit einer Mörderin unterwegs!«

37

9. Juli, Saint-Briac-sur-Mer, Haus der Familie Benech, 17:10 Uhr

»Sie ist nicht plötzlich zusammengebrochen, das nicht ... Es war eher ein langsamer Abgang.«

»Du meinst, ein Abstieg?«

»Ja genau.«

Die fünfzehnjährige Sarah Benech hatte ihnen fünf Minuten zuvor die Tür geöffnet, leicht überrascht über den Besuch dieses seltsamen Trios: eine fast noch junge, eine fast schon alte und eine sehr alte Frau. Die Älteste hatte mit ihrem flinken Mundwerk so lange auf das junge Mädchen eingeredet, bis es die Frauen einließ, obwohl seine Eltern nicht da waren.

Das Haus war eines dieser immer gleich aussehenden Gebäude, wie es sie in jeder Wohnsiedlung in Frankreich gibt. Während jedoch das Haus der Le Tohics Depressionen auszuschwitzen schien, herrschte bei den Benechs pures Glück, wie die zahlreichen Familienfotos im Flur belegten. Disneyland, Costa Brava, der Strand von Lancieux ... Lächelnde Gesichter und eine Liebe, die ehrlich wirkte.

»Glaubst du, dass das mit ihrer Beziehung zu Loïc zusammenhängt?«

»Loïc?! Ganz sicher nicht … Ich würde fast sagen ›im Gegenteil‹. Ohne ihn hätte sie nicht so lang durchgehalten.«

»Sind sie sehr verliebt?«

»Ob sie verliebt sind, weiß ich nicht, aber auf jeden Fall super symbiotisch«, sagte sie und schien ziemlich stolz darauf zu sein, einen so gehobenen Begriff verwendet zu haben. »Sie amüsieren sich über Lolos Zwergenfüße, tauschen aus Spaß die Schuhe und so weiter.«

Sieh mal einer an, getauschte Schuhe, dachte Maggie.

Beim Verlassen des Taxis, das sie nach Saint-Briac gebracht hatte, hatte sie zunächst eine düstere Miene zur Schau getragen, die nicht zu ihr passte. Den anderen gegenüber sagte sie lediglich, dass sie mittlerweile an Solènes Schuld zweifelte. Dann hatten die drei Corrigans bei der Nummer geklingelt, die sie in der elektronischen Version des Telefonbuchs gefunden hatten – überraschenderweise ließen sich einige Leute immer noch dort eintragen.

Das Mädchen an der Tür war ebenso athletisch gebaut wie Julie, wirkte aber zufriedener. Man spürte instinktiv, dass ihr Leben nicht nur aus einer langen Reihe von Enttäuschungen bestand.

»Gut, wenn Loïc nicht Julies Problem ist, was ist es dann? Oder wer ist es?«

»Paul«, antwortete Sarah ohne zu zögern.

Sie schien allerdings nicht bereit, mehr zu verraten. Als wäre in diesem einen Vornamen das ganze Drama ihrer Freundin enthalten.

»Willst du damit sagen, dass Paul …?«

»Nein! Nein!«, beeilte Sarah sich, das Unbehagen zu zerstreuen. Dabei wedelte sie mit beiden Händen, um den abscheulichen Verdacht zu verdrängen. »Nicht, was Sie denken. Außer …«

»Außer was?«

»Wenn Sie Paul kennen, dann wissen Sie sicher, dass er verdammt heiß war auf …« Sie unterbrach sich. »Er baggerte gern Frauen an und stürzte sich auf jedes halbwegs hübsche weibliche Wesen, ohne Rücksicht auf ihr Alter.«

Maggie quittierte die letzte Bemerkung mit einem doppelten Lidschlag, als fühlte sie sich nicht angesprochen.

»Aber er ging nicht so weit, das bei seiner eigenen Tochter zu versuchen, richtig?«

»Sicher nicht. Das hätte Julie mir gesagt. Bestimmt.«

»Aber was stimmte dann nicht zwischen ihnen?«

»Ich kenne keine Einzelheiten. Julie schaltet immer auf stur, wenn ich das Thema anspreche.«

»Aber irgendwas hast du doch sicher mitbekommen«, ermutigte Énora sie.

Sarah zögerte, dann holte sie tief Luft:

»Ich glaube einfach, sie war es leid, mit anzusehen, wie er ihrer Mutter Hörner aufsetzte.«

»Du meinst, er hat sie betrogen, richtig?«

»Ja«, seufzte das Mädchen. »Ich muss sagen, er hat es kaum versteckt. Hier im Kaff weiß jeder Bescheid. Julie litt darunter, wie er Solène demütigte.«

»Wie lange hatte sie schon daran zu knabbern?«

»Ich weiß es nicht genau. Vielleicht ein halbes Jahr, vielleicht auch schon länger. Auf jeden Fall kann ich Ihnen versichern, dass es sie geradezu aufgefressen hat.«

»In den letzten sechs Monaten ist sie bei jedem Wettbewerb, an dem sie teilgenommen hat, auf dem letzten Platz gelandet«, hatte der Trainer der beiden jungen Frauen ihnen am Abend zuvor berichtet.

»Als Paul irgendwann anfing, mit dieser Maus abzuhängen, diesem Mädchen aus dem Bagad, hat das Julie anscheinend die Augen geöffnet«, fuhr Sarah fort.

»Arwen?«

»Ja, genau, Arwen. Eine ziemliche Nutte.«

Die drei Corrigans blickten betrübt drein.

»Weiß Loïc, was in Julie vorging?«

»Ich glaube nicht. Wie ich Julie kenne, würde es mich wundern, wenn sie ihm direkt davon erzählt hätte. Aber Loïc ist nicht dumm. Er muss geahnt haben, dass irgendetwas ihr große Sorgen bereitete.«

Angesichts des Zusammenstoßes zwischen dem Dudelsackspieler und dem jungen Trommler am Ausgang des Schwimmbads konnte man davon ausgehen, dass Loïc tatsächlich mehr als nur eine Vermutung gehabt hatte. Als Mitglied des Bagad hatte er sozusagen in der ersten Reihe gesessen, als Paul vor den Augen seiner Musikerkollegen seine Affäre auslebte, ohne es zu verstecken.

Das kleine, gepflegte Wohnzimmer war erfüllt von bleierner Stille. Schnurgerade aufgereihte Sofakissen. Ein makelloser Couchtisch. Kein Vergleich zu der Unordnung, die bei den Le Tohics geherrscht hatte.

Énora, deren Blick durch das Fenster zu entfliehen versuchte, hatten die Enthüllungen ihrer Gastgeberin offenbar am tiefsten getroffen. In dem Jahr, in dem sie zehn Jahre alt geworden war, hatte sie herausgefunden, dass Alain nicht ihr leiblicher Vater war, denn unter Louises Unterlagen fand sich ein Dokument, das seine chronische Unfruchtbarkeit belegte. Seither bedauerte sie oft, dass sie ihren tatsächlichen Vater nicht kannte.

Trotzdem fand sie, dass es besser war, gar keinen Vater zu

haben, als einen solchen Bastard. Außerdem war Alain all die Jahre hindurch so liebevoll und aufmerksam gewesen, dass er sich als vorbildlicher Stellvertreter erwiesen hatte. Der falsche Vater zwar, aber vermutlich besser als das Original.

»Glaubst du, dass Julie so weit gegangen wäre, sich für das, was Paul ihrer Mutter angetan hat, zu rächen?«

»Sich zu rächen?«

»Du hast mich sehr gut verstanden.«

»Ihn zu töten?«, rief Sarah empört. »Nein, Sie sind doch krank! Nie im Leben! Julie ist nicht so!«

»Wir haben einen Beweis dafür, dass Julie in der Mordnacht in Saint-Malo war«, sagte Louise.

»Sie haben doch nicht alle Tassen im Schrank! In dieser Nacht hat Julie bei mir zu Hause geschlafen! Wir sind sogar erst super spät aufgestanden. Fragen Sie doch meine Eltern. Wir haben erst gefrühstückt, als sie schon beim Mittagessen saßen.«

»Gut, aber um welche Uhrzeit ist sie hier bei dir eingetroffen?«

»Keine Ahnung ...«, wich Sarah aus und runzelte ihre gezupften Augenbrauen.

»Ziemlich spät? Erst nach Mitternacht, richtig?«

»Ja, so um den Dreh. Aber das macht doch keinen Unterschied ...«

Im Gegenteil, das änderte alles. Es verschaffte Julie nicht nur genügend Zeit, am Abend einen Abstecher ins Beauregard zu machen, sondern auch, um mit ihrer Mutter wieder nach Saint-Briac zu fahren, irgendwann gegen Mitternacht, wie es der pakistanische Angestellte im Hôtel de l'Univers zweimal bestätigt hatte. Wenn Sarah versucht hatte, ihre Freundin zu decken, war ihr das nicht gelungen. Letztendlich war der Gehalt von Julies Alibi für die Mordnacht so leer wie ein bretonischer Strand mitten im Winter.

Doch anstatt auf diesem Punkt zu beharren, entschied sich Maggie dafür, andere Aspekte anzusprechen. Zum Beispiel die Waffe …

»Wusste Julie, dass Paul Le Tohic allergisch gegen Chlor war?«

»Ja …«

»Du wusstest es also auch, nehme ich an?«

»Nachdem ich es herausgefunden hatte, musste ich ihr schwören, niemandem davon zu erzählen. Ich glaube, sie wollte damals vor allem verhindern, dass es bekannt wird.«

»Wieso?«

»Um sich nicht zu blamieren.«

»Wann war das?«

»Oh je, das ist lange her. Wir waren vielleicht elf oder zwölf.«

Also vor kaum mehr als drei oder vier Jahren. Aber die Zeitrechnung einer Heranwachsenden unterschied sich von der eines Erwachsenen, das war ihnen klar. Eine Stunde zählte wie Tage, und ein Jahr wie Jahrzehnte.

»Und wie hast du es herausgefunden?«

»Das war beim einzigen Mal, als er ihr beim Schwimmen zugesehen hat. Ich glaube, Solène hatte darauf bestanden.«

»Was ist passiert?«

»Er wäre beinah draufgegangen! Kaum hatte er sich auf die Tribüne am Beckenrand gesetzt, wurde er ganz rot und bekam überall Flecken … Sein Gesicht und sein Hals wurden dreimal so dick …«

Pauls Allergie war also so stark, dass einfache Chloramindünste ihn fast getötet hätten.

»War niemand sonst dabei?«

»Nein, wir waren viel zu früh beim Training. Die Hausmeisterin hat uns die Tür aufgeschlossen, ich glaube, danach ist sie gleich wieder nach Hause gegangen. Als unser Coach und die anderen Mädchen ankamen, war Paul bereits mit dem Krankenwagen abtransportiert worden.«

Als die Breizh Brigade das Haus der Benechs verließ, besprachen sie kurz, ob sie sofort zum Gästehaus zurückkehren oder am nächstgelegenen Strand eine improvisierte Beratung abhalten sollten. Ein bisschen Seeluft wäre genau richtig, um die abstoßenden Bilder zu vertreiben, die sie nun verfolgten. Vor allem Maggie, deutlich weniger aufbrausend als sonst, haderte mit Schuldgefühlen, weil sie sich als Komplizin einer Tragödie fühlte, von der sie nichts geahnt hatte.

»Ich würde gern noch einmal die Nachbarin der Le Tohics besuchen«, schlug Louise vor.

»Wozu?«

Die Antwort erhielten sie wenige Minuten später, als sie die Türklingel des Chemin de la Souris Nummer 6 betätigten. »Sie schon wieder!«, hätte die kleine Dame beinahe ausgerufen, als sie Énora entdeckte. Sie zeigte sich zwar ein wenig ablehnend, antwortete aber ohne zu zögern auf die polizeilich anmutenden Fragen der drei Frauen. Sie begriff, dass Énora nicht wirklich Nolwenn hieß und dass sich die drei Schnüfflerinnen vor ihrer Tür nicht nur für das Schwimmtraining in Lancieux interessierten. In gewisser Weise schien es für sie aufregend, Zeugin in einem Mordfall zu sein, wenn auch außerhalb des offiziellen Rahmens:

»Sicher habe ich sie an dem Abend fortgehen sehen!«

»Um wie viel Uhr?«

»Ich würde sagen, zwischen sieben und acht. Etwas hat mich nämlich überrascht.«

»Dass sie an einem Freitagabend um diese Zeit fortgeht?«

»Nein, dass sie nicht in Richtung der Bushaltestelle gegangen ist.«

»Sondern?«

»In die entgegengesetzte Richtung. Da lang«, erklärte sie und deutete nach links, »geht es zur Haltestelle der Linie 16. Dort steigen normalerweise am Wochenende alle jungen Leute in den Bus nach Dinard und Saint-Malo.«

Um feiern zu gehen, dachten die drei Frauen.

»Und auf der anderen Seite?«

»Auf der anderen Seite geht es zum D603.«

»Kommt man da nicht auch nach Saint-Malo?«

»Doch, sicher … Aber die Kinder aus dem Viertel haben selten ein Auto, wissen Sie. Vor allem nicht in dem Alter.«

»Können Sie sich vorstellen, dass Julie an diesem Abend per Anhalter unterwegs war?«

»Ja, und genau das hat mich erstaunt.«

»Warum?«

»Na ja«, trumpfte die alte Dame auf, in einem Tonfall, als wäre das Folgende selbstverständlich, »weil sie die Tochter eines Busfahrers bei BreizhGo ist! Sie muss für ihr Ticket nichts bezahlen. Warum sollte sie das Risiko auf der Landstraße eingehen, wenn die Fahrt mit dem Bus sie nichts kostet?«

38

9. Juli, Lancieux, Club nautique, 18:00 Uhr

Lilybeth fuhr in östliche Richtung zurück nach Saint-Malo, wie angeschoben von der bereits tief stehenden Sonne. In ihrem von orangefarbenem Licht durchfluteten Innenraum war die anfängliche Fassungslosigkeit einer endlosen Reihe von Vermutungen gewichen.

Zumindest eine Sache war offenbar klar: Julie hatte versucht, Saint-Briac unauffällig zu verlassen, indem sie am Abend des Mordes nicht ihr elektronisches Busticket nutzte. Wenn man jedoch für den Abend des 6. Juli eine Ortung ihres Smartphones veranlassen würde, was würde man dann über ihren Aufenthaltsort herausfinden? Wo war Julie zwischen ihrem Aufbruch und dem Treffen mit ihrer Mutter auf der Place Chateaubriand kurz vor Mitternacht gewesen?

Was Solène betraf, wussten sie über deren Zeitplan seit der heimlichen Überprüfung ihres Navis etwas mehr. Maggie berichtete zudem, was sie bei dem Telefonat mit der Scottish Power Pipe Band in Edinburgh über Pauls Frau herausgefunden hatte.

»Eigentlich hatte sie keinen wirklichen Grund mehr, sich mit ihm anzulegen«, schlussfolgerte Louise.

»*You got it right*. Das habe ich mir auch gedacht. Warum sollte sie den Mann, den sie mit allen Mitteln bei sich behalten wollte, genau in dem Moment töten, als er seine Fluchtpläne sowieso gezwungenermaßen aufgeben musste?«

»Vielleicht kannte sie diese FIL-Klausel in dem schottischen Vertrag nicht. Vielleicht glaubte sie immer noch, er würde sie verlassen.«

»Gut möglich ...«

Der blaue Käfer bog auf die schmale Straße über den Rance-Staudamm ab. Hier gab es in jede Richtung nur eine Fahrspur, und in dieser Zeit des Jahres reihte sich um diese Uhrzeit Stoßstange an Stoßstange. In den Familienkutschen waren die Eltern verärgert, die Kinder aber freuten sich.

Maggie saß hinter dem Lenkrad und ließ ihren Blick über die brodelnden Wassermassen gleiten, die aus den riesigen Öffnungen des Gezeitenkraftwerks strömten. Der Anblick war faszinierend. So viel Kraft in einer doch recht unspektakulären Bewegung, so viel Energie, die dabei entstand ...

Mitten auf der Brücke jedoch machte die Fahrerin plötzlich eine Vollbremsung.

»Hey, spinnst du? Was soll das?«, brüllte Énora über das dadurch ausgelöste Hupkonzert hinweg.

»Wartet mal ...«, flüsterte Maggie.

Es war, als würde sie aus einem Traum erwachen. Oder als wäre sie von einem grellen Blitz getroffen worden.

»Loulou, du hast uns doch erzählt, dass Le Pays malouin in seiner Ausgabe vom 7. Juli über den gesteigerten Chlorgehalt im Trinkwasser berichtet hat?«

»Ja. Warum fragst du?«

»Ich weiß es!«, rief Énora, die sofort verstand, worauf ihre Großmutter hinauswollte.

Sie griff nach ihrem Smartphone, rief die Website der Tageszeitung Ouest-France auf und navigierte mit wenigen Klicks zu den Schlagzeilen von Samstag, dem 30. Juni. Für den Zugang zu den vollständigen Artikeln war ein Abonnement erforderlich, doch in diesem Fall reichten ihr die Teaser.

Autofahrer beschimpften sie in den unterschiedlichsten Sprachen und Akzenten aus den heruntergelassenen Fenstern ihrer Autos. Es ging in der Wortwahl vor allem um Frauen, die nicht besonders gut aussahen.

»Höherer Chlorgehalt im Wasser von Saint-Malo geplant«, las sie laut vor. Die Nachricht war bereits eine Woche vor dem Artikel im Pays malouin veröffentlicht worden.

»Ja und? Worauf wollt ihr beide hinaus?«

»Wie ›und‹? Ich habe ein Exemplar dieser Ausgabe von Ouest-France bei Julies Sachen gefunden!«

»Seltsam ... Seit wann lesen Teenager die örtliche Zeitung?«

»Das habe ich mich auch gefragt. Auf jeden Fall beweist es, dass Julie eine Woche vor Pauls Tod wusste, dass er sich während des Festivals in Saint-Malo dem Risiko einer allergischen Reaktion aussetzen würde.«

»Zu Hause vielleicht nicht?«

Das zornige Hupen und Schimpfen um sie herum steigerte sich.

»Nein«, erklärte Maggie, die sich bei Jacques über die Details erkundigt hatte. »Die Wasserversorgung in Saint-Briac-sur-Mer ist eine andere als die in Saint-Malo.«

»Aber selbst wenn ... ich dachte, Paul trinkt sowieso nie Leitungswasser?«

»Richtig. Aber ich könnte mir vorstellen, dass der Kleinen bei der Schlagzeile eine Idee gekommen ist«, spekulierte Énora.

»Und da so gut wie niemand von Pauls Allergie wusste«, fügte Maggie hinzu, »war das für sie die unverdächtigste Waffe von allen.«

»Die unverdächtigste … und auch die am leichtesten zu Beschaffende! Vor allem, wenn man sein Leben in Schwimmbädern verbringt.«

»Sieh mal an, Loulou, du kannst ja, wenn du willst!«, spöttelte Maggie.

Unter einem erneuten wütenden Hupkonzert wendete sie Lilybeth, und schon bald fuhr der Oldtimer so schnell in Richtung Saint-Briac, wie es der von Familie Corrigan selbst verursachte Stau zuließ.

Im Club nautique de Lancieux, den sie etwa zwanzig Minuten später erreichten, war der Trainer nicht da. Sie trafen nur die Hausmeisterin an, die sich in dem Maße entgegenkommend und gesprächig zeigte, in dem der Coach misstrauisch gewesen war.

»Chlorgas-Diebstähle?«, rief sie. »Klar, das passiert ständig.«

»Tatsächlich? Aber was machen die Diebe damit? Sniffen sie es?«

»Aber nein«, lachte die Matrone im geblümten Kittel. »Sie verkaufen es weiter. Dieses Zeug ist teuer. Die Vereinsführung hatte zuletzt die Nase so voll davon, dass letzten Monat eine Überwachungskamera installiert wurde.«

»Und wo ist die?«

»Gegenüber dem Raum, in dem das Chlor aufbewahrt wird.«

»Ist der Raum denn nicht abgeschlossen?«

»Doch, aber Sie wissen ja, wie das ist. Die Kids lassen sich was einfallen, kopieren den Schlüssel, bringen diese Kopien in

Umlauf – so läuft es eben. Dank der Aufzeichnung wissen wir wenigstens, mit wem wir es zu tun haben.«

Sie ließ sich nicht lange bitten und zeigte ihnen die Bilder der letzten Wochen im Schnelldurchlauf. Die Ansicht, eine Totale auf einen blau gekachelten Kellergang, blieb tagelang leer. Eine kurze Sequenz zeigte lediglich, wie der kahlköpfige Trainer den Raum betrat und ihn fast unmittelbar darauf verließ, ohne etwas in den Händen zu halten, weder auf dem Hin- noch auf dem Rückweg. Wahrscheinlich hatte er nur den Lagerbestand kontrolliert.

Dann jedoch, laut Zeitstempel unten rechts auf dem Bildschirm am 3. Juli gegen 18 Uhr, erschien eine blonde Gestalt im Trainingsanzug vor dem elektronischen Auge. Die Frauen beobachteten, wie Julie mit dem erforderlichen Schlüssel in den Lagerraum ging und mit zwei kleinen Fläschchen, jeweils so groß wie ein halbes Knackwürstchen, wieder herauskam.

»Bingo!«

»Ich nehme an, der Diebstahl wurde der Vereinsführung gemeldet?«, erkundigte sich Maggie.

»Das weiß ich nicht. Für die Sicherheit bin ich nicht zuständig. Aber Tatsache ist, dass die Mengen, die bei anderen Gelegenheiten gestohlen wurden, deutlich größer waren. In diesem Fall hier bin ich mir ehrlich gesagt nicht sicher, ob wegen so wenig die Polizei gerufen wurde. Das Mädchen ist wahrscheinlich mit einer Verwarnung oder einer Sperre davongekommen.«

Mit seinen kleinen weißen Holzhütten und dem geraden Verlauf versprühte der Strand von Saint-Sieu längst nicht den Charme seiner Rivalen in Dinard oder Saint-Lunaire. Er hatte jedoch den Vorteil, dass er nur wenige Schritte vom Club nautique entfernt lag.

Nach einer kurzen Strecke über die an der Sandkante ausgelegten Bretter fanden die drei Corrigans einen der wenigen freien Plätze und setzten sich erleichtert hin. Der fröhliche Lärm vom benachbarten Minigolfplatz störte sie kaum. Obwohl Maggie die offiziellen Nachbesprechungen bevorzugte, musste sie zugeben, dass diese kleinen, improvisierten Zusammenkünfte durchaus nicht unangenehm waren. Zum Teufel mit dem Protokoll und den Ritualen, es war einfach schön, den milden Spätnachmittag am Wasser zu verbringen.

»Nun«, begann sie, »ohne zu viel vorwegnehmen zu wollen, glaube ich, dass wir unser Motiv und unsere Waffe haben. Und ziemlich sicher auch unsere Täterin.«

»Mehrzahl. Unsere Täter oder Täterinnen«, korrigierte Louise.

»Oder unseren Täter beziehungsweise die Täterin und seine oder ihre Komplizen«, fügte Énora hinzu.

»Okay, okay ... Ich gebe zu, dass noch einiges an Arbeit vor uns liegt, bis wir den genauen Tathergang und die Schuldfrage detailliert geklärt haben.«

Die Aufregung, die sie noch vor wenigen Minuten verspürt hatten, löste sich in der angenehm sanften Sommerfrische auf.

»Glaubt ihr eigentlich, dass Solène von der Abneigung ihrer Tochter gegenüber Paul wusste?«

»Gute Frage. Eigentlich geht man ja davon aus, dass eine Mutter so etwas spürt.«

»Schon, aber Solène hatte sich ja offenbar entschieden, die Augen vor den Machenschaften dieses Herrn zu verschließen. Ich bin mir deshalb nicht sicher, ob sie das Ausmaß des Hasses erkannt hat, den er in Julie geweckt hat. Wenn man nichts sieht, neigt man dazu, zu glauben, dass alle anderen auch nichts sehen, nicht wahr?«

Hatte Solène Le Tohic den Schmerz ihrer Demütigung verdrängt, einen Schmerz, den Julie zu ihrem gemacht hatte? Die drei waren fast sicher, dass es so war.

»Ich stelle nur fest, dass alle drei Verdächtigen zur gleichen Zeit verschwanden, und zwar genau zu dem Zeitpunkt, als wir angefangen haben, uns näher mit ihnen zu beschäftigen.«

»Nun ja …«, entgegnete Énora. »Vielleicht ist Solène auch einfach nur auf der Suche nach ihrer Tochter. Das wissen wir nicht. Möglicherweise hatte sie Angst, dass Julie noch eine Dummheit macht.«

»In Anbetracht unserer beschränkten Mittel sehe ich nicht, wie wir ihnen auf die Schliche kommen können.«

»Wo wir gerade dabei sind … Findet ihr nicht, dass es an der Zeit ist, Guilloux direkter einzubeziehen?«, schlug Louise vor. »Er könnte die drei zumindest aufspüren.«

»*No way!*«, rief Maggie. »Nicht so kurz vor dem Ziel.«

Ihr entrüsteter Ausruf war so laut, dass sich viele Feriengäste nach der seltsamen alten Dame mit dem Gehstock umdrehten.

Maggie stellte klar, dass sie der Polizei nur Hinweise geben würde, wenn diese ihnen im Gegenzug half. Keinesfalls jedoch würde sie die Lorbeeren, die ihnen rechtmäßig zustanden, an die Polizei abtreten.

BB first, vor den Bullen.

»Lieber krepieren, als diesem Dummkopf die Lösung auf einem Tablett servieren! *Got it, girls?*«

39

9. Juli, Saint-Malo, Kommissariat, zur gleichen Zeit

»Ich würde gerne verstehen, was Sie dazu bewogen hat, sich zu stellen?«

Die Frage von Christophe Guilloux war wie er selbst: direkt und einfach. Und doch schien sie Solène Le Tohic in einen Abgrund der Verwirrung zu stürzen.

Die Witwe hatte sich einige Minuten zuvor am Empfang der Polizeiwache gemeldet und war nach eigenen Worten »bereit, ein umfassendes Geständnis abzulegen«.

Was wollte sie gestehen? Aus welchem Grund?

Alles an ihrem Vorgehen und ihrer Haltung blieb undurchsichtig. Nur eines schien sicher: Sie hatte das dringende Bedürfnis, eine Bürde loszuwerden, die auf ihren schmalen Schultern lastete. Von Schuldgefühlen geplagt, dachte Emma Lobo, als sie Solène zwischen zwei Uniformierten in den Aufzug steigen sah.

Wie schon bei den beiden vorangegangenen Malen, empfing Guilloux sie aufgrund ihrer Position als Ehefrau des Opfers nicht in einem der kalten, unpersönlichen Vernehmungsräume, sondern in seinem eigenen Büro. Zwar war es dort nicht viel gemütlicher, aber wenigstens etwas persönlicher. Ein bisschen Deko, ein bisschen Nippes, viele Papierstapel.

Der Kommissar wusste aus Erfahrung, dass es keinen Sinn hatte, einen Verdächtigen zu drängen, wenn er sich bereit erklärte, alles zu erzählen. Meistens genügte es, ihm die nötige Zeit für die innere Kapitulation zu geben. Ehe er sein Geständnis aussprach, musste er sich selbst alles eingestehen und sich das verzeihen, was er den Behörden beichtete. Je nach Fall und Individuum konnte diese Selbst-Lossprechung zwischen einigen Minuten und mehreren Stunden dauern.

»Ich mache mir Sorgen um meine Tochter«, sagte Madame Le Tohic schließlich tonlos.

»Julie, nicht wahr?«

»Ja …«

Das erste Wort kostete immer mehr Überwindung als das, was danach kam. Bereits jetzt war ein Hauch von Erleichterung auf ihrem verhärmten Gesicht zu erkennen.

»Aus welchem Grund?«

»Sie geht nicht mehr an ihr Handy.«

»Seit wann?«

»Seit dem Morgen des 7. Juli.«

»Nachdem Sie sich in der Nacht zuvor in Saint-Malo getroffen hatten, richtig? Vor dem Hôtel de l'Univers?«

Guilloux sprach sanft, er war mehr darauf bedacht, ihren Bericht zu vervollständigen, als sie mit ihren Auslassungen in den Verhören zu konfrontieren.

»Ja, das stimmt …«, gab sie mit gesenktem Blick zu. »Aber den Rest der Nacht hat sie bei ihrer Freundin Sarah in Saint-Briac verbracht.«

»Sind Sie sich da sicher?«

»Ja, die Benechs, Sarahs Eltern, haben mich angerufen und mir gesagt, dass Julie spät aufgestanden ist und offenbar nicht ganz auf der Höhe war. Und dass sie sie nach Hause bringen würden.«

»Aber dann ist sie nicht gekommen?«

»Doch, schon. Zumindest glaube ich das. Laut ihren Schwimmfreundinnen war sie gestern Abend sogar beim Training.«

»Und seitdem haben Sie nichts mehr von ihr gehört?«

»Nein ...«

»Haben Sie sich vergewissert, dass sie nach dem Schwimmen nicht doch einfach nach Hause gegangen ist?«

»Ja, natürlich. Aber meine Nachbarin aus der Nummer 6 sagte mir, dass sie Julie seit ihrem Aufbruch zum Training nicht mehr gesehen hat.«

Der Kommissar richtete sich in seinem Chefsessel auf. Diese Haltung verschaffte einem eine Art natürlichen physischen Einfluss auf seinen Gesprächspartner, was bei sensiblen Vernehmungen wichtig war.

»Madame Le Tohic«, fuhr er mit neuer Entschiedenheit fort. »Sie kommen zu mir, um mir zu erzählen, dass Ihre Tochter angeblich seit dem 7. mittags verschwunden ist. Aber dann erklären Sie mir, dass Sie bis zum Abend des 8. wussten, wo sie sich aufgehalten hat. Das war gestern Abend. Sie sind doch sicher nicht einfach nur gekommen, um mir von einem kleinen Zerwürfnis zwischen Mutter und Tochter zu erzählen?«

»Ich ... ich bin wirklich sehr besorgt. Ich bilde mir das doch nicht ein!«

»Schon gut, schon gut«, gab sich Guilloux versöhnlicher. »Wenn Sie mir Julies Nummer geben, machen wir eine Funkzellenabfrage. Hoffentlich hat sie ihre SIM-Karte nicht entfernt.«

Solène quittierte die Stichelei mit einem verbitterten Grinsen.

Vielleicht war sie doch noch nicht bereit, all ihre Lügen zu widerrufen.

»In der Zwischenzeit«, fuhr der Kommissar fort, »können Sie mir vielleicht erzählen, was passiert ist, als Sie das letzte Mal versucht haben, sie zu erreichen. Wann genau war das?«

»Heute Morgen. Gegen zehn Uhr.«

»Und sie ging immer noch nicht dran?«

»Nein ... Jedenfalls nicht sie.«

»Aber jemand anderes?«

»Ja. Ein Typ vom Campingplatz am alten Fort Cité d'Aleth.«

»Und wieso?«

»Er hat mir erzählt, dass er Julies Handy in einem leeren Zelt direkt neben seinem gefunden hat. Weil es ständig klingelte, hat er sich erlaubt, hineinzugehen und das Gespräch anzunehmen.«

»Ich nehme an, er weiß auch nicht, wo Ihre Tochter abgeblieben ist?«

»Nein.«

»Hat dieser Camper Ihnen gesagt, ob sie allein war?«

»Er hat von einem großen Mann gesprochen, der sich gestern Abend mit ihr getroffen hat. Er war sich aber nicht sicher, ob der Mann die ganze Nacht dort verbracht hat.«

»Ein großer Mann? Das klingt doch ziemlich nach ihrem Freund Loïc, oder?«

»Keine Ahnung, aber möglich ist es.«

»Wenn sie sich nur eine kleine Auszeit mit ihrem Liebsten gönnt – er ist doch volljährig, oder? –, gibt es eigentlich keinen Grund, sich Sorgen zu machen. Meinen Sie nicht?«

Anstelle einer Antwort riss Solène ihre Augen weit auf. Sie standen voller Tränen, die sie in einem letzten Versuch, sich zu beherrschen, zurückhalten wollte. Guilloux' polizeiliche Mäeutik war offenbar kurz davor, Früchte zu tragen.

»Ich würde es gern verstehen, Madame: Was hat Sie dazu gebracht, sich zu stellen? Unten am Empfang sprachen Sie von einem Geständnis. Nicht von einer Vermisstenanzeige oder einem banalen Familienstreit.«

»Ja …«, stammelte sie.

»Sind Sie gekommen, um von sich selbst oder von Julie zu erzählen?«

»Von uns beiden!«, rief sie, und plötzlich strömten Tränen über ihre Wangen. »Verstehen Sie? Wir stecken beide mit drin!«

Guilloux stand auf, brachte der Frau eine Packung Taschentücher und setzte sich auf die Schreibtischplatte. Solène tupfte ihre Tränen so gut es ging ab, wobei sie von Schluchzern geschüttelt wurde, die fast wie ein Schluckauf klangen.

»Ich höre Ihnen zu«, sagte der Kommissar mit tiefer, fast tröstlicher Stimme. »Wir haben alle Zeit der Welt.«

»Ja, okay«, murmelte sie.

»Wenn es Ihnen hilft, erzählen Sie einfach der Reihe nach. Von Anfang an. Um wie viel Uhr sind Sie am 6. Juli in Saint-Malo angekommen? Und was wollten Sie hier?«

Mit zitternder Stimme spulte sie ihre Wahrheit herunter, hastig und in einem Guss. Als ob es sie befreite, alles am Stück zu berichten. Sie spuckte es aus wie Galle.

»Wissen Sie, ursprünglich wollte ich ihn nur überraschen.«

»Paul, meinen Sie?«

»Ja. Ich wusste, dass Arwen während des Festivals hier sein würde, mir war allerdings nicht bekannt, dass sie erst am Tag nach der Ankunft des Bagad in Saint-Malo zur Gruppe stoßen würde. Ich wollte nur mit den beiden reden.«

Das klang aufrichtig. Allerdings widersprach diese Aussage dem, was sie bei ihrer vorherigen Anhörung behauptet hatte – »Ich habe nur in der Brasserie des Hotels noch eine Kleinigkeit gegessen und bin dann wieder nach oben gegangen« –, bestätigte aber wiederum, dass sie ihr Handy im Hotelzimmer gelassen hatte, als sie es wieder verließ. Mit Absicht? Dieser Punkt blieb unklar.

»Aber bis zu diesem Tag hatten Sie nie versucht, Paul wegen seiner Untreue zur Rede zu stellen?«

In den vorherigen Anhörungen hatte sie sich in dieser Sache eher gleichgültig gegeben.

»Warum also jetzt?«, fuhr Guilloux fort.

»Auch ich habe meine Grenzen. Wie jede und jeder andere auch. Außerdem bereitete mir diese Geschichte mit der Abreise nach Schottland Kopfzerbrechen. Ich hatte das Gefühl, dass Julie das sehr schlecht verkraften würde. Dass sie sich verlassen fühlen würde.«

Wieder einmal, sagte sie nicht.

Auch wenn man den Tod ihres verstorbenen Mannes nicht als »Verlassen« bezeichnen konnte, hatte ihr Kind es vielleicht damals so empfunden. Für sie waren Männer möglicherweise Wesen, die immer irgendwann fortgingen – ob in einem Auto, einem Flugzeug oder einem Sarg, war im Grunde egal.

»Verstehe. Wann also sind Sie im Beauregard angekommen?«

»So gegen Viertel oder zwanzig nach neun. Ich habe am Feldrand geparkt, etwa zweihundert Meter von der Pension entfernt.«

»Warum sind Sie nicht früher gekommen?«

»Weil ich wusste, dass der Bagad für das Abendessen in der Stadt reserviert hatte und davon ausging, dass sie nicht früher wieder zurück sein würden, auch wenn ihnen viel daran lag, zeitig ins Bett zu kommen.«

»Wie ging es weiter?«

»Ich wartete vor dem Haus auf der anderen Straßenseite. Ein Fenster im oberen Stockwerk war erleuchtet.«

»Haben Sie etwas gehört? Stimmen zum Beispiel?«

»Nein. In diesem Moment schien alles ruhig zu sein. Dann sah ich eine Gestalt, die aus dem Haus kam, das Grundstück verließ und die Straße zum Manoir des Corrigan hinaufging.«

»Können Sie mir die Gestalt beschreiben?«

»Ich denke, es war eine Frau. Auch wenn ...«

»Auch wenn was?«

»Ich glaube, sie hatte eine Art Gehstock in der Hand.«

Maggie Corrigan! Die alte Schlossherrin hatte sie also auch an der Nase herumgeführt. Trotz ihres Alibis und der Zeugenaussagen, die sie entlasteten, hatte sie ihren ehemaligen Liebhaber offenbar doch besucht.

»Sie sind ihr nicht gefolgt?«

»Nein, denn gleich darauf sah ich einen anderen Schatten, der ins Beauregard ging. Dem bin ich gefolgt.«

»Sofort?«

»Nein«, gestand sie mit neuerlichem Schluchzen, als ob sie sich noch immer über die Verzögerung ärgerte. »Ich habe etwa fünf Minuten verstreichen lassen.«

»Konnten Sie von Ihrem Standort aus sehen oder hören, was oben vor sich ging?«

»Nicht wirklich. Von der Straße aus wirkte alles ruhig.«

»Dieser Schatten«, hakte Guilloux nach, ohne ihr eine Pause zu gönnen, »das war Julie, nicht wahr?«

Solène stieß einen tiefen Seufzer aus.

»Ja ... Als ich das Zimmer betrat, war es zu spät. Sie hatte so getan, als wollte sie Paul verführen – er war offenbar doch bereit, diese rote Linie zu überschreiten, wenn sich ihm die Gelegenheit bot. Sie hat eine Art erotisches Spiel vorgetäuscht, um einen guten Grund zu haben, ihn zu fesseln. Ich kann mir gut vorstellen, dass er sich nur zu gern entkleiden und fesseln ließ … Er stand auf diese Art von Dominanzpraktiken. Das war nichts Neues.«

»Aber was dann folgte, hat er nicht kommen sehen.«

Nach und nach, Wort für Wort, setzte sich das makabre Bild zusammen, ähnlich der Entstehung eines Meisterwerks in 3-D-Animation.

»Hatte sie ihm bereits die Spielpfeife in den Hals gerammt?«

»Nein, das war meine Idee. Das kam später. Um die Aufmerksamkeit darauf zu lenken.«

Die Verwendung des Instruments hatte also doch keinen symbolischen Charakter. Wenn man Madame Le Tohic Glauben schenkte, war es eher ein Täuschungsmanöver. Es sei denn, es handelte sich um eine unwillkürliche Tat, bei der Solène ihren Mann unbewusst mit »derjenigen« bestrafte, die die große Liebe des Musikers gewesen war. Seine einzige Leidenschaft. Sein Dudelsack.

»Später? Wie hat sie ihn getötet?«

»Mit dem Chlor, das sie ihn gegen seinen Willen einatmen ließ«, gestand sie tonlos.

»Wir haben im gesamten Atmungssystem Chlorablagerungen in beachtlicher Konzentration gefunden. Bis in die Alveolen«, hatte der Gerichtsmediziner aus Rennes wenige Stunden zuvor festgestellt. Als die mysteriöse Breizh Brigade in ihrer zweiten Nachricht von Pauls Chlorallergie sprach, hatte sie ihm damit einen Hinweis auf die Mordwaffe gegeben.

Guilloux konnte es kaum glauben. Wer mochte hinter dieser lächerlichen Vereinigung stecken? Wer hatte ihn darum betrogen, die Lösung als Erster herauszufinden?

Er riss sich zusammen und forderte von Solène sämtliche

Details, die ihm noch fehlten. Angefangen mit dem Motiv. Und je länger er ihrem Bericht über die schäbigen Verfehlungen von Paul Le Tohic lauschte, desto mehr schämte er sich, seinen Stolz als Polizist über sein Mitgefühl als Mensch zu stellen.

Jetzt klärte sich alles auf. Insbesondere die wiederholten Falschaussagen von Solène. Bis zu diesem Moment war ihr nur wichtig gewesen, ihre Tochter zu entlasten, das von Julie begangene Verbrechen zu verschleiern und die Polizei-Geier von ihrem Kind fernzuhalten. Sie sollte einfach nicht ins Gefängnis gehen.

»Was ist mit Loïc?«, fragte Guilloux sanft. »Ich nehme an, er weiß über all das Bescheid?«

»Loïc hat uns beide überrascht, als wir gerade aus dem Beauregard traten.«

»Hat er Sie erpresst?«

»Nein, überhaupt nicht! Dieser Idiot ist unsterblich in meine Tochter verliebt. Also im Gegenteil, er war bereit, alles zu tun, um sie zu decken.«

»Was zum Beispiel?«

»Er schlug vor, die Schuhe zu verbrennen, wir hatten sie beim Betreten des Hauses nicht ausgezogen. Was er am nächsten Morgen auch tat, wenn ich es richtig verstanden habe.«

»War das alles? Sonst hat er nichts gemacht?«

Abgesehen von seinem ungeschickten Versuch, den Verdacht auf die Matriarchin Corrigan zu lenken, dachte Guilloux.

»Fast alles ... Er wollte Julie zwar vor dem Schlimmsten bewahren, aber er wollte auf keinen Fall, dass stattdessen ein Unschuldiger in die Mühlen des Gesetzes gerät. Deshalb hat er Yann zumindest in groben Zügen erzählt, was wir getan hatten. Nach dem Zusammenstoß mit Paul im Restaurant war klar, dass Yann zu den Hauptverdächtigen gehören würde. Aber Yann hat mal wieder einen ›echten Yann‹ abgeliefert.«

»Was meinen Sie damit?«

»Die ganze Sache hat ihn so in Panik versetzt, dass er sich schlimmer besoffen hat als je zuvor.«

Daher also das widersprüchliche Verhalten des Alkoholikers und Kontenplünderers.

Christophe Guilloux überließ seine Zeugin ihrem schmerzlichen Bedauern und verließ für eine Weile den Raum. Gerade lang genug, um eine Fahndung nach Julie Le Tohic, geborene Gallais, einzuleiten. Loïc würde zweifellos bei ihr sein.

Wie vom Kommissar erwartet, war die Ortung der Handynummern der beiden flüchtigen Jugendlichen erfolglos geblieben.

Er wollte gerade in sein Büro zurückkehren, wo diese erstaunliche Mutter Courage auf ihn wartete, als ihm auffiel, dass sie die Frage nicht beantwortet hatte, die zwar nicht die Wichtigste war, aber die einzige, die ihre Anwesenheit in seinem Büro erklären konnte: »Was hat Sie dazu gebracht, sich zu stellen?«. Schuldgefühle waren vermutlich nicht der einzige Antrieb gewesen. Wegen ein paar Gewissensbissen gab man nicht alles auf, einschließlich der eigenen Freiheit und der seines Kindes.

Aber er ahnte, dass er auf diese Frage nie eine Antwort bekommen würde.

Nie würde Solène ihm erzählen, wie ihr schnell klar geworden war, dass sie früher oder später ein Geständnis ablegen musste, nachdem ihr aufgegangen war, dass man ihre Aufenthaltsorte am Abend des Mordes entdeckt hatte. Die rothaarige Anhalterin hatte den Verlauf auf dem Navi ihres eigenen Autos abgerufen. Wer auch immer die junge Unbekannte war, und was auch immer sie aus den belastenden Fakten machte – Solène war klar geworden, dass man sie irgendwann überführen würde.

Und Julie mit ihr.

Mutter und Tochter saßen im gleichen, leckgeschlagenen Boot.

40

9. Juli, Saint-Malo, Strand von Bon-Secours und Grand Bé, 19:00 Uhr

»Danke, Hugo! Wir kommen sofort«, sagte Maggie und legte auf.

Überraschenderweise waren längst nicht alle von Maggies Informanten auch ehemalige Liebhaber. Einige waren noch nicht einmal enge Freunde, aber sie pflegten eine Art respektvolle Kumpanei mit der alten Irin und ließen sich von ihrer legendären Schlagfertigkeit entweder unterhalten oder täuschen.

Hugo, der berühmte, nicht bedienstete »Ausrufer der Bés«, gehörte zur zweiten Kategorie. Kaum hatte die älteste der Corrigan-Frauen ihr Netzwerk mobilisiert, meldete er sich von dem Strandabschnitt, den er ständig im Auge behielt.

Mit einem Satz kamen die drei von der Breizh Brigade auf die Beine und verließen Saint-Sieu noch vor seinem Postkartensonnenuntergang.

»Was hat er gesagt?«, wollte Louise wissen.

»Er hat vor einer halben Stunde zwei junge Leute gesehen,

die bei einsetzender Flut auf der Passage des Bés unterwegs waren. Ein Junge und ein Mädchen.«

»Und er glaubt, dass es sich um die beiden handelt? Um Julie und Loïc?«

»Er ist sich nicht sicher. Als er sie entdeckte, waren sie schon weit weg. Aber laut Yvon, dem Besitzer der Segelschule, wurden sie heute früh beim Verlassen des Campingplatzes in Aleth gesehen.«

»Okay. Also sind sie wirklich zusammen unterwegs.«

»Sieht ganz so aus ...«

Zudem schien mittlerweile sicher, dass das Paar auf der Flucht war, um den Ermittlern zu entkommen. Sowohl den beruflichen als auch den privaten.

Inzwischen floss der Verkehr auf dem Staudamm wieder, und Lilybeth schnurrte auf der Fahrt in die Altstadt von Saint-Malo zufrieden vor sich hin. In Ermangelung einer Alternative stellten sie den Käfer auf einem Behindertenparkplatz am Placître ab, dem rechteckigen Platz in der Nähe der Porte Saint-Pierre, und stürmten zum Strand von Bon-Secours.

Hugo hatte leider nicht gelogen. Der gepflasterte Weg, der zur Insel Grand Bé führte, verschwand bereits unter ein bis zwei Metern smaragdgrünem Wasser. Die meisten der Familien mit Kindern zogen sich hinter die Stadtmauern in das Innere der Stadt zurück, vermutlich enttäuscht, dass sie nicht mehr auf dem Felsen herumflanieren konnten. Nur einige eng umschlungene Pärchen und Gruppen von Jugendlichen mit Bier blieben am Strand zurück, um später das Schauspiel der sinkenden Sonne und der steigenden Flut zu genießen.

»Maggie! Hey, hier!«

Von der Bootsrampe zum Strand hinunter machte ein dunkelhaariger, verstrubbelter etwa fünfzigjähriger Mann in einem Neoprenanzug mit wilden Gesten auf sich aufmerksam. Er saß auf einem aufs Trockene gezogenen Hobie Cat. Mit wenigen Schritten waren sie bei ihm.

»Grüß dich, Yvon.«

»Hugo hat mir erzählt, dass ihr zwei Jugendliche verfolgt, die Robinson spielen wollen?«

Für Liebespaare, die Saint-Malo besuchten, war es fast schon traditionell eine Challenge, sich freiwillig auf Grand Bé vom Wasser einschließen zu lassen, je nach Gezeiten am liebsten für eine ganze Nacht. Ein romantisches, aber auch gefährliches Unterfangen, das oftmals ein Nachspiel hatte, wie die häufigen Noteinsätze der Rettungsdienste bewiesen.

»Das stimmt. Hast du noch dein Zodiac? Könntest du uns hinbringen?«

»Das wollte ich dir gerade vorschlagen«, sagte er und deutete zum Bootshaus seiner Segelschule. »Kommt mit!«

Sie zogen gerade ihre Schwimmwesten an, als Louise erneut die Lehrerin heraushängen ließ:

»Ihr kennt doch die Legende um Grand Bé, oder? Angeblich hat der Riese Gargantua die Insel ins Meer gespuckt, nachdem er zu viel gegessen hatte.«

»Der Gargantua von Rabelais?«

»Genau. Jedenfalls, die mythologische Version ...«

»*Damn it, Loulou!*«, schimpfte Maggie. »Wir sind hier nicht in deiner Klasse. Es gibt Wichtigeres als deine schönen Geschichten. Los, beeil dich!«

Weniger als zehn Minuten später setzte Yvon sie nicht ganz ohne Probleme an der Südostseite des Inselchens ab. Zwischen Grand Bé und dem Strand lagen kaum dreihundert Meter, aber die Strömung war so stark, dass das Boot gegen die mit weißem Schaum überzogenen Felsen getrieben wurde. Der Steuermann des Zodiac brauchte mehrere Versuche, um sicher am unebenen Ufer anzulegen.

Kaum dass sie wieder festen Boden unter den Füßen hatten, stiegen die drei Frauen den kleinen Fußweg an der Flanke der Insel hinauf. Als sie die Spitze erreichten, beschlossen sie, sich zu trennen und die Suche aufzuteilen. Énora übernahm den Hang zur Stadtseite hin, Louise die gegenüberliegende Meerseite. Maggie sollte das Dickicht und die alten Bunker in der Mitte der Insel absuchen.

Obwohl sie die Insel mehrmals vollständig umrundeten und sich zweimal an einer Wegkreuzung trafen, mussten sie sich irgendwann eingestehen, dass sie keinen Erfolg gehabt hatten.

»*Bleedin' fuck!*«, knirschte Maggie. »Das kann doch nicht wahr sein! Irgendwo müssen sie doch sein, die Insel ist doch nicht so groß!«

Sie suchten weiter, aber erst nach einer schier endlosen Weile verkündete ein Schrei aus einem der Betonbunker, einem Relikt der deutschen Besatzung während des Krieges:

»Hier! Ich habe ihn!«

Als Énora bei Maggie in dem nach Pisse stinkenden Bunker ankam, hätte sie angesichts des Bildes, das sich ihr im Licht ihres Mobiltelefons präsentierte, fast laut aufgelacht. Maggie Corrigan schwenkte ihren Gehstock wie eine Peitsche und hielt damit den vollkommen erstarrten Loïc in Schach, der wie ein verängstigtes Tier in einer Ecke kauerte.

»Der kleine Mistkerl hat versucht zu fliehen.«

»Ich habe nichts getan!«, rief Loïc mit einem Stimmchen, das für einen so großen Mann viel zu hoch war. »Sie haben nichts gegen mich in der Hand! Es war Solène, die sich von Paul befreit hat.«

Nachdem er bereits Maggie verpfiffen hatte, versuchte er nun, die Mutter seiner Freundin zu belasten.

Große Klasse.

»Bemüh dich gar nicht«, sagte Énora und trat in der Dunkelheit energisch ein paar Schritte auf ihn zu. »Wir kennen Julies Motiv. Wir wissen also, warum sie ihre Mutter rächen wollte.«

»So ein Quatsch.«

»Ach ja? Hat Paul seine Frau nicht mit allem betrogen, was nicht bei drei auf den Bäumen war? Hatte er nicht vor, Julie und Solène zu verlassen?«

»Das beweist überhaupt nichts, verdammt! Sie haben nichts gegen Julie in der Hand.«

»Genau da irrst du dich. Wir wissen, dass sie das Chlor beschafft hat, mit dem Le Tohic getötet wurde. Wir wissen auch, dass sie am Abend des 6. nach Saint-Malo gekommen ist, ohne jemanden darüber zu informieren. Nicht einmal dich. Und dass sie in der Nacht mit ihrer Mutter wieder zurückgefahren ist. Wir wissen sogar, dass du ihr geholfen hast, die Beweise für ihren Aufenthalt im Beauregard zu vernichten. Reicht dir das, oder willst du noch mehr hören?«

Nach dieser recht unvollständigen Aufzählung, die zudem keine handfesten Beweise enthielt, wirkte Loïc ziemlich benommen und sackte noch weiter in sich zusammen. Seine lange Gestalt knickte ein wie eine Ziehharmonika, aus der alle Luft gewichen ist.

»Ich schwöre, sie hat mir nichts gesagt«, erklärte er schließlich.

»Was sie mit Paul vorhatte, meinst du?«

»Ja …«

»Und wann hast du es kapiert?«

Sein Blick irrte durch das Halbdunkel, als suchte er nach Erinnerungen. Dann plötzlich schienen die Ereignisse noch einmal wie ein Film vor seinen Augen abzulaufen.

»Ich hatte sie gebeten, mit mir zum Festival zu fahren, aber angeblich hatte sie irgendwas mit Sarah vor. Es klingt vielleicht blöd, aber ich vermisste sie von dem Moment an, als wir in der Pension ankamen.«

Daher also der Austausch von Textnachrichten mit Julie am späten Nachmittag des 6. Juli. Er liebte sie so, wie man in diesem Alter liebt. Blind.

»Als wir später im Restaurant waren«, fuhr er fort, »habe ich versucht, sie anzurufen, sowohl auf dem Handy als auch auf dem Festnetz bei ihr zu Hause. Aber sie ging nirgends ran. Zuerst habe ich mir deswegen keine Sorgen gemacht. Zumindest nicht bis zu unserer Rückkehr ins Beauregard.«

»Wieso dann? Was ist passiert, nachdem ihr zurückgekehrt wart?«

»Wie ich der Polizei schon gesagt habe, sind Paul und ich uns vor dem Schlafengehen in der Küche begegnet.«

»Um eine Flasche Wasser zu holen, richtig?«

»Ja. Ich habe ihm eine rübergereicht.«

Daher seine Fingerabdrücke auf der Flasche Plancoët.

»Und dann?«

»Als ich danach in mein Zimmer zurückkehrte, dachte ich, ich hätte in dem kleinen Waldstück am Ende des Grundstücks einen Schatten gesehen.«

»Julie!«, riefen die drei Frauen.

»Ja, aber zu diesem Zeitpunkt war ich meilenweit von der Idee entfernt, dass sie sich dort herumtreiben könnte. Ich blieb noch ein oder zwei Minuten stehen, um mich zu vergewissern, dass dort keine dubiose Gestalt unterwegs war, dann ging ich zurück in mein Zimmer.«

»Aber wann seid ihr euch dann begegnet?«

»Ich glaube, Julie hatte sich schon eine ganze Weile in dem Wäldchen versteckt. Es dürfte ihr nicht schwergefallen sein, Pauls Zimmer ausfindig zu machen, denn es war das einzige beleuchtete Zimmer auf dieser Seite des Hauses. Er brauchte nur am Fenster vorbeizulaufen … Sein Profil ist unverkennbar, sowohl bei Nacht als auch aus der Entfernung. Irgendwann hörte ich Schritte. Zuerst im oberen Flur und in Pauls Zimmer …«

Das konnte Maggies Stippvisite gewesen sein. Ob Julie sie von ihrem Versteck aus gesehen hatte? Das war ziemlich wahrscheinlich. Zweifellos hatte sie sie für eine von Pauls Geliebten gehalten – eine weitere –, und ihre Rachegelüste waren erst recht aufgeflammt.

»Etwas später dann wieder. Als wären zwei Personen nacheinander eingetreten.«

Erst Julie und dann Solène? Oder vielleicht umgekehrt?

»Als ich dann auf der Treppe die Schritte von mehreren Personen hörte, dieses Mal aber gleichzeitig, bin ich aus meinem Zimmer gestürmt. Und habe sie überrascht. In der Halle. Und zwar alle beide.«

»Solène und Julie …«

»Ja.«

»Haben sie mit dir gesprochen?«

»Nicht sofort. Sie wirkten total panisch. Ich glaube, ich habe noch nie jemanden gesehen, der so viel Angst hatte.«

»Um welche Uhrzeit war das?«

»Das weiß ich nicht mehr. Mindestens halb zehn. Vielleicht ein bisschen später.«

»Und was habt ihr drei dann gemacht?«

»Ich konnte schon an ihren Gesichtern erkennen, dass etwas Schlimmes passiert war. Sie brachten kaum ein Wort über die Lippen. Auf meine Fragen antworteten sie zusammenhangloses Zeug. Also schlug ich vor, so zu tun, als wären sie nie im Beauregard gewesen.«

»Du hast ihre Schuhe verbrannt.«

»Das habe ich am nächsten Morgen allein gemacht.«

Am Rand der Maisfelder von Fred, dem Getreidebauern.

»Zuerst habe ich Julies Stiefel und Solènes Wanderschuhe nur im Garten versteckt. In einem leeren Blumenkasten.«

Nach seiner Rede holte Loïc tief Luft und richtete sich ein wenig auf, wobei er seine lange Gestalt an der rauen Betonwand hochschob. Er schien nach seinem Geständnis ebenso erschöpft wie erleichtert zu sein.

Maggie bemerkte Julies Sporttasche zu seinen Füßen.

Wo ist das Mädchen überhaupt? Und Louise? Wo bleibt diese dumme Nudel?

Ein Detail sprang ihr ins Auge: An der Tasche fehlte die Kordel, mit der man sie sicher verschloss. Eine Nylonschnur. Wie die, mit der Pauls Hände gefesselt worden waren. Wortlos blickte sie zu ihrer Enkelin und zeigte auf die Tasche.

Als *»loose«* hatte der pakistanische Angestellte im Hotel den Verschluss von Julies Tasche bezeichnet. Jetzt verstand sie, warum die Tasche offen stand. Die gähnende Öffnung gab den Blick frei auf ein Paar Lederhandschuhe, wahrscheinlich hatte Julie sie in Pauls Zimmer benutzt. Damit hatte sie die Dudelsackpfeife anfassen können, ohne Fingerabdrücke zu hinterlassen.

Énora kniete sich vor die Leinentasche und durchsuchte den Inhalt. Nach kürzester Zeit zog sie zwei DIN-A4-Seiten heraus.

Fotokopien, schoss es ihr angesichts der schlechten Qualität durch den Kopf. Sie blätterte sie schnell durch und reichte sie dann ihrer Granny.

»*Damned* ... Ein Duplikat von Pauls Vertrag mit der Scottish Power Pipe Band.«

»Julie wusste also aus sicherer Quelle, dass er sie und Solène ablegen würde wie zwei alte Socken.«

Verlustangst. Ein starkes Motiv, das den Groll verstärkte, den Julie zunächst als kleines Mädchen und später als Teenager über die Jahre hinweg aufgestaut hatte, während sie Le Tohics Untreue hilflos mit ansehen musste.

Maggie nahm die Befragung von Loïc wieder auf.

»Wie ging es weiter?«

»Ich konnte sie nicht begleiten. Es wäre noch verdächtiger gewesen, wenn ich mitten in der Nacht verschwunden wäre. Vor allem von einem ...«

Von einem Tatort. Doch die Worte blieben ihm im Hals stecken.

»Und die beiden?«

»Wenn ich es richtig verstanden habe, haben sie sich fast zwei Stunden lang im Auto versteckt, bis sie wieder einigermaßen klar denken und sich einen ansatzweise vernünftigen Plan ausdenken konnten. Und dann haben sie Solènes Sachen aus dem Hôtel de l'Univers geholt und sind zusammen zurück nach Saint-Briac gefahren.«

»Solène ... Es war ihre Idee, Julie ein Alibi zu verschaffen, nicht wahr?«

»Was für ein Alibi?«

»Die Übernachtung bei Sarah Benech.«

Loïcs Blick war jetzt aufmerksam. Er schien überrascht, dass sie so viele Details über den Tagesablauf seiner Freundin am Tag des Mordes hatte, bestätigte aber die Vermutung mit einem kurzen Nicken.

Die anschließenden Folgen konnten sich die beiden Frauen selbst zusammenreimen. Julie, die schwer an der Last ihrer

Taten trug und sich bemühte, ihr normales Teenagerleben wieder aufzunehmen; Julie, die beim ersten Besuch der BB im Schwimmbad von Lancieux in Panik geriet und sich enttarnt glaubte; Julie, die Loïc zu Hilfe rief, ihm eine romantische Nacht im Zelt auf dem Campingplatz am Fort Aleth in Aussicht stellte und ihn mit auf die Flucht nahm.

Mit anderen Worten, das Mädchen zeigte das Verhalten einer Jugendlichen in äußerster Bedrängnis.

Während Maggie seiner Geschichte lauschte, verspürte sie eine neue Last auf ihren Schultern. Sie, die ihren Stock nie zum Ausruhen benutzt hatte, klammerte sich nun mit beiden Händen und der Kraft einer plötzlichen Verzweiflung daran fest. Alles in ihr bebte, innerlich wie äußerlich.

Julie Le Tohic hatte Paul getötet, um ihre Mutter zu rächen, und diese war ihre Komplizin. Diese Wahrheit schien jetzt unumstößlich.

Und doch ... War der einzig Schuldige in diesem Fall nicht derjenige, durch den das Unglück in diese Familie gekommen war? Paul, der egoistische, flatterhafte, treulose Ehemann, der schließlich auch noch durchbrennen wollte?

Allein der Gedanke ließ Maggie zittern.

Unwillkürlich musste sie daran denken, dass diese Tragödie vielleicht hätte vermieden werden können, wenn sie fünfzehn Jahre zuvor Ja zu Pauls Avancen gesagt hätte. Dann wären weder Julie noch Solène Opfer dieses Mannes geworden.

Und sie hätten sich nicht schuldig gemacht.

41

9. Juli, Saint-Malo, zwischen Grand Bé und Cézembre, 20:00 Uhr

Von draußen durchdrang ein Schrei die dicke Betonschicht bis in die Tiefen des Bunkers. Maggie und Énora wechselten im Halbdunkel einen Blick: Louise!

Beide rannten hinaus auf den Wehrgang, der zur Nordwestseite der Insel führte. Schon bald entdeckten sie Louise, die vor dem Kreuz an Chateaubriands Grab stand.

Die Gedenktafel zu ihrer Rechten enthielt nicht einmal den Namen des großen Mannes: »Ein großer französischer Schriftsteller wollte hier begraben sein, um nur Meer und Wind zu hören. Wanderer, respektiere seinen letzten Willen«.

Louise sagte kein Wort, als wollte sie die Bitte befolgen, und reckte stattdessen eine bebende Hand in Richtung Meer.

Ein winziger Punkt tanzte auf den Wellen.

Kaum als Mensch zu erkennen.

»Ist das Julie?!«, rief Énora ungläubig.

»Ja … Als sie mich gesehen hat, ist sie lieber ins Wasser gesprungen, als mit mir zu reden. Aber ich schwöre, ich habe alles getan, um sie zu beruhigen.«

»Das glauben wir dir.«

Aber über Maggies sonst so klaren Blick hatte sich ein Schatten gelegt. Sie ließ die waghalsige Schwimmerin nicht aus den Augen, sagte aber kein Wort mehr. Sie kannte die Fahrrinne zwischen Grand Bé und Cézembre nur zu gut, dort baute der Nordwind gern eine starke Dünung auf. Genau hier war Constant vor zwanzig Jahren an Bord der L. T. Meade verschwunden. Auch wenn sie nicht dabei gewesen war, so hatte sie sich die verhängnisvolle Szene doch tausendmal vorgestellt. Tausendmal hatte sie über den Navigationsfehler geweint, der einem so erfahrenen Seemann nicht hätte passieren dürfen und der ihrem Mann zum Verhängnis geworden war.

Und wenn diese Meerenge mit ihren schrecklichen Strömungen in der Lage war, ein ganzes Boot zu verschlingen, was war dann bei einer einzelnen Schwimmerin zu erwarten? Das Meer war kein Schwimmbecken. Hier gab es keinen Rand, keine Stange und keinen Trainer, der das Mädchen aus dem Wasser ziehen konnte. Manchmal verschwand der blonde Kopf in einem Wellental.

Jedes Mal hielten die drei Frauen fassungslos den Atem an. Das Schauspiel wurde zur Qual.

Énora fing sich als Erste wieder. Sie rannte so schnell sie konnte in die entgegengesetzte Richtung. Bald kam Yvons Zodiac in Sicht – glücklicherweise war der Skipper so klug gewesen, mit seinem Boot auf die Frauen zu warten. Énora winkte mit beiden Armen, um ihn auf sich aufmerksam zu machen. Der Segellehrer brauchte nur wenige Augenblicke, um die kleine Insel zu erreichen und die atemlose Rothaarige an Bord zu nehmen.

»Julie ertrinkt«, rief sie.

»Wo ist sie?«

»Auf der anderen Seite. Zwischen der Insel und Cézembre.«

Ohne zu zögern startete Yvon den Außenbordmotor und fuhr mit voller Kraft voraus. Das Boot hüpfte auf den Wellen wie ein Gummiball. Doch was unter anderen Umständen bei Énora kindliche Begeisterung ausgelöst hätte, verursachte ihr jetzt nur Übelkeit.

»Da!«, schrie sie und zeigte auf das, was sie für Julie hielt.

Doch bei näherer Betrachtung entpuppte sich der Fleck auf dem Wasser als ein Bündel aus Algen und Schaum.

An dieser Stelle kämpften Oberflächenströmung und Unterwasserströmung gegeneinander und erzeugten heftige Wirbel. Selbst ein ausgezeichneter Schwimmer konnte einer solchen Kraft nicht widerstehen, die alles in die Tiefe zog. War es schon zu spät?

Sie erschraken, als der blonde Haarschopf unmittelbar neben dem Zodiac auftauchte. Der Körper der Schwimmerin war reglos. Zu zweit zogen sie das Mädchen an Bord. In letzter Sekunde. Ihre mit Wasser vollgesogenen Kleider wogen gefühlt eine Tonne, und nachdem sie Julie auf den Schiffsboden gelegt hatten, hustete sie und erbrach von Krämpfen geschüttelt schwallweise brackiges Wasser. Ihre Brust hob und senkte sich ruckartig.

»Gott sei Dank, sie atmet«, bemerkte Énora und beugte sich über die Gerettete.

»Ja. Und offenbar wird sie bereits erwartet.« Yvon deutete auf ein Schnellboot mit der Aufschrift »Police nationale«. Das vermutlich von Schaulustigen herbeigerufene Boot war sicherlich vom Hafen Bas-Sablons aus gestartet, hatte die Mole umrundet und hielt nun direkt auf sie zu. Eine Viertelmeile trennte sie noch, aber aufgrund der hohen Geschwindigkeit des Polizeiboots würde es sie bald erreichen.

»Setz mich bitte auf der Bé ab«, flehte Énora. »Sofort!«

»Sicher?«

»Sehr sicher. Und wenn du gefragt wirst, wer sie und Loïc entdeckt hat, sagst du, dass du es warst. Du bist ja mit deinen Segelschülern ohnehin ständig in der Gegend unterwegs, das wird also niemanden überraschen.«

Yvon sah sie einen Moment lang ziemlich verblüfft an, dann lenkte er sein Zodiac ohne weitere Fragen in die gewünschte Richtung. Ob nun gerechtfertigt oder nicht, als Stammgast im Herrenhaus (und in der Bar) vertraute er den Corrigans blind.

Sie verschwanden für die Dauer des Manövers aus dem Blickfeld der Polizisten, dabei bot die etwa dreißig Meter hohe Insel Grand Bé einen ausgezeichneten Sichtschutz. Aber sie mussten sich beeilen.

Als Énora sich auf dem Inselchen wieder zu ihrer Familie gesellt hatte, beglückwünschte ihre Großmutter sie für ihre Initiative mit einer Umarmung. Énora spürte, dass Maggie tief bewegt war. Ihre Granny war sonst sehr sparsam mit solchen Gefühlsausbrüchen, sie musste in größter Sorge gewesen sein, wenn sie sich ihr gegenüber so verhielt.

»Gut gemacht, mein Schatz«, flüsterte sie und umarmte ihre Enkelin mehrere Sekunden lang. »*Very well done*.«

»Wir wollten die Breizh Brigade doch auf keinen Fall enttarnen, oder?«

»Auf gar keinen Fall«, gab Maggie lachend zurück.

»Ich will ja kein Spielverderber sein, aber wenn wir unsere Anonymität tatsächlich wahren wollen, sollten wir uns schleunigst in Sicherheit bringen.«

Auch Louise war angesichts des Bildes gerührt, rief die beiden aber in die Wirklichkeit zurück. Das Polizeiboot hatte Grand Bé bereits umrundet und näherte sich ihrer Seite durch die Meerenge von Cézembre. Am Bug des Schiffes war Christophe Guilloux' hochgewachsene Gestalt zu erkennen.

Glücklicherweise schienen sich die Polizisten im Moment auf das Geschehen auf dem Wasser zu konzentrieren. Yvon hatte den Motor abgestellt und wartete darauf, dass die Beamten an Bord kamen. Seine Sweatjacke hatte er um die Schultern der durchnässten und bibbernden Julie gelegt.

»Bunker?«, schlug Louise mit leiser Stimme vor.

»Bunker!«, stimmten die beiden anderen zu und folgten ihr.

Natürlich waren noch nicht alle Probleme gelöst. Sie mussten noch einen (diskreten) Weg finden, wie sie Loïc den Behörden ausliefern konnten. Aber als sie sich in den Bunker zwängten, wussten sie ohne jeden Zweifel, dass sie die richtige Entscheidung getroffen hatten.

42

10. Juli, Saint-Malo, Manoir des Corrigan, Gemeinschaftsraum, 22:00 Uhr

»In *fucking* drei Teufels Namen«, polterte Maggie und hob ihr Glas. Sie unterstrich ihre Worte mit mehreren Schlägen ihres Gehstocks auf den gewachsten Parkettboden des Gemeinschaftsraums, als wollte sie betonen, dass nach einem ganzen Tag, an dem sie sich von ihren Abenteuern auf der Insel erholt hatten, das Vergnügen endlich beginnen durfte.

»Ich glaube, das haben wir uns alle verdient. Die Runde geht aufs Haus! *Let's drink, my friends! Sláinte!*«

Ihr Toast löste zwar Jubelrufe aus, aber um ehrlich zu sein, brauchten die Anwesenden nicht viel Ermunterung. Die meisten von ihnen hatten bereits einen ordentlichen Vorsprung, ihnen war egal, ob sie die Runde bezahlen mussten oder nicht. Wichtig waren nur der sanfte Rausch und die damit einhergehende Geselligkeit, die sie sorglos werden und (noch besser) vergessen ließ. Unvorhersehbar wie eine Flipperkugel sprang die Ausgelassenheit von einer Gruppe zur nächsten, vom Tresen bis in die hintersten Ecken des Raumes.

Hinter der Bar füllte Louise effizienter denn je und mit wie immer knurrendem Magen Gläser mit irischem Whiskey, die Énora und Sophie den Gästegruppen servierten. Dazu gab es kleine Teller mit noch dampfendem *Potato Farl.*

Obwohl die Verhaftung von Julie, Solène und Loïc – der sich weniger als eine Stunde nach der Rettung seiner Freundin selbst stellte – die Mitglieder des Bagad ziemlich geschockt hatte, waren sie fast vollzählig anwesend. Yann schien trotz seines kürzlich abgelegten Nüchternheitsgelübdes bereits stark betrunken zu sein. Im Rausch schlug er eine kleine Jam-Session vor, »zu Ehren von Paul«, wie er sagte. Angeführt von Maël griff die Hälfte der Musiker zu ihren Instrumenten und stimmte die bretonische Hymne *Bro gozh ma zadoù* an. Auf der anderen Seite der Rue du Puits-Sauvage geriet Dodik Cadiou bei diesem neuerlichen Lärm ziemlich in Rage.

Alain hielt die Szene mit seiner alten Leica fest.

»Fotografiert dein Vater eigentlich immer alles?«, fragte Fanny, als sie Énora kurz abfangen konnte.

»Du kennst ihn doch. Hauptsache, es hält ihn davon ab, mit anderen zu reden …«

»Auch nicht mit deiner Mutter?«

»Bist du verrückt? *Vor allem* nicht mit meiner Mutter!«

Und doch warfen sich die beiden Ex-Ehepartner immer wieder verklärte Blicke von der Seite zu, wie zwei frisch Verliebte. Achtzehn Jahre nach ihrer Scheidung vibrierte in beiden noch immer die gleiche stumme Leidenschaft.

Was Fanny betraf, so hatte Énora sie zu dieser kleinen Feier nur unter der Bedingung eingeladen, dass sie absolute Diskretion versprach – schließlich konnte man nie wissen, ob nicht doch einige der Stammgäste mit Guy Le Divellec oder den Horvais reden würden. Ansonsten war das hier für die beiden eine willkommene Abwechslung zum ewigen Java Café und seiner queeren Kundschaft. Es war durchaus nicht unangenehm, sich inmitten einer ganz gewöhnlichen Menschenmenge an einem so vertrauten Ort zu sehen, auch wenn sie sich nicht so frei bewegen konnten wie in ihrem Hauptquartier. Außer Malo, der die beiden jungen Frauen mit leicht traurigem Blick musterte, schien niemand Verdacht zu schöpfen.

»Und? Wie sieht es mit dem Praktikum aus?«, fragte Fanny, um glaubwürdig zu wirken. »Läuft es?«

»Sehr gut. Laut Franck arbeitet die Klinik in Les Guérets auf höchstem Niveau.«

»Wie geht es dann weiter? Willst du dort eine Stelle annehmen?« Seit sie ihr Ziel kannte, vermied Énora, mit ihrer Freundin über diese Perspektive zu sprechen. »Und wohin willst du? Doch nicht etwa nach Rennes?«, hatte ihr Schäferfreund sie aufgezogen.

»Ich weiß es noch nicht ... Es ist halt ziemlich weit weg, oder? Aber noch liegt ja der ganze Sommer vor uns!«, antwortete Énora und ging das Risiko ein, Fannys Hand zu berühren. »Und es gibt eine Menge zu feiern!«

»Findest du? Ein Toter und drei Leute im Knast, macht dir das wirklich Lust auf Party?«

»Das habe ich nicht behauptet«, lächelte Énora zurück. Sie sprach jetzt leiser. »Aber wem haben wir drei es zu verdanken, dass wir das alles erreicht haben? Ohne dich hätten wir es nie geschafft, diesen Fall zu lösen.«

Ohne die Bilder vom Tatort, die Fanny ihnen schon kurz nach dem Mord gezeigt hatte. Ohne ihr Schweigen über Maggie. Und vor allem ohne ihre Hilfe beim heimlichen Lesen der Polizeiberichte ... wäre die Breizh Brigade wahrscheinlich immer noch der kleine Kreis von »Spaß«-Ermittlern, der sie einmal gewesen war.

Was ihre Unterstützer betraf, so schien einer von ihnen

entschlossen, seinen Beitrag zu ihrem Erfolg zu Geld zu machen. Jacques verfolgte Maggie mit eifersüchtigen Blicken und fing seine Geliebte, die von einem Tisch zum anderen wanderte, irgendwann ab. Schließlich war es seine Falschaussage gewesen, die die jung gebliebene Siebzigerin entlastet hatte.

»Weißt du noch, was ich dir am Tag vor deinem Geburtstag beim Aufstehen gesagt habe?«

»Dass es gar nicht so *well done* war?«

Er quittierte die Spitze mit einer Grimasse. »Nein, das hast du mir gesagt …«

»Gut möglich«, flüsterte sie treuherzig.

»Du weißt schon, als ich dir von meinem Ehering erzählt habe …«

»*So what*? Hast du ihn dann doch im Sozialkaufhaus verhökert?«

»Hör auf, dich so kindisch zu benehmen, Maggie. Ich meine es wirklich ernst.«

»Genau das macht mir ja Sorgen, *Darling dear*. Du bist viel zu ernst. Schau dir die anderen an: Sie haben gerade ihren besten Musiker verloren und amüsieren sich köstlich!«

Jacques ließ eine Sekunde verstreichen, dann kam er mit einem sanften, fast listigen Tonfall erneut auf die Sache zu sprechen.

»Würde es dir nicht gefallen, jemanden an deiner Seite zu haben, der mit dir gemeinsam dem Wachsen deiner ›Rosa Baltimora‹ zusieht?«

»Rosa was?«

Sie schien völlig vergessen zu haben, worum es ging.

»Baltimora …«

»Ach so, der neue Rosenstrauch!«, rief sie lässig.

»Und hier könnte man einen richtigen Irish Pub einrichten!

Mit meinen Kontakten zur Unterpräfektur bin ich ziemlich sicher, dass ich dir die entsprechende Lizenz besorgen könnte. Wäre das nicht wunderbar?«

»Du würdest gerne hier bei mir einziehen, richtig?«, fragte sie mit einem schelmischen Blitzen in den Augen.

»Ja!«

Würde Maggie Corrigans steinernes Herz seinem verliebten Ansturm endlich nachgeben?

»Hör zu ... ich glaube, Roland ist hier auch irgendwo. Wenn du willst, kann ich bei ihm eine Wachspuppe mit deinem Gesicht in Auftrag geben. So kannst du Constant Gesellschaft leisten. Wäre das nicht wunderbar?«

Sie deutete auf die Wachsfigur, die am Tresen lehnte. An ihrem üblichen Platz. Unbeweglich und auf ewig.

Gaillard ging mit dem Affront um wie ein Kind, dem man sein Spielzeug wegnimmt – hin- und hergerissen zwischen Wut und Tränen.

Beinahe rührend, dachte sie und wurde plötzlich von Schuldgefühlen überwältigt. Nie im Leben hätte sie es öffentlich zugegeben, erst recht nicht ihm gegenüber, aber es herrschte kein Zweifel daran, dass sie Jacques liebte. Tatsächlich trug sie an einer Halskette unter ihrem rot-weißen Matrosenshirt die Miniatur-Gartenschere, die er ihr geschenkt hatte.

Aber war sie wirklich bereit, ihren Co2, ihren Constant zu ersetzen? Die Ironie des Bildes war faszinierend: Ihr jetziger Liebhaber hatte ihr gerade unter dem (elektronischen) Auge ihrer großen Liebe aus der Vergangenheit einen Heiratsantrag gemacht.

Sollte sie ihn erhören?

Nein! Nicht, solange sie das Rätsel um das Verschwinden ihres früheren Ehemannes nicht gelöst hatte. Das war ihr in dem Moment klar geworden, als sie zusehen musste, wie Julie

Le Tohic genau an der Stelle zu ertrinken drohte, an der Constant untergegangen war.

Würde der mysteriöse abendliche Besucher ihr bei diesem neuen Vorhaben helfen? Würde er sie in einer Vollmondnacht noch einmal in ihrem Gewächshaus besuchen? Würde er ihr die Schlüssel liefern, die ihr fehlten?

Mit einem Mal spürte sie die Last der Jahre, deren Anzahl sie zwei Tage zuvor noch gefeiert hatte, und ließ sich auf einen der freien Sessel fallen.

Siebzig Jahre. Sie konnte es kaum glauben. Erst gestern war sie noch Maggie O'Connell gewesen, die kleine Irin aus Baltimore, die zu einem Kulturaustausch nach Saint-Malo gekommen war.

»Geht es dir gut, Magg'?«, erkundigte sich Jacques besorgt.

Aber sie antwortete nicht. Erschlafft und mit geschlossenen Augen simulierte sie einen ihrer narkoleptischen Anfälle. Ihre Hände hatte sie um den Knauf ihres Gehstocks geschlossen. Manchmal war es wirklich praktisch, eine »alte Dame« zu sein!

EPILOG

10. Juli, Saint-Malo, Wohnung von Christophe Guilloux, 23:45 Uhr

»Hallo, Christophe! Ich möchte dir persönlich zu deinem Erfolg im Fall Le Tohic gratulieren. Du hast das Festival und uns die Saison gerettet, das ist mir immerhin einen Anruf wert. Ich kann mir allerdings gut vorstellen, dass du immer noch sehr damit beschäftigt bist.«

Das stimmte in der Tat. Christophe Guilloux war beschäftigt, und zwar mehr denn je. Vor allem seit dem gestrigen Tag, nachdem er Julie und Loïc am Strand von Grand Bé verhaftet hatte. So kam es, dass er die Nachricht von Fabienne Leroy auf seiner Mailbox erst am nächsten Tag spät abends auf dem Heimweg entdeckte.

Der honigsüße Ton der Leiterin des Fremdenverkehrsamtes entlockte ihm einen Seufzer. Ganz offensichtlich hoffte sie, diese Gelegenheit für ihre persönlichen Interessen nutzen zu können. Man musste sie nicht vor sich sehen, um zu erkennen, wie deutlich sie am Telefon kokettierte.

»Wenn sich die Aufregung ein bisschen gelegt hat, könnten

wir beide doch einmal ein Glas zusammen trinken. Was sagst du dazu? Immer nur arbeiten, puh! Mach dich nicht verrückt.« Langes, nerviges Glucksen.

»Wir könnten darüber reden, wie sich die Abstimmung zwischen unseren beiden Ämtern verbessern lässt.«

Der Kommissar löschte die eineinhalb Minuten unausgegorenen Geplappers, ohne es bis zum Ende abzuhören. Allein die Tatsache, dass sie seinen und ihren Beruf als gleichwertig ansah, ärgerte ihn gewaltig. Wie konnte diese Reiseprospektverteilerin sich mit ihm vergleichen? Immerhin war er für die Sicherheit von fünfundvierzigtausend Seelen verantwortlich, zu denen sich jedes Jahr mehr als zwei Millionen Touristen gesellten.

Er entledigte sich seiner Jacke, noch während er sich die Schuhe abstreifte. Jeden Tag fühlte er sich genau in diesem Moment, wenn er seine Schuhe durch den makellosen Raum schleuderte, endlich von den beruflichen Sorgen des Tages befreit. Nicht aber an diesem Abend ... Ausgerechnet wegen Schuhen. In Solènes und Julies umfassenden Geständnissen, in denen sie die Ereignisse der Nacht vom 6. auf den 7. Juli ausführlich geschildert hatten, spielten Schuhe eine wichtige Rolle.

Da war das schmutzige Schuhwerk, mit dem zuerst Julie und später Solène, die Mörderin und ihre Komplizin, nacheinander die Treppe und den Boden verunreinigt hatten.

Dann die Schuhe, deren Vernichtung Loïc vorgeschlagen hatte, nachdem er die beiden in der Lobby des Beauregard erwischt hatte. Leider fand er keine Gelegenheit, die Spuren auf dem Boden wegzuwischen, da er die ganze Nacht über befürchten musste, von Maël oder Fanny überrascht zu werden.

Und schließlich die Schuhe, von denen Solène immer zwei Paar im Kofferraum ihres Autos mitführte. Für alle Fälle. Nachdem sie und ihre Tochter barfuß zurückgeblieben waren, hatten sie sie angezogen, bevor sie wieder zum Hôtel de l'Univers zurückgekehrt waren.

Mit dem üblichen Glas Scotch in der Hand ließ er sich auf sein Sofa fallen und griff nach dem Umschlag, den er beim Betreten seines Wohnzimmers auf die Couch geworfen hatte. Das braune Kuvert enthielt einen Bericht, den Emma Lobo der Akte hinzugefügt hatte, kurz bevor Guilloux die Polizeiwache verlassen hatte. Das Dokument stammte von ihren Kollegen in Saint-Briac-sur-Mer. Darin wurde geschildert, wie eine Patrouille der Stadtpolizei am Morgen während eines Regenschauers – an der Smaragdküste war das im Juli völlig normal – einen sehr starken Chlorgeruch aus einem öffentlichen Mülleimer direkt neben der Bushaltestelle der Linie 16 wahrgenommen hatte. Als sie den Abfallbehälter durchsuchten, fanden sie die Quelle des penetranten Geruchs: zwei Plastikfläschchen. Es waren dieselben, die Julie im Club nautique de Lancieux gestohlen hatte.

»Ich habe sie auf der Straße fortgeworfen«, hatte die junge Schwimmerin in ihrer letzten Aussage gestanden. »Ich weiß nicht mehr wo ...«

Die Antwort darauf brachten einige Regentropfen, die auf den Boden eines Mülleimers gefallen waren. Julie hatte die Fläschchen offensichtlich bei ihrer nächtlichen Rückkehr nach Saint-Briac entsorgt, wahrscheinlich kurz bevor sie bei ihrer Freundin Sarah Zuflucht suchte.

Woran es doch manchmal lag, dass die Wahrheit ans Licht kam – in diesem Fall an einer einfachen chemischen Reaktion.

Guilloux stand auf, um sein Glas nachzufüllen. Er zögerte, den Bericht auf der kleinen Anrichte im Vorraum zu deponieren. Zwei Tage zuvor hatte er genau an dieser Stelle die Akte gefunden, die Emma angeblich unter seiner Tür durchgeschoben hatte.

Wie war es dem Umschlag gelungen, sich an diese Stelle zu beamen? Mysteriös. Emma schwor Stein und Bein, dass die Wohnungstür an diesem Tag fest verschlossen gewesen war und sie, das wusste ihr Chef genau, keinen Schlüssel besaß. Die Schlussfolgerung lag auf der Hand. Jemand anderes, jemand, der in der Lage war, sein Schloss zu knacken, ohne Spuren zu hinterlassen, war in seine Wohnung eingedrungen.

Wurde er ausspioniert? War es die merkwürdige Breizh Brigade, die ihm anonyme Hinweise gab und immer gut informiert zu sein schien?

Ihn überkam das unangenehme Gefühl, im eigenen Haus nicht länger sicher zu sein. Das war nicht nur ärgerlich, sondern eine wirklich ernste Sache. Nicht auszudenken, wozu böswillige Menschen imstande waren, wenn ihnen derart brisante Informationen in die Hände fielen. Recht war Recht und Ordnung war Ordnung. Niemand durfte sich an die Stelle der Behörden setzen. Guilloux hegte ein tiefes Misstrauen gegenüber Möchtegern-Detektiven, die die Realität von Verbrechen als eine Art Gesellschaftsspiel betrachteten. Töten war kein Spaß; Mörder zu entlarven auch nicht.

Er griff zum Telefon und suchte in den Kontakten nach Fanny Horvais, seiner Ansprechpartnerin für alle seine häuslichen Sorgen. Die SMS, die er an sie schrieb, war schnörkellos:

»Hallo, Fanny, ich bräuchte ein neues Schloss für meine Wohnungstür. Könntest du das bitte so schnell wie möglich veranlassen? Die Kosten für die Montage trage ich selbstverständlich selbst. Vielen Dank im Voraus.

C. Guilloux.«

Nachdem er das erledigt hatte, rief er die Website eines E-Commerce-Riesen auf und tippte folgende Worte in das Suchfeld: Diskrete Überwachungskamera.

Er wusste bereits, wo er sie befestigen würde: Genau gegenüber dem Eingang, von wo aus ein möglicher Eindringling nicht zu übersehen war. »Kostenlose Lieferung am folgenden Tag«, informierte ihn das Bestellformular beim Abschicken.

So! Den nächsten, der es wagte, seine Wohnung zu »besuchen«, würde das elektronische Auge verewigen. Das Modell, das der Kommissar sich ausgesucht hatte, funktionierte per Fernsteuerung. Von wo auch immer er selbst sich aufhielt, würde er das Gesicht des unerwünschten Besuchers sehen können.

Selbstverständlich würde er das Geheimnis dieser kleinen Anlage für sich behalten. Guilloux wusste schon lange, dass es nicht gut war, jede Idee zu teilen.

Oh ja, einige Geheimnisse verdienten es, so stumm zu bleiben wie der Granit von Saint-Malo.

DANKSAGUNG

Zum Abschluss dieses ersten Bandes der Breizh Brigade denke ich voller Dankbarkeit an Sarah Rigaud und das gesamte Team von Les Escales sowie an Gregory Messina, ohne den … (Er weiß, wie es hier weitergeht.)

Ich denke aber auch an Saint-Malo, die Stadt, in der meine Familie verwurzelt ist. Besonders der Strand von Bon-Secours, mit dem ich unzählige Kindheitserinnerungen verbinde, liegt mir am Herzen.

Saint-Malo ruft das Andenken an viele liebe Menschen wach, von denen einige noch auf dieser Welt leben, andere aber leider schon gegangen sind. Cécette, Renée, Constant, Marie-Thérèse und all die anderen. Ich vergesse euch nicht. Ihr begegnet mir oft in meinen Träumen.

Mein Dank geht an alle, die in Saint-Malo geboren sind – die waschechten Malouins –, aber auch an diejenigen, die von dieser Stadt adoptiert wurden.

Schließlich möchte ich ganz besonders an Yves-Malo erinnern, den stolzen Nachfahren eines Korsaren-Kapitäns und das sicherste Bindeglied zwischen dieser einzigartigen Stadt und mir.

Lesejury